记忆与追寻

现当代美国小说中的家园意识研究

王育烽 著

图书在版编目（CIP）数据

记忆与追寻：现当代美国小说中的家园意识研究 / 王育烽著. -- 厦门：厦门大学出版社，2025.6.
ISBN 978-7-5615-9769-9
Ⅰ.I712.074
中国国家版本馆CIP数据核字第2025JV6550号

责任编辑　高奕欢
美术编辑　蒋卓群
技术编辑　许克华

出版发行　厦门大学出版社
社　　址　厦门市软件园二期望海路39号
邮政编码　361008
总　　机　0592-2181111　0592-2181406（传真）
营销中心　0592-2184458　0592-2181365
网　　址　http://www.xmupress.com
邮　　箱　xmup@xmupress.com
印　　刷　厦门集大印刷有限公司

开本　889 mm×1 194 mm　1/32
印张　8.25
字数　229千字
版次　2025年6月第1版
印次　2025年6月第1次印刷
定价　49.00元

本书如有印装质量问题请直接寄承印厂调换

厦门大学出版社
微信二维码

厦门大学出版社
微博二维码

前　言

　　本书之所以将主标题定为"记忆与追寻"，原因有二。其一，当然在于书中提到的大多数现当代美国作家及其小说中的家园意识都和"记忆"与"追寻"有着千丝万缕的联系。其二，更因为在人们的现实生活中，"记忆"、"追寻"与"家园"之间始终存在着某种微妙而深刻的内在关联。

　　一方面，对于多数人而言，家园往往承载着过去珍贵的记忆，如童年的欢笑、家人的温暖、邻里的情谊。即便由于某段伤痛而背井离乡，那些关于故土家园的记忆依然会在他们的心中留下深刻的烙印。另一方面，家园不仅能够成为记忆的源泉，也可以是奋斗追寻的目标。她是每个人心灵深处的一种精神寄托，是其家庭、故乡，乃至祖国或民族文化的一个根基，也是其世世代代薪火相传的一份坚守。无论是面对自然界的狂风暴雨，还是面对生活中的坎坷挫折，家园都能为一个人筑起温暖的避风港湾。相反，倘若一个人失去了家园，他将如同漂泊在茫茫大海的一叶孤舟，无依无靠。许多人奋斗一生，或许只为寻得一个真正属于自己的美好家园。

　　美国是一个由多民族、多文化组成的移民国家，其历史与现实充满了复杂性和多样性。家园意识于美国的历史与现实而言，是伴随着多元文化的发展历程，经历了多个历史阶段的演变，最终形成的一种复杂且多维的概念。17世纪初,为了躲避国内的政治迫害,追寻精神和信仰的自由,第一批怀揣梦想的欧洲清教徒漂洋过海,踏上了这片陌生而广袤的新大陆。一种基于宗教信仰的家园想象让他们将这片新大陆视为上帝所赐的新家园。但他们侵占了当地原住民——印第安人大量的土地,并使用各种手段将其驱逐、压迫,乃至屠杀。这使得早期的家园构建带有明显的殖民性和排他性,更为导致许多人无家可归的种族主义埋下了伏笔。后来,反抗侵略的独立战争、开疆拓土的西进运动、解放黑奴的南北战争、争权夺利的两次世界大战,以及工业化、城市化、全球化等历史事件和社会现实同样承载了美国人民的家园记忆,见证了家园的失落、追寻和建构等历程。家园意识逐渐从较为单一的模式发展成更加开放和包容的模式。可以说,家园意识始终贯穿于美国历史和社会的发展脉络,自然也成为了美国文学与文化不可或缺的一部分。而现当代美国小说是反映现当代美国社会、精神与文化的重要文学形式,对其家园意识的研究无疑具有深远的现实意义。

本书将现当代美国小说分为"现代主义小说""后现代主义小说""少数族裔小说"三个部分,选取海明威、福克纳、菲茨杰拉德、纳博科夫、冯内古特、厄普代克、贝娄、莫里森、山下凯伦等九名现当代美国作家及其多部小说作为研究对象,探讨其中蕴含的家园记忆、家园情感、家园景观、家园批判、家园失落、家园追寻、家园建构等话题。研究还借鉴了空间理论、文化地理学、后殖民主义、生态批评等多个研究视角,不仅展现了家园意识与个人,家园意识与社会、国家乃至地球之间的互动关系,还关注了文化身份、社会结构、历史记忆、生态环境、道德情感、责任伦理等重要主题。在探讨作家如何书写家园意识的同时,反映社会历史的变迁,探索文学思想的深度,从而为现当代美国文学研究提供新的

前言

参考。

　　需要说明的是，家园意识不是万能的文学批评视角。我们不能因为有了家园意识的相关依据，就断言全部的现当代美国小说具有家园意识。因此，在选取研究对象之时，笔者充分考虑了"用之有度"的原则，尽量避免"过度解释"的情况，仅关注那些笔者认为能够与"家园"主旨相联系，在主题或描写上涉及家园意识，且彼此之间存在一定关联的作品。由于笔者水平有限，欠缺或不当之处在所难免，恳请广大读者批评指正。

目 录

绪 论 ·· 1

 第一节 家园意识的缘起与演变 ·· 2
 第二节 现当代美国小说的家园联系 ···································· 7

第一章 现代主义小说中的家园困境 ································ 13

 第一节 欧内斯特·海明威：精神迷惘与家园失落 ············ 15
 第二节 威廉·福克纳：守望乡土家园 ······························ 41
 第三节 弗·斯科特·菲茨杰拉德：爵士时代的家园迷失 ······ 67

第二章 后现代主义小说中的家园情感 ···························· 87

 第一节 弗拉基米尔·纳博科夫：流亡生涯与家园记忆 ······ 89
 第二节 库尔特·冯内古特：后现代社会的家园批判与反思 ···110
 第三节 约翰·厄普代克：书写家园伦理 ·························· 129

第三章 少数族裔小说中的家园图景 ······························ 151

 第一节 索尔·贝娄：家园回归与追寻 ·························· 153

第二节　托妮·莫里森：种族奴役与平等家园……174
　　第三节　山下凯伦：全球时代的跨国家园……196

结　论……229

参考文献……234

后　记……252

绪 论

第一节　家园意识的缘起与演变

家园是一个人归属的地方、地区或国家，是一个人的根之所在，是一个人祖祖辈辈的栖息之所，也是其情感寄托和魂牵梦萦的心灵港湾。20世纪存在主义哲学的杰出代表马丁·海德格尔（Martin Heidegger, 1889—1976）曾对家园下了一个定义，认为家园"指这样的一个空间，它赋予一个处所，人唯在其中才能有'在家'之感，因而才能在其命运的本已要素中存在"[①]。在海德格尔看来，家园是人与周围环境、文明因素连接起来的本真存在。一个人只有回到自己的家园，才能获得本真。简言之，海德格尔眼中的家园是一个生命个体居住的空间与处所，这一空间与处所使其不仅获得"在家"之感，也能够感受到一种本真的存在。因此，家园意识不仅是一种"在家"夙愿的表达，也体现出人们对理想生活的深层诉求。

海德格尔的哲学思想为家园意识的研究提供了深刻的理论基础。但事实上，西方文学史上关于家园意识的书写可以追溯到更早的年代。古希腊《荷马史诗》（Homer's Epics）中的《奥德赛》（Odyssey）通过书写主人公奥德修斯离开家园，被迫在外流浪漂泊数十年，遭遇种种挫折后最终返乡的艰苦经历，开创了西方文学史上家园回归的母题。《圣经》中的"伊甸园"实际上是希伯来文化对家园意识的一种阐释。"伊甸园"一词在希伯来语中意为"快乐"和"喜悦"，这是该乐园的本质，也代表着人类对美好事物的追求，以及对逝去的美好家园的深刻反思。因此，

---

① 海德格尔:《荷尔德林诗的阐释》.孙周兴，译.北京:商务印书馆，2014: 15.

在西方文学界,"伊甸园"一直被视为人类最初理想的生存空间的象征与家园意识的重要源泉。而在近现代社会,由于工业化和城市化的快速发展,西方社会的结构与人们的生活方式发生了很大程度上的改变。许多人被迫离开曾经的故土家园,去往异国他乡。地理上的迁徙导致了许多人家园的失落,也引发了他们精神上的迷茫与孤独。为此,许多人对亚当与夏娃被逐出伊甸园的故事产生了共鸣,家园的失落与追寻也成了西方文学的一个源远流长的话题。比如,英国浪漫主义时期的"湖畔派"诗人威廉·华兹华斯(William Wordsworth, 1770—1850)认为只有回归大自然,人类才能找到心灵的家园。美国现代诗人 T. S. 艾略特(T. S. Eliot, 1888—1965)在《荒原》(*The Waste Land*, 1922)中以一幅满目荒凉的画面描述了现代人无家可归的状态,表达其对于重建人类家园的希望。

20世纪后半叶,文化研究的兴起为家园意识研究注入了新的活力。文化研究将文学、社会学、人类学、伦理学、生态学等多个学科的理论与方法相结合,使研究者能够从不同角度探讨家园意识在不同文化背景下的表现形式与内涵变化。其中,值得一提的是,20世纪后半叶的"空间转向"(spatial turn)作为学界关注的一个热门话题已经深刻影响了当代文艺理论与文学批评的观念变革与话语重构,并被文学研究领域的学者看作涉及整个人类社会生活的一场革命。这一理论观点普遍认为,文学作品中的"空间"不仅仅是故事发生的地理背景,而且具有丰富的文化意涵,是一种叙事的内在要素,也是一种主题表现的独特力量。在"空间"的视阈中,人类生活在一个复杂的空间系统,空间不仅是一种客观存在,更是人类生活和社会发展的重要载体。空间理论将人类学、社会学、地理学、哲学、文化学、心理学等多个学科领域的相关理论融合在一起,呼唤人们从以时间为主导的传统思考方式向以空间为基础的思考方式转变。法国思想家亨利·列斐伏尔(Henri Lefebvre, 1901—1991)、米歇尔·福柯(Michel Foucault, 1926—1984)、英国人文地理学家大卫·哈维(David Harvey, 1935—)、迈克·克朗(Mike Crang, 1969—)、社会学家曼纽尔·卡斯特尔(Manuel Castell, 1942—),以及提出"第三空间"的美国都市地理学家爱德华·索亚(Edward Soja, 1940—2015)、以"文学绘图"和"地理批评"为学界所知的罗伯特·塔利(Robert T. Tally Jr., 1969—)、后殖民主义理论家霍米·巴巴(Homi K. Bhabha, 1949—)等学者常被视为空间理论的领军人物。列斐伏尔于1974年出版的《空间的生产》(*The Production of Space*)被普遍视为引起人们关注空间概念的第一部系统著作。之后,福柯的《不同空间的正文与上下文》("Des Espaces Autres", 1984)[①]、爱德华·索亚的《后现代地理学:重申批判社会理论中的空间》(*Postmodern Geographies: The Reassertion of Space in Critical Social Theory*, 1989)、《第三空间:去往洛杉矶和其他真实想象地方的旅程》(*Third Space: Journeys to Los Angeles and Other Real-and-Imagined Places*, 1996)、霍米·巴巴的《文化的定位》(*The Location of Culture*, 1994)、迈克·克朗的《文化地理学》(*Cultural Geography*, 1998)、罗伯特·塔利的《空间性》(*Spatiality*, 2013)等为空间问题的深入探讨再次奠定了坚实的理论基础。在此基础上,家园意识经常伴随着空间批评研究、文化研究一同成为文学研究的重要话题,正如迈克·克朗在《文化地理学》一书中指出:

---

① 英文题名为:Text/Contexts: Of Other Spaces。又译"另类空间"或"论他者空间"。

绪 论

一篇文章中标准的地理，就像游记一样，是家的创建，不论是失去的家还是回归的家……主人公离开了家，被剥夺了一切，有了一番作为，接着以成功者的身份回家……"家"被看作可以依附、安全同时又受到限制的地方……仔细阅读后发现，空间结构在创造"家"时的重要…数不清的故事不断证明着返家是多么的困难。[①]

按照迈克·克朗的观点，家园既可以是地理意义上或物理空间层面的构建，也可以是精神和文化空间维度的构建。家园"不仅是一个物理空间，在其物质生产过程中，包含着人类对'家园'的情感体验与意义建构，所以家园是一个具有意义价值的文化空间，它成为一种象征，一种符号，一种意义，即具有文化表征意义的空间"。[②]家园是依据有意义的地理、社会及心理的界限做出区分或强化后，凝聚而成的复杂精神体系，不仅可以指代一个地理学意义上的存在，如一间房子、一座村庄、一个地区乃至一个国家，也能够指代一个情感意义上的存在，如愉快或悲伤的记忆、亲密的家庭关系等等。正因如此，克朗强调了家园与各种空间的联系以及家园作为一个地理、精神与文化空间的研究意义，"人们总是把家园看作理所当然的事物，因为它太为人们所熟悉了。然而，不能因为某些事情平常得像一道日常景观，就将它视若无物"。[③]"我们应该跨越时间和空间，对不同形式的家园进行观察与研究。"[④]不但如此，家园意识还

[①] Crang, Mike. *Cultural Geography*. London: Routledge, 1998: 48.
[②] 谢纳:《空间生产与文化表征：空间转向视阈中的文学研究》. 北京：中国人民大学出版社, 2010: 79.
[③] Crang, Mike. *Cultural Geography*. London: Routledge, 1998: 28.
[④] Crang, Mike. *Cultural Geography*. London: Routledge, 1998: 28.

被一些学者理解成一种"加强文化与集体属性的联系"①，被看作一个集民族、国家、自然、精神、文化等多种因素的统一体，其表现形式覆盖了"'地理—物理—自然'空间、'社会—经济—历史'空间、'文化—心理—美学'空间"②。作为西方文学作品普遍的集体原型意象，家园无疑是每个人内心深处最永恒的依恋。

虽说传统意义上家园意识的起源往往是以家乡或故国为背景，表现一个人在离家与归家的路上的经历及其如何实现自我认同的过程，早期文学研究中家园意识的概念和内涵也多为对故土或对逝去美好家园的记忆与怀念，但是，随着人类交往的频繁和多元文化的融合，现代人的家园意识开始慢慢改变。尤其是人类社会发展到今天，随着全球化思想的广泛深入，物理空间层面上的家园已经不一定指传统意义上的祖国或出生地。它更像在地理、精神、文化等多个维度上重新建构的，一个使人产生归属感和情感关联的空间，也是一个安全和谐的港湾，让身居其中的人们维系着相互依存、信任和互助的紧密关系。可以说，现代社会的家园意识"牵涉更多的是抵达，而不是回归"③。它常常处在不断的变化之中。正是基于这样一种更加开阔包容的家园意识，现实生活中的人类和现代文学作品中的人物才能真正找到心灵归宿，寻回精神乐土。此外，从更加广义的角度来讲，地球是全人类的共同体家园。回归这个共同体家园是全人类共同的愿望。国内生态美学家曾繁仁教授指出："家园意

---

① Streeby, Shelley. "Multiculturalism and Forging New Canons." In: *A Companion to American Literature and Culture*. Paul Laute, ed. Malden: Blackwell Publishing Ltd., 2010: 112.

② 刘进，李长生：《"空间转向"与当代西方马克思主义文学批评研究》．北京：社会科学文献出版社，2015: 129-130.

③ Jin, Ha. *The Writer as Migrant*. Chicago: The University of Chicago Press, 2008: 84.

识在浅层次上有维护人类生存家园、保护环境之意……从深层次上看，家园意识更加意味着人的本真存在的回归与解放。"[①] 诚然，家园作为一个人长久的理想栖身之所，也必须是一个与大自然和谐共处的地方，这使得家园意识的研究离不开人与自然的关系。

简言之，随着人类社会的发展，现代人的家园意识已经突破了单纯的地理属性，经历了从古典到现代、从单一到多元、从地域到精神与文化的复杂演变历程，承载着民族或个人的历史记忆、伦理观念和价值取向等。其具体表现为对逝去美好家园的记忆，对家族历史的追溯，对家族文化和精神传统的继承与发扬，对一个理想的地理家园或精神家园的追寻与重构，对祖国、故乡或家庭的深刻情感，对地球家园的保护，以及对破坏人类生存环境行为或思想的批判与反思。

第二节 现当代美国小说的家园联系

家园意识作为人类对自身生存空间与精神归属的深刻思考，不但是世界文学作品的一个永恒话题，在美国文学的发展历程中也一直受到广泛的关注。一方面，我们知道，美国是一个典型的移民国家，其移民历史最早可以追溯到1620年乘坐"五月花号"（*May Flower*）抵达美国的清教徒。这些清教徒有着共同的宗教信仰、种族文化与精神传统，他们渴望摆脱欧洲的宗教和政治压迫，并在这片新的土地建立一个理想的家园。而到了后来的西进运动中，人们不断开拓疆域，努力寻找新的生存

[①] 曾繁仁：试论当代生态美学之核心范畴"家园意识".《温州大学学报（社会科学版）》, 2010, 23(3): 7.

空间，因为建国初期的美国人就深知："美国人是通过认识脚下的土地才认识他们自己。和其他民族的人相比美国人民对土地有更多的渴望，他们投身于土地，他们不是土地的观众，而是土地的参与者。"[①]可见，美国的建国历程与移民历史为家园意识的研究提供了丰富的土壤。家园的追寻和重建始终贯穿于美国历史的发展脉络。正如著名美国华裔作家哈·金在《移民作家》(The Writer as Migrant, 2008)中以"代言人和民族"(The Spokesman and the Tribe)、"背叛的语言"(The Language of Betrayal)和"个人之家"(An Individual's Homeland)三个部分为题，阐述了移民作家为祖国和人民代言，采用杂糅的语言文化创作及其在异域构建精神家园的特点，表现出在异国他乡追寻和建构新家园的重要意义，在许多的美国文学作品中，作家往往乐于书写自己与家园之间的关系，表达其对家园的深切体验与思考。

另一方面，发展到20世纪的美国文学已是巨匠如群、佳作迭出。在浪漫主义作家和诗人共同形成的第一次繁荣之后，历经了以马克·吐温(Mark Twain, 1835—1910)、西奥多·德莱塞(Theodore Dreiser, 1871—1945)为代表的现实主义时期，于20世纪上半叶迎来了气势磅礴的第二次美国文学大繁荣。其间，"迷惘的一代"(the Lost Generation)作家群体，以及意象主义(Imagism)、象征主义(Symbolism)、存在主义(Existentialism)、表现主义(Expressionism)、意识流(Stream of Consciousness)等现代主义流派纷纷登场。小说家欧内斯特·海明威(Ernest Hemingway, 1899—1961)、威廉·福克纳(William Faulkner, 1897—1962)、弗·斯科特·菲茨杰拉德(Francis Scott Fitzgerald, 1896—

---

① 曾莉：《英美文学中的环境主题研究》，北京：中国社会科学出版社，2012: 150.

1940)、约翰·多斯·帕索斯(John Dos Passos, 1896—1970)、舍伍德·安德森(Sherwood Anderson, 1876—1941)、约翰·斯坦贝克(John Steinbeck, 1902—1968)、诗人埃兹拉·庞德(Ezra Pound, 1885—1972)、T. S. 艾略特、罗伯特·弗罗斯特(Robert Frost, 1874—1963)、兰斯顿·休斯(Langston Hughes, 1902—1967)、剧作家尤金·奥尼尔(Eugene O'Neill, 1888—1953)等一个个大师相继发表重要作品,推动着美国文学迈向新的鼎盛时期。20世纪下半叶,也就是"二战"以后,又涌现出了艾伦·金斯堡(Allen Ginsberg, 1926—1997)、杰克·凯鲁亚克(Jack Kerouac, 1922—1969)等"垮掉的一代"代表作家,约瑟夫·海勒(Joseph Heller, 1923—1999)、弗拉基米尔·纳博科夫(Vladimir Nabokov, 1899—1977)、库尔特·冯内古特(Kurt Vonnegut, 1922—2007)等为代表的"黑色幽默"作家,以及艾萨克·辛格(Issac Singer, 1904—1991)、索尔·贝娄(Saul Bellow, 1915—2005)、约翰·厄普代克(John Updike, 1932—2009)、托妮·莫里森(Toni Morrison, 1931—2019)、罗伯特·库弗(Robert Coover, 1932—2024)、威廉·加斯(William H. Gass, 1924—)、罗伯特·库弗(Robert Coover, 1932—2024)、唐·德里罗(Don DeLillo, 1936—)、托马斯·品钦(Thomas Pynchon, 1937—)、汤亭亭(Maxine Hong Kingston, 1940—)、爱丽丝·沃克(Alice Walker, 1944—)、山下凯伦(Karen Tei Yamashita, 1951—)等一大批当代作家,将美国文学推向跨越世纪的繁荣。

身处20世纪的现当代美国作家对家园同样抱着强烈的情感。他们结合自身的人生经历和所处时代的历史背景,在各自所理解的家园意识的基础上书写着形态各异的家园景观、家园情感或家园批判。在现代主义这一菲茨杰拉德口中的"奇迹的时代、艺术的时代、挥金如土的时代、充满嘲讽的时代",许多美国人对自由民主的信念开始动摇,普遍感到迷惘，甚至绝望。他们不再寄希望于未来，而是强调"只争朝夕"和"及时行乐"。然而，繁华的物质生活背后却是贫瘠和荒芜的精神世界。因此，这一时期的作家往往不能像早期的浪漫主义作家那样无忧无虑地歌颂着美丽的"伊甸园"，他们经常深感两次世界大战对家园的破坏和社会高度文明对人性的压抑，并在作品中积极构建地理、精神、文化等方面相关的家园主题。以海明威为代表的"迷惘的一代"作家为例，他们因对战争厌恶，但又找不到出路，由此迷失了方向而得名。"迷惘的一代"作家们大多关注人的精神世界，在一定程度上也表达了对家园的渴望。再比如"二战"后美国人民的思想更加活跃，也更为混乱，传统的道德观念、价值体系几乎失去了作用，就连美国人历来向往的"美国梦"也一度成了梦魇。这一时期的"垮掉的一代""黑色幽默"等作家认为世间的一切充满荒唐和怪诞，其小说中的主人公大多伴有显而易见的精神危机，精神家园也遭到严重的破坏。

20世纪以来，随着经济、政治、科技和文化的全球化进程的不断加快，因各种原因漂泊在世界各地的人口数量急剧增加，形成了一股前所未有的移民大潮。对于美国这样一个"文化大熔炉"而言，少数族裔文学作为重要的现当代文学研究领域应运而生。少数族裔文学记载的流散者通常在物理、精神、文化、社会等多个空间维度丧失了家园，或主动或被动地远离了故土，漂泊于他乡。其后，"他们游走于主流文化的边缘，在主流文化群体和亚文化群体之间进行抉择，或认同或排斥，在异质文化的碰撞中构建新的文化身份和家园"。[①] 对于美国少数族裔作家而言，传统意义上的家园概念已逐步被解构，并在新的时空中得以重

---

① 赵秀兰:《奥吉·马奇历险记》中的家园叙事.《北京第二外国语学院学报》，2017，39(4): 96.

构，显示出新的意义。一方面，移民或少数族裔群体内心排斥地理家园的改变，并借助各种方式书写家园的失落；另一方面，他们渴望追寻和重构一个理想家园，并试图以此应对各种心理焦虑以及文化认同危机。此外，多元文化的碰撞与融合也使得少数族裔小说中的家园意识研究具有更加丰富的内涵。由此可见，美国少数族裔小说与家园意识天生存在紧密的联系。

本书的主体部分以"家园困境""家园情感""家园图景"为题，分别探讨现代主义作家海明威、福克纳、菲茨杰拉德，后现代主义作家纳博科夫、冯内古特、厄普代克，少数族裔作家贝娄、莫里森、山下凯伦的家园意识。研究将从"归属、失落、记忆、追寻、回归、重构"等角度展开，探讨现当代美国作家如何通过书写家园的记忆和家园的失落、追寻、建构等历程，以表达其对家园归属的渴望，及其如何通过记忆与想象重构多维度的家园全景图，从而寻求一个精神的家园和心灵的港湾。

第一章

现代主义小说中的家园困境

一般认为，美国文学史上的现代主义时期以第一次世界大战为起点，经历了20世纪二三十年代的大萧条，一直延续到第二次世界大战。其间，虽然美国社会到处呈现物质上的繁荣景象，但美国人民的精神世界却面临着前所未有的迷惘与危机。随着工业化和城市化的迅猛发展，美国社会发生了巨大的变革。传统的价值观和道德观念开始受到质疑，人们对现代生活的迷茫和不安逐渐浮现。为此，许多人开始了"及时行乐"的奢侈糜烂生活，或十年狂欢，或十年宴席，追求着各种各样的生活刺激。然而在放纵的物质生活背后，他们难以摆脱孤独与异化的折磨，在精神上近乎"无家可归"。这个时代也因此被称为社会上的"爵士时代"、经济上的"喧嚣的20年代"、精神上的"荒原时代"。与此同时，战争、经济危机和社会动荡为美国现代主义文学的兴起提供了土壤，使得这一时期的美国文坛涌现出比以往任何年代都更加气势磅礴的浪潮，并成就了美国文学的"第二次文艺复兴"。

现代主义严格来讲并非一个流派，而是由许多具有现代创作手法汇集而成的一股文学思潮。作家通过意象主义、象征主义、存在主义、表现主义、意识流等各种形式、技巧和风格的大胆创新以及对人们内心世界的挖掘和精神空间的探索，谱写出一曲又一曲的经典之歌。T. S. 艾略特、埃兹拉·庞德、E. E. 卡明斯（E. E. Cummings, 1894—1962）、尤金·奥尼尔等诗人和剧作家以其精湛的艺术技巧和深刻的主题构思赢得了一大批读者的青睐与共鸣。在小说方面，海明威、福克纳、菲茨杰拉德、约翰·多斯·帕索斯、舍伍德·安德森等"迷惘的一代"代表作家以他们高超的作品共同将美国文学推向世界文学的主流。本章将结合时代的特点，透过家园意识的角度，探讨海明威、福克纳、菲茨杰拉德等重要美国现代主义作家深邃的家园意识。首先，我们从海明威小说中的家园意识谈起。

第一节　欧内斯特·海明威：精神迷惘与家园失落

谈起美国现代主义小说，多数读者首先想到的是欧内斯特·海明威（Ernest Hemingway, 1899—1961）。海明威是20世纪美国最著名的小说家之一，"迷惘的一代"（the Lost Generation）的代表，"新闻体"小说的创始人，被誉为美利坚民族的精神丰碑，在现代美国文学史乃至世界文学史上有着举足轻重的地位。海明威在浪漫而富有传奇色彩的一生中，创作出了很多不朽的经典作品，包括长篇小说《太阳照样升起》（The Sun Also Rises, 1926）、《永别了，武器》（A Farewell to Arms, 1929）、《有钱人与没钱人》（To Have and Have Not, 1937）、《丧钟为谁而鸣》（For Whom the Bell Tolls, 1940）、《过河入林》（Across the River and Into the Trees, 1950），中篇小说《老人与海》（The Old Man and the Sea, 1952），纪实文学作品《非洲的青山》（Green Hills of Africa, 1935），以及短篇小说集《在我们的时代》（In Our Time, 1925）、《没有女人的男人们》（Men Without Women, 1927）、《胜利者—无所获》（Winner Take Nothing, 1933）、《第五纵队与早年四十九个短篇故事》（The Fifth Column and First Forty-Nine Stories, 1938）等。海明威的笔锋以"文坛硬汉"著称，其创作风格简洁，思想深邃，深刻反映了人类的生存状态和情感世界，对现代美国文学的发展影响深远。1954年，"因为精通于叙事艺术，突出地表现在其近著《老人与海》之中，同时也因为对当代文体风格之影响"，海明威被授予诺贝尔文学奖。

海明威的小说一直是国内外学界广泛关注和讨论的焦点。近年来，许多学者围绕叙事艺术、硬汉精神、美学内涵、生态思想、悲剧意识、女性形象、反战主题、存在主义、心理分析、象征主义等视角开展海明威小说的相关研究，产生了多样化的研究成果。然而，从家园意识的角度研究海明威作品的前期成果并不多见。实际上，海明威的诸多作品不仅表达了现代主义时期"迷惘的一代"对20世纪美国社会的憎恨与厌恶，也表现他对现代人类生存环境的深切关怀。他笔下那些美丽的大海、广袤的原野、优雅的青山等都与"家园"有着千丝万缕的联系。而那些面临精神的困惑与迷茫，却能够在重压之下保持风度的"硬汉"形象更是呈现出不少家园的记忆、失落、追寻与回归的画面。就此而言，海明威小说中的家园意识无疑是一个值得深入研究的话题。

　　海明威从小在良好的教育氛围和贴近大自然的家庭环境下成长，这份温馨的家园记忆与他成年后经历的精神迷惘和目睹的生存环境恶化形成了鲜明的对比，也对他日后的小说创作产生了重要影响。海明威于1899年出生在美国伊利诺伊州的奥克帕克。父亲克拉伦斯（Clarence Edmonds Hemingway）是一名医生，母亲格蕾丝（Grace Hall Hemingway）是一位音乐教师。孩提时代，海明威和家人居住的橡树园、瓦伦湖畔、瞭望山庄等都是贴近自然的美好家园。海明威1岁时，全家搬到密歇根北部的一个避暑村庄，他在那儿度过了童年时光。村庄充满田园风光，孩子们可以无忧无虑地游玩。海明威被这里的自然美景所吸引，从小就养成了善于观察自然万物的能力。4岁时，他参加了父亲组织的自然研究小组。每周六清早，海明威就和较年长的小朋友一起去森林采集标本，或去河边的灌木丛中认识不同的鸟类。父亲热衷狩猎和捕鱼。在父亲的影响下，海明威对大自然的热爱得到了进一步的升华。不但如此，父亲还教会海明威打猎的同时懂得善待动物。他告诉海明威如何生火、如何在野外煮食物、如何在森林中搭建庇护所等等。4岁生日时，父亲带他出门旅行。他"在湖泊和森林中感到其乐无穷，看到大猩猩和松鼠时激动万分，在返航时迫不及待地要去帮忙划船"。[1] 正如其母亲在一本日记中曾如是写道："他喜爱一切自然生物：石头、贝壳、鸟儿、动物、昆虫和花朵。"[2] 父亲的言传身教、良好的家庭环境以及贴近自然的田园生活让海明威在成长的过程中感悟到更深的家园情感，更使他在小说中时常呈现出对逝去家园的怀念与追忆。比如，在短篇小说《两代父子》("Fathers and Sons")中，海明威多次提到主人公尼克·亚当斯（Nick Adams）父亲曾经的光辉形象，父亲教他打猎的情景，及其给予他的某种家园情感，并将其对父亲的回忆同自然环境变化的书写联系在一起，表达一种精神层面的落差和家园失落感：

> 这种打鹌鹑的窍门是他父亲教给他的，尼古拉斯·亚当斯不禁怀念起父亲来。一想起父亲，首先出现在眼前的总是那双眼睛。魁伟的身躯、敏捷的动作、宽阔的肩膀、弯弯的鹰钩鼻子、那老好人式的下巴底下的一把胡子，这些都还在其次——他最先想到的总是那双眼睛。两道眉毛摆好阵势，在上面构成了一道屏障；双眼深深地嵌在头颅里，仿佛是当作什么无比贵重的仪器，设计了这种特殊保护似的。父亲眼睛尖，看得远，比起常人来要胜过许多，这一点正是父亲的得天独厚之处。父亲的眼光之好，可以说不下于巨角野羊，不下于雄鹰。[3]

---

[1] Baker, Carlos. *Ernest Hemingway: A Life Story*. New York: Penguin Books, 1987: 7-8.
[2] Baker, Carlos. *Ernest Hemingway: A Life Story*. New York: Penguin Books, 1987: 8.
[3] 海明威：《尼克·亚当斯故事集》. 陈良廷，等译. 上海：上海译文出版社，2012：286.

......

他每年一到秋天或者初春,就常常会怀念父亲,当时大草原上飞来了小鹬,或是看见地里架起了玉米禾束堆,或是看见了一泓湖水,有时哪怕只要看见了一辆马车,或是因为看见了雁阵,听见了雁声,或是因为隐蔽在水塘边上打野鸭;想起了有一次大雪纷飞,一头老鹰从空而降来抓布篷里的野鸭囮子,拍拍翅膀正要蹿上天去,却不防让布篷勾住了爪子。他只要走进荒芜的果园,踏上新耕的田地,到了树丛里,到了小山上,或是踩过满地枯草,只要一劈柴,一提水,一走过磨坊、榨房、水坝,特别是只要一看见野外烧起了篝火,父亲的影子总会猛一下子出现在他眼前。[①]

在尼克的记忆中,父亲是一个身材魁梧、动作敏捷且极具魅力的长者,是他成长路上的引路人。他教会尼克打猎和钓鱼的技能,这些技能不仅是一种生存方式,更传递着一种热爱自然、热爱生活的家园情感。尽管父亲不免也有一些性格和行为上的缺陷,但他在尼克心中始终占据着重要的位置。尼克对父亲的记忆不仅仅是因为他的教导,更是因为他代表了对家园的情感和对大自然的热爱,这种情感甚至贯穿了尼克的一生。因此,很多时候"父亲的影子总会猛一下子出现在他眼前"。虽然父亲的形象在尼克心中是英雄般的存在,却又带着一种显而易见的悲剧色彩,尤其当尼克想到"父亲的事情是无可挽回的了",记忆中父亲曾经给予他的一切"还历历在目,而其他的种种光景也都记忆犹新"。[②] 结合海

[①] 海明威:《尼克·亚当斯故事集》. 陈良廷,等译. 上海:上海译文出版社,2012: 295.

[②] 海明威:《尼克·亚当斯故事集》. 陈良廷,等译. 上海:上海译文出版社,2012: 289.

明威传记中记载的父子关系,我们不难发现,尼克与海明威本人一样,其成长过程中受父亲极大的影响,父子之间血浓于水的亲情成了尼克与海明威的家园情感的一个重要部分。在很大程度上,父亲的去世与父子之间的复杂情感蕴含了精神的迷茫和家园的失落。

《两代父子》中的家园失落不仅与父子之间的复杂情感有关,还通过自然环境的破坏加以展现。在《两代父子》的开篇,尼克在一个星期天的下午开车行驶过一个城市的中心地带。然而,这一城市中心地带并没有呈现给读者一幅人来人往、车水马龙的家园景观,而是渲染了一种典型的家园失落感:"来往车辆稀少,红绿灯却变来换去,弄得他常常停车,明年要是公家无力支付这笔电费的话,这套红绿灯也就要亮不起来了。"①当尼克再往前行驶,看到路边的两排浓荫大树,他的心中又把大树的存在与逝去的家园联系在一起:"在外乡人看来,会觉得枝叶过于繁密,挡住了阳光,使房屋潮气太重;过了最后一幢住宅,驶上那高低起伏、笔直向前的公路,红土的路堤修得平平整整,两旁都是第二代新长的幼树。"②他认为,新长的幼树意味着曾经漫山遍野的老树已经为了给高速公路开道而被人类除去。曾经布满了原始森林,拥有美好生态环境的密歇根州北部,如今一切已被高速公路和两旁新长的幼树所取代。变化如此巨大,曾经的温馨美好家园如今被一种陌生和冷漠所代替。难怪对主人公尼克而言,"这里不是他的家乡"③。海明威研究专家苏珊·比杰尔

---

① 海明威:《尼克·亚当斯故事集》.陈良廷,等译.上海:上海译文出版社,2012: 285.
② 海明威:《尼克·亚当斯故事集》.陈良廷,等译.上海:上海译文出版社,2012: 285.
③ 海明威:《尼克·亚当斯故事集》.陈良廷,等译.上海:上海译文出版社,2012: 285.

（Susan Beegle）指出："在海明威的笔下，公路是大地的一道伤痕，是生活方式的毁灭者。"[1] 诚然，高速公路作为一种"环境意象"（environmental image）[2]，其生活方式同铁路一样，"在美国文学史中常被作为一种侵入性文明的象征而出现"。[3] 小说中尼克开车出行，实际上可以看作一种对于逝去的自然景观的缅怀之旅。就此而言，小说中尼克在高速公路上的思绪实际上代表了当时的人们对土地的哀悼，及一种犹如被赶出伊甸园的家园失落。

在文学作品中，树的意象经常"代表力量和长久"。[4] 对于《两代父子》中的尼克而言，比起劳民伤财又让人"无家可归"的高速公路，树的意象更能够代表他心目中的精神家园。随着情节的推移，尼克想起了自己见过印第安人营地的树木被砍伐剥皮，他曾经在营地看到"树林就一年稀似一年，那种光秃秃、火辣辣、不见绿荫、但见满地杂草的林间空地，地盘却愈来愈大了"，[5] 这一切实际上暗示了现代工业文明对传统生活方式的冲击及其对传统家园的破坏。而这种对自然环境的破坏无疑代表了对尼克昔日家园的破坏，展现了自然家园与人类社会的冲突，也较为深刻地反映了"迷惘的一代"的家园失落。

海明威之所以被称作"迷惘的一代"的代表人物，源自他作品中普

---

[1] Beegle, Susan F. "Second Growth: The Ecology of Loss in 'Fathers and Sons'." In: *New Essays on Hemingway's Short Fiction*. Paul Smith, ed. Cambridge: Cambridge University Press, 1998: 77.
[2] Lynch, Kevin. *The Image of the City*. Cambridge: The Massachusetts Institute of Technology Press, 1960: 6.
[3] 刘英：《书写现代性：美国文学中的地理与空间》. 北京：商务印书馆, 2017: 127.
[4] 刘英：《书写现代性：美国文学中的地理与空间》. 北京：商务印书馆, 2017: 138.
[5] 海明威：《尼克·亚当斯故事集》. 陈良廷，等译. 上海：上海译文出版社, 2012: 290.

第一章　现代主义小说中的家园困境

遍存在的主题——对战争的厌恶和战后世界的迷惘与失望。作为一名参加过第一次世界大战,并曾经在战争中多次负伤险些丧命的士兵,海明威目睹了战争的破坏力,见识了战争给人类带来的无穷苦难以及惨遭战争破坏的人类生存环境。在第一次世界大战期间,海明威志愿参加红十字会救护队,远赴意大利战场当救护车司机,见识到昔日辉煌的欧洲家园美景遭受的破坏。不久他还受了重伤,在野战医院接受十二次手术,从他身上取出了二百多块弹片。肉体上如此,精神上所受的创伤更加深重。据他自己后来的回忆,"我们这些青年刚刚离开中学的课椅或者走出大学的课堂,就来到战场","我在身体、心理、精神以及感情上,都受到了很重的创伤"。[①] 即使在一战结束,海明威回到大西洋彼岸的家乡以后,战争的阴影仍然挥之不去,使他陷入彷徨苦闷的状态。据他的亲属回忆,他参战归来后,"不想找工作,不想上大学,什么事情都不想做。他成了一个没有目标的人"。[②] 在中国人民抗日战争期间,海明威曾经以战地记者的身份来到中国,看到东方古国的家园环境遭受日本帝国主义的蹂躏。西班牙内战期间,他目睹了一个原本景色如画的西班牙陷入了战争的骚乱动荡,他所热爱的人们痛声哭泣,昔日令人振奋的斗牛场已覆满灰土,曾经的自然景观变成一片废墟。一场场惨痛的战争经历让海明威有感而发。因此,他的作品经常描绘战争对人的精神和身体的双重摧毁,在作品中塑造了他作为军人的化身,如出现在多篇短篇小说的退伍军人尼克·亚当斯、《太阳照样升起》中的士兵杰克·巴恩斯(Jack Barnes)、《永别了,武器》中的弗瑞德里克·亨利(Frederic Henry)中尉、《过河入林》中的里查德·坎特韦尔(Richard Cantwell)上校等,从而书

---

① 海明威:《太阳照样升起》.赵静男,译.上海:上海译文出版社,2020: 3.
② 海明威:《太阳照样升起》.赵静男,译.上海:上海译文出版社,2020: 3.

写战后美国人的"无家可归"和心灵迷失。如果按照时间顺序来算,"长久以来根本没有被广泛地认为是个前后贯穿的角色的尼克·亚当斯,便清晰地凸现为海明威作品中一长串他本人的化身中的第一个"[①]。在《两代父子》中,海明威让尼克以一个中年人的口吻,串联起过去和现在,回忆起教他打猎、钓鱼的父亲,并将其对父亲的思念与逝去的美国乡村环境相互交织在一起,实则表达他自己对逝去家园景观的追忆及其面对家园失落的迷惘。

在另一部以尼克为主人公的短篇小说《大双心河》("Big Two-Hearted River")中,海明威让从战争中归来的尼克回到童年时代钓鱼的地方露营。在这样一个未开垦之地,尼克本该能够瞬间找到与自然的共鸣,获得心灵上的慰藉,正如文学作品中的创伤研究时常让"创伤的幸存者需要一个相对安全的空间重整旗鼓,并讲述自己的创伤经历"[②]。然而,小说的开篇映入读者眼前的却是一幅惨遭战争蹂躏的自然环境和家园景观:

> 火车顺着轨道继续驶去,绕过树木被烧的小丘中的一座,失去了踪影。尼克在行李员从行李车门内扔出的那捆帐篷和铺盖上坐下来。这里已没有镇子,什么也没有,只有铁轨和被火烧过的土地。沿着塞内镇唯一的街道曾有十三家酒馆,现在已经没有留下一丝痕迹。广厦旅馆的屋基撅出在地面上。基石被火烧得破碎迸裂了。

[①] 海明威:《尼克·亚当斯故事集》. 陈良廷,等译. 上海:上海译文出版社,2012:2.
[②] Goodspeed C, Julie. "Modernist Style, Identity Politics, and Trauma in Hemingway's 'Big Two-Hearted River' and Stein's 'Picasso'." In: *Teaching Hemingway and Modernism*. Joseph Fruscione, ed. Kent: The Kent State University Press, 2015: 18.

塞内镇就剩下这些了。连土地的表层也给烧毁了。①

许多学者认为,《大双心河》展现的是一种回归自然的主题。因为在小说中,我们看到尼克在河边垂钓,在山上找寻到生活的快乐,其受伤的心灵和迷惘的精神都得到了安慰,一幅人与自然和谐的画面仿佛跃然纸上。评论家约瑟夫·弗洛拉(Joseph Flora)也曾指出,这部小说"似乎在向我们展示了梭罗隐居瓦尔登湖畔的一个20世纪的版本"。② 然而,细心的读者还应留意到,战争导致的家园失落在小说中占据了更多的篇幅。显而易见,文中提到的被火烧过的土地、被火烧得崩裂的基石以及被烧毁的地表等等,实际上隐喻着尼克在残酷战争中的悲惨经历和精神折磨。此时此刻,热爱自然的尼克想通过河里的鳟鱼寻求心理安慰,可到了河边,他发现的却是"深水中的鳟鱼显得稍微有些变形……这些大鳟鱼指望在潭底的砾石层上稳住身子"。③ 鳟鱼并没有给他带来太多外表和精神上的美感。他只能"撇下那处在热空气中的已焚毁的镇子,顺着和铁轨平行的大路走,然后在两旁各有一座被火烧焦的高山的小丘边拐弯,走上直通内地的大路。他顺着这条路走,感到沉重的包裹把肩膀勒得很痛"。④ 当尼克艰难地走到目的地时,他看到连生活在这片烧焦土地上的蚱蜢也都变成了黑色,他认定这些可怜的蚱蜢"是因为生活在这

---

① 海明威:《尼克·亚当斯故事集》. 陈良廷, 等译. 上海:上海译文出版社, 2012: 195.
② Flora, Joseph M. *Ernest Hemingway: A Study of the Short Fiction*. Boston: Twayne Publishers, 1989: 59.
③ 海明威:《尼克·亚当斯故事集》. 陈良廷, 等译. 上海:上海译文出版社, 2012: 196.
④ 海明威:《尼克·亚当斯故事集》. 陈良廷, 等译. 上海:上海译文出版社, 2012: 197.

片被烧遍的土地上才全都变成黑色的。他看出这场火灾该是在上一年发生的,但是这些蚱蜢如今已都变成黑色的了"。① 看到这一幕,尼克心中对这小动物产生了一丝同情,却又无能为力,只能对它说:"继续飞吧,蚱蜢,飞到别处去吧。"② 可见,无论是土地,或者土地上乃至水中的生物,受到战争的伤害都是巨大的,更是难以修复的。正如艾瑞克·安德森(Eric Anderson)等学者所言:"发生过灾难的地区景观在海明威的笔下书写形式多样,表现在许多不同的地理位置,既可以在陆地上,也可以在水上。"③ 对于尼克来说,战争让他失去了家园,使其内心深处留下的只有无尽的伤痛。即使他已经结束了战争,从战场上回归,想从自然美景和小动物的身上找到一种自我认同,以便摆脱战争带来的伤痛,这一切也不容易实现。

谈到战争导致精神迷惘和心灵家园的失落,《永别了,武器》毫无疑问是一部必须提及的小说。《永别了,武器》是一部自传色彩较为浓厚的长篇小说,小说的许多内容取材于海明威一战期间在意大利战场上的经历。小说讲述了美国青年弗瑞德里克·亨利到意大利北部战争担任救护车驾驶员,其间与英国护士凯瑟琳·巴克莱(Catherine Barkley)相识相爱的故事。小说的开篇,我们就看到海明威就利用一些家园景观变化的书写,隐喻了战争对人类生活和精神家园的破坏:

---

① 海明威:《尼克·亚当斯故事集》.陈良廷,等译.上海:上海译文出版社,2012:198.
② 海明威:《尼克·亚当斯故事集》.陈良廷,等译.上海:上海译文出版社,2012:199.
③ Anderson, Eric G and Taylor, Melanie B. "The Landscape of Disaster: Hemingway, Porter, and the Soundings of Indigenous Silence." *Texas Studies in Literature and Language*, 2017, 59(3): 323.

第一章 现代主义小说中的家园困境

那年晚夏,我们住在乡村一幢房子里,望得见隔着河流和平原的那些高山。河床里有鹅卵石和大圆石头,在阳光下又干又白,河水清澈,河流湍急,深处一泓蔚蓝。部队打从房子边走上大路,激起尘土,洒落在树叶上,连树干上也积满了尘埃。那年树叶早落,我们看着部队在路上开着走,尘土飞扬,树叶给微风吹得往下纷纷掉坠,士兵们开过之后,路上白晃晃,空空荡荡,只剩下一片落叶。①

《永别了,武器》采用第一人称叙事方式,通过主人公弗瑞德里克·亨利的视角展开故事。在小说开头,亨利所在的部队驻扎在意大利北部的一个小村庄。这是一个原本景色美丽,具有家园气息的村庄。令人无奈的是,在战争阴影的笼罩下,村庄周围的家园环境逐渐荒凉。随着部队不断从村庄前经过,扬起的尘土覆盖了树叶和树干,树叶纷纷飘落,整个村庄的道路变得"白晃晃,空空荡荡"。当秋雨降临之时,读者看到的更是"栗树上的叶子都掉了下来,就只剩下赤裸裸的树枝和被雨打成黑黝黝的树干。葡萄园中的枝叶也很稀疏光秃栗子树的叶子全部脱落,树枝光秃秃的"。② 可以说,整个田园乡间弥漫着沉郁的氛围,战争导致家园失落的痕迹无处不在。第二年,战事取得了一些进展,意大利军队在南边的平原和高原上取得了短暂胜利。亨利所在的部队渡过河流,驻扎在哥里察的一座有花园和喷泉的房子里。此时的小镇环境优美,生活相对平静。海明威又借助亨利的叙述表达其试图重返家园的理想:"这房屋有喷水池,有个砌有围墙的花园,园中栽种了好多茂盛多荫的树木,屋子旁边还有一棵紫藤,一片紫色……小镇很好,我们的屋子也

---

① 海明威:《永别了,武器》.林疑今,译.上海:上海译文出版社,2006: 5.
② 海明威:《永别了,武器》.林疑今,译.上海:上海译文出版社,2006: 6.

挺好。"① 然而，接下来我们又看到寻找家园的美好愿望终究被战争无情摧毁："我们初到小镇时，正在夏日，树林青翠，但是现在已只剩有断桩残干，地面上则给炮弹炸得四分五裂。"② 由此可见，小说中多次出现房屋的意象和地方自然景观的书写不仅代表了小说人物居住或经过的物理空间，还深刻反映了他们的内心世界、情感状态以及对远离战争、重返心灵家园的向往。只不过，这些家园理想终究难免被残酷的战争所打破。

小说中，战争导致的家园失落也通过亨利和凯瑟琳的爱情故事得到了淋漓尽致的展现。亨利在一次执行任务过程中被炮弹击中受伤，在米兰医院养伤遇到凯瑟琳，两人坠入了爱河。随着亨利伤势的日见好转，他们开始出入餐馆、旅馆、商店，驾车兜风，欣赏大自然的风光，倾诉着彼此的爱心，就连短暂分别之际，两人的口中也离不开对"家"的渴望：

"我舍不得离开我们这好好的家。"

"我也是。"

"不过我们得走了。"

"好的。可惜我们在这儿住家不长久。"

"我们将来会的。"

"你回来时，我一定有个好好的家在等着你。"

"也许我就回来。"③

显而易见，是凯瑟琳让亨利体验到家园情感和人生意义，使他将爱

---

① 海明威：《永别了，武器》．林疑今，译．上海：上海译文出版社，2006：7．
② 海明威：《永别了，武器》．林疑今，译．上海：上海译文出版社，2006：8．
③ 海明威：《永别了，武器》．林疑今，译．上海：上海译文出版社，2006：171．

情视为心灵的寄托。凯瑟琳也为亨利居住的每一处地方"赋予了一种家园感和安全感"。① 他将凯瑟琳视为心中唯一的家,"她在哪里,家就在哪里"。② 然而,伤势痊愈的亨利却不得不离开凯瑟琳,重返前线,继续目睹战争对人类家园环境的摧残。此刻的亨利"感到了一种顿悟……深知战争对他毫无意义"。③ 他毅然决定脱离部队,和凯瑟琳一起逃往一战时期的中立国——瑞士,试图到这一远离战火硝烟的国度寻找新的家园。"在意大利的日子,尤其是战争经历,将海明威带到一个与童年的橡树园截然不同的世界。"④ 但在瑞士这一远离战争的国度,他们再次感受到了美好的家园气息。他们住在山坡上松树环绕的一幢褐色木屋里。高山上白雪皑皑,溪流边绿草如茵,使其享受着短暂的和平与幸福:"我们度着幸福的日子。我们度过了正月和二月,那年冬天天气非常好,我们生活得非常美满。偶尔有暖风吹来,短期间冰雪融解,空气中颇有春意。"⑤ "我也乐于陪她赶车子在乡间道路上跑跑。碰到天气好,我们总是尽兴而归,从来不觉得沉闷。我们知道孩子快要出生,两人都觉得有件什么事在催促我们尽情作乐,不要浪费我们在一起的任何时间。"⑥ 两人在瑞士短暂的世外桃源般的生活隐喻着对家园的渴望和追求。他们憧憬着美好的新家园,但不幸的是,等待他们的仍然是理想的破灭。凯瑟琳

---

① Hays, Peter L. *Fifty Years of Hemingway Criticism*. Lanham: Scarecrow Press, Incorporated, 2013: 102.
② Hays, Peter L. *Fifty Years of Hemingway Criticism*. Lanham: Scarecrow Press, Incorporated, 2013: 102.
③ Anderson, David L. *Archetypal Figures in "The Snows of Kilimanjaro": Hemingway on Flight and Hospitality*. Kent: The Kent State University Press, 2019: 133.
④ Sindelar, Nancy W. *Influencing Hemingway: People and Places That Shaped His Life and Work*. Lanham: Rowman & Littlefield Publishers, Incorporated, 2014: 34.
⑤ 海明威:《永别了,武器》. 林疑今,译. 上海:上海译文出版社,2006: 330.
⑥ 海明威:《永别了,武器》. 林疑今,译. 上海:上海译文出版社,2006: 336.

的难产和死亡对于亨利而言意味着失去了爱情,失去了孩子,失去了未来的希望,更失去了家园。

《太阳照样升起》是另一部反映"迷惘的一代"因为战争而失去家园的小说,这部小说被评论界誉为"享有国际声誉……最具影响力的美国文学作品之一"。[①] 小说描写的是一战以后一群流落巴黎的英美青年的生活和思想情绪。小说"所有的描写都紧紧围绕着乡村和大地这个稳定的轴心展开,无论是幽深的山谷、鳟鱼出没的河流、黄沙漫天的斗牛场,还是单纯质朴的乡民以及勇敢坚毅的罗梅罗。海明威叙述的是一个只有漂泊没有归宿的现代世界"。[②] 这些漂泊在外的英美青年大多是战争的受害者,"对他们来说,通行的道德标准、伦理观念、人生理想等等,全都被战争给摧毁了"。[③] 精神迷惘和家园失落更是不在话下。男主人公杰克·巴恩斯(Jake Barnes)和尼克、亨利一样带有很强烈的海明威自传成分。他是个美国青年,在第一次世界大战中负了重伤,战后旅居法国,为美国的一家报馆当记者。饱受肉体和精神创伤的他,生活上失去了目标和理想,终日像一个无所事事、寄人篱下的异乡客。就连和他的战友、作家比尔·戈顿(Bill Gorton)在即将和他开启一段钓鱼之旅之前,也毫无保留地提醒他:

你是一名流亡者。你已经和土地失去了联系。你变得矫揉造作。冒牌的欧洲道德观念把你毁了。你嗜酒如命。你头脑里摆脱不了性的问题。你不务实事,整天消磨在高谈阔论之中。你是一名

[①] Moddelmog, Debra A. and Gizzo, Suzanne del. Ernest Hemingway in Context. Cambridge: Cambridge University Press, 2012: 59.
[②] 曾莉:《英美文学中的环境主题研究》. 北京:中国社会科学出版社, 2012: 151-152.
[③] 海明威:《太阳照样升起》. 赵静男, 译. 上海:上海译文出版社, 2020: 2.

流亡者，明白吗？你在各家咖啡馆来回转游。[1]

尽管比尔经常喜欢用幽默来躲避和掩饰自己所经历的战争的恐怖，但他堪称一个直言不讳之人。他口中的"你已经和土地失去了联系"不正恰恰点明了杰克的家园失落吗？小说中，以杰克为代表的"迷惘的一代"青年，其生活从表面上看似乎风光无限：聚会、旅行，喝酒、跳舞、钓鱼、看斗牛，或为了女人而拔拳相向，就像比尔·戈顿所说，"你嗜酒如命。你头脑里摆脱不了性的问题"，"你在各家咖啡馆来回转游"。然而，在他们内心深处蕴藏的更多的是一种幻灭的情绪。他们的生活也好，工作也罢，实际上充满了烦躁与不安，他们甚至从未真正建立属于自己的家庭生活。可以说，正是因为比尔对杰克的处境有着清晰的认识，才敢于直接评论杰克的形象，称其本质上无非是一名遭受了精神困境和家园失落的流亡者。

小说的女主人公勃莱特·阿施利夫人（Lady Brett Ashley）作为一位漂亮而有气质的女性，是小说中多名男性心仪的对象，但从她的身上读者同样能感受到明显的家园失落。阿施利夫人和"迷惘的一代"男青年一样因战争失去亲人，一样陷入了精神世界的空虚。她生活在巴黎，却始终无法在这座城市找到家园归属感。她过着纸醉金迷的生活，频繁出入咖啡馆、酒吧，经常与不同的男性交往，试图在酒精的麻醉和肉体的放纵中忘却战争带来的痛苦，希望能找到情感的寄托。遗憾的是，这种生活方式并未带给她真正的慰藉，反而让她陷入更深的孤独与绝望。难怪有学者指出："《太阳照常升起》是一部比《荒原》还要绝望的作品……

---

[1] 海明威：《太阳照样升起》，赵静男，译．上海：上海译文出版社，2020:144.

人物的所有行动都是循环往复的，而且在结尾处，他们再次地回到了自己的出发点。"[1]尽管阿施利夫人与杰克·巴恩斯之间存在着深厚的情感，但由于杰克在战争中受伤导致的性功能障碍，两人无法真正走到一起。种种无法实现的情感归属无疑表明了她的家园失落。不但如此，细心的读者还会发现，小说的最后，当阿施利夫人对杰克说："我们要能在一起该多好。"[2] 杰克的回答"是啊，这么想想不也很好吗？"[3]，更是暗示了彼此的无奈和迷惘，以及对心灵家园的渴望和失落。

　　学界普遍认为，家园不仅是人所居住的地方，同时具有对生态系统中的生物与环境之间的互动关系的观照意味。作为人类以及所有生物共同的生活空间，家园不仅表现出对自我主体性生存空间的体验，同时有维护生态系统的完整性和稳定性的意义。就此而言，海明威的家园意识不仅与他的反战思想有关，也和他投身大自然的经历有着很深的渊源。海明威天生热爱自然界的生物。孩童时期的海明威就喜欢各种各样的小动物，尤其是野生动物。他自幼心地善良，母亲曾在日志中提到，"一只苍蝇的死能让他流下伤心的泪水，他还试过用糖和水救活它们"。[4]5岁生日时，祖父送给他一个显微镜，他经常带着显微镜观察岩石和昆虫标本。细致的观察让小海明威真正欣赏和理解大自然的美轮美奂。6岁时，海明威开始上学，尽管他的学业成绩优秀，但是比起上学，他更倾向于参加户外活动，尤其是瓦隆湖附近的乡村生活。他熟悉乡村农舍的生态环境：灌木丛中的松针沙质壤土、沼泽中的褐色泥浆、农场中暖阳照射下的硬质土壤等等，无一不在他幼小的心中留下深刻的印象。在距离

---

[1] 曾莉：《英美文学中的环境主题研究》. 北京：中国社会科学出版社，2012：152.
[2] 海明威：《太阳照样升起》. 赵静男，译. 上海：上海译文出版社，2020：312.
[3] 海明威：《太阳照样升起》. 赵静男，译. 上海：上海译文出版社，2020：313.
[4] Baker, Carlos. *Ernest Hemingway: A Life Story*. New York: Penguin Books, 1987: 6.

瓦隆湖不远处坐落着一片森林，森林周边住着一群印第安人。印第安人原始的生活方式简单朴实、采水果、剥树皮、寻草药、煮食物、编织和缝纫，以及他们的纯真，他们与大自然的和谐生活等等，带给海明威的是一种特殊而美妙的家园记忆。此外，被誉为"世界公民"的海明威还到过全世界无数个古老幽雅的地方，欣赏过诸多国家和地区的家园景观。伊利诺伊大草原、密歇根大森林、加拿大、法国、意大利、古巴、瑞士、中国、西班牙等许多国家和地区都曾留下他的足迹。先后两次的非洲狩猎旅行给予海明威精神的慰藉和创作的素材。西班牙的斗牛、古巴的钓鱼、瑞士的滑雪以及德国的旅行等等，更是激发了他不断思考人类如何与现代家园和睦共处。"作为一位作家，海明威一再展现他对自然景观一丝不苟的美学追求。"[1] 他把这些经历中欣赏到的家园景观和体验到的家园情感写入作品，如《最后一方净土》（"The Last Good Country"）中的原始森林、《大双心河》中少年尼克的钓鱼之地、《永别了，武器》中的蒙特尔山林、《非洲的青山》中的野生动物与原始森林景观、《丧钟为谁而鸣》中的松林、《老人与海》中的浩瀚大海和海上生物等等，在海明威的笔下都展示了充满魅力的家园景观，也表现了丰富细腻的家园情感。

评论家艾伦·约瑟夫（Allen Josephs）曾指出，在海明威的所有作品中，"包括从早期作品到《危险的夏天》，都时常展现着那些与自然和睦相处的人和那些与自然敌对的人之间的对立"。[2] 诚然，热爱自然家园的海明威在他的作品中不仅书写着自然家园美景给人类带来的身心愉悦，

---

[1] Cirino, Mark and Ott, Mark P. *Ernest Hemingway and the Geography of Memory*. Kent: The Kent State University Press, 2013: 70.

[2] Josephs, Allen. "Hemingway's Spanish sensibility". In: *The Cambridge Companion to Ernest Hemingway*. Scott Donaldson, ed. Shanghai: Shanghai Foreign Language Education Press, 2000: 222.

同样关注到人与自然的冲突及其导致的家园失落。海明威曾在1947年给另一位同时期的重要作家威廉·福克纳写信，信中提到，"我自己的乡村消失了，树木被砍伐，剩下的只有加油站，还有我们曾经在草原上打鹳的住宅小区等"。[1] 因此，在海明威的诸多小说中，读者经常看到人与自然的冲突及其导致的家园失落，这不仅是海明威对个人经历的反思，更是对人类生存状态的深刻探讨。

海明威非洲题材小说中蕴含的家园意识值得一提。正如学者丽莎·泰勒（Lisa Tyler）所说，"或许因为现代科技日新月异的发展，非洲及其原始风情对从事表演艺术、文学和视觉艺术等艺术形式的现代游子产生了特殊的吸引力"。[2] 海明威曾两次到达非洲，在肯尼亚、坦桑尼亚、乌干达等国家进行狩猎旅行。非洲广袤无垠的大地、婀娜多姿的青山绿水、土生土长的奇珍异兽为海明威的小说创作提供了美妙的源泉，也让他能够在作品中更好地"表达身处大自然的兴奋之情"。[3] 在非洲的狩猎旅行中，海明威猎杀了许多动物，其中包括体型强壮的野兽，如狮子、野牛等。通过这些狩猎冒险，海明威对人类的能力感到自豪，同样意识人类的能力与征服自然世界之间的矛盾。难怪有学者认为："海明威因参与对非洲自然资源的掠夺而陷入的情感和精神困境，恰似人类在面对气

---

[1] Baker, Carlos. *Ernest Hemingway: Selected Letters, 1917-1961*. New York: Charles Scribner's Sons, 1981: 624.

[2] Tyler, Lisa. "Aestheticized Slavery: Blackamoor Jewelry in Hemingway's *Across the River and into the Trees*." *Arizona Quarterly*, 2022, 78(4): 35.

[3] Meyers, Jeffery, ed. *Hemingway: A Biography*. New York: Harper & Row Publishers, 1985: 264.

候变化、生物多样性丧失和其他环境危机时的困境。"[①] 因此，他将自己在非洲的见闻和印象融入笔端，以旅途中见到人与自然的和谐和冲突为例，书写他的家园情感及其深刻反思。在纪实文学作品《非洲的青山》中，他一方面细腻描写了非洲自然风光：美丽的森林、草原、群山、蓝天和各种野生的飞禽走兽，并记述了自己在非洲贴近自然的俭朴生活。另一方面，他在书中敢于书写遭受人类破坏的家园环境——"堆得高高的装垃圾的平底驳船，色彩艳丽，上有白色斑点，臭气熏天，这会儿正朝一边倾斜着，把它装载的东西倾倒进蓝色的海水里，当这些东西在水面上散开来时，将海水变成淡绿色，直到四五英寻的深处，那些容易下沉的东西往下沉去"[②]，还通过生动形象的细节描写，表达自己对现代文明的极度失望和对自然风光的无限向往：

> 我们一旦到达一片大陆，这大陆就迅速变老。土著与之和谐地生活在一起。但是外国人大肆破坏，砍下树木，抽干河水，因此供水情况被改变，一旦表土被翻下去后，土壤便露出地面来，接着，开始被风刮走，就像在每一个老地区曾被刮走那样，就像我所看见的在加拿大开始被刮走那样。土地对被开发感到厌倦。一个地区会迅速衰竭，除非人们把所有的残留物和所有的牲畜都还给它。等到人们放弃使用牲畜，改用机械时，土地就迅速打败了他们。机械不可能再繁殖，也不可能使土壤肥沃，它吃的是人们所不能种植的。一个地区应该是我们发现它时的那个样子。我们是闯入者，等我们死

---

① Juraszek, Dawid Bernard. "'We Have Very Primitive Emotions': Cognitive Biases and Environmental Crises in Hemingway's *Green Hills of Africa*." *English Studies*, 2021, 102 (6): 670-712.
② 海明威：《非洲的青山》. 张建平，译，上海：上海译文出版社，1999: 98.

后，我们也许已把它毁掉，但它仍然会在那里，而我们不知道接下来会有什么样的变化。我看它们的结局都会像蒙古那样。[①]

　　小说中的非洲草原、森林、山脉和野生动物已经构成了一个充满野性与生命力的世界，并成为海明威精神上的寄托。正因如此，每当经过一片被现代文明污染过的大陆、地区或是土地，海明威都会有感而发，形象地展现人类入侵行为对非洲的地理家园和精神家园造成的破坏。

　　另一部来自非洲狩猎题材的名作《乞力马扎罗的雪》(*The Snows of Kilimanjaro*)也蕴含了海明威的家园意识。同海明威的许多其他非洲题材作品一样，这篇小说中的各种自然景观也是那么色彩斑斓、丰富奇特。从雪山、大鸟到树木都让读者感受到强大的生命力。比如，主人公哈里(Harry)首次安静下来休养的时候，我们看到他投身于自然家园时的舒适心情：

> 接着他躺下来，安静了一会儿，目光越过微光闪烁的烘热的旷野，眺望着灌木丛的边缘。在黄色的背景上，几只野羊显得一点点小，白白的。远处，他看见有一群斑马，在绿色的灌木丛映衬下呈白色。这是一块令人愉悦的营地，依山搭建，有大树遮阴，清水相傍，附近还有一眼差不多已干涸的水穴，每天清晨有沙鸡在它周围飞来飞去。[②]

　　这是看似简单的一番描写，却能让读者充分领略到源于人与自然

[①] 海明威：《非洲的青山》. 张建平, 译. 上海: 上海译文出版社, 1999: 242-243.
[②] 海明威：《乞力马扎罗的雪: 海明威短篇小说精选》. 陈良廷, 等译. 北京: 人民文学出版社, 2022: 3.

和谐关系的家园情感。从哈里接下来的回忆我们知道，他曾经历过残酷和野蛮战争的创伤，深知惨绝人寰的战争给人类社会和自然家园造成的破坏。哈里和海明威一样，是一个"具有鲜明的男子气概、满怀激情的猎手与勇敢的恋人，"[1]同时也是"迷惘的一代"的代表人物。虽然他曾是个著名的作家，但受到金钱和享乐主义的诱惑，他逐步坠入了堕落的深渊，精神世界也是一片空虚。正是如此，哈里不远千山万里来到非洲这个古老而神秘的地方。或许对他而言，唯有如此才能找回失去的精神家园。小说以当前的事件为主要线索，其间前后穿插了六段主人公对过去的记忆。诚如美国著名的文学传记作家斯科特·唐纳森（Scott Donaldson）指出"记忆是最好的评论家"[2]，纵观小说中的六段记忆，每一段都包含了哈里对人生的深刻反思。他曾到过欧洲许多地方。从罗马尼亚的小村庄，到欧洲的大都市都曾经留下过他的足迹。卡拉卡奇、雪伦兹、巴黎、君士坦丁堡等一些文明发达的地方都曾在他的生命中留下过故事。而除了少量如上文所提的自然描写之外，哈里的这些回忆往往渗入欧洲社会的浮华、迷惘、堕落等特征。他见到惨不忍睹的死尸，被土耳其军官持枪追杀，看见整个社会腐朽的家园环境。一幅幅庸俗、迂腐的画面萦绕在他的脑海："老头儿和女人总是喝葡萄酒和劣质果渣酒，灌得醉醺醺的；寒风中，孩子们淌着鼻涕；你闻得着臭汗和贫穷的气味，看得见'业余爱好者咖啡馆'里的醉态，还有'奏乐舞厅'里的妓女，她们

---

[1] Holliday, Shawn. "The Torrents of Spring and the Beginning of the Hemingway Myth." *Arizona Quarterly: A Journal of American Literature, Culture, and Theory*, 2024, 80(2): 35.

[2] Donaldson, Scott. "Ernest, Hadley, and ltaly." In: Mark Cirino, and Mark Ott, eds. *Hemingway and Italy: Twenty-First-Century Perspectives*. Gainesville: University Press of Florida, 2025: 40.

就住在舞厅的楼上。"① 在这个龌龊的世界里,人们的精力和兴趣停留在金钱和物质的追求与享受上。物质文明高度发达的背后无非是精神家园的迷失。不但如此,哈里记忆中的地理家园也总是给人一种显而易见的失落感:

> 在一座俯瞰着湖水的小山上,有一栋圆木构筑、灰泥嵌白的房子。门边竖着一根竿子,竿子上挂着一只铃铛,那是用来呼唤外面的人回屋吃饭的。房子后面是田野,田野后面是树林。一排箭杆杨从房子一直延伸到码头,岬角边沿也围着箭杆杨。一条小路从树林边往山上而去,他曾沿这条路采摘黑莓。后来,那栋圆木结构的房子烧毁了,挂在壁炉上方鹿角架上的几支枪也烧坏了。②

可见,家园失落的回忆在哈里的脑海里始终挥之不去。哈里在非洲的狩猎之旅本质上是为了摆脱物质社会的束缚,追寻一种纯粹的精神家园,却在打猎的时候划伤了腿部,染上坏疽病,性命危在旦夕。在很大程度上,这一情节设定已然预示了他追寻家园的失败。哈里最后的死亡结局固然带有悲剧色彩,但从文中他的言行、他对过去的诸多回忆和深刻反思,我们又似乎可以感受到这个"迷惘的一代"的作家已经厌倦了腐朽的社会环境。在生命的最后时刻,他意识到真正的家园更接近于是内心的宁静与自我救赎。于是在前方,极目所见,他看到,"宽广如整个世界的,那么雄伟,那么高,在阳光下白得令人无法置信的,那是乞力马扎罗

---

① 海明威:《乞力马扎罗的雪:海明威短篇小说精选》. 陈良廷,等译. 北京:人民文学出版社,2022: 22.

② 海明威:《乞力马扎罗的雪:海明威短篇小说精选》. 陈良廷,等译. 北京:人民文学出版社,2022: 20.

山的方形山巅。这时他明白了,那就是他要去的地方。"[1] 精神迷惘与家园失落,以及对于精神家园的追求,共同反映了海明威对现代人类精神困境的深刻洞察与反思。

《老人与海》也堪称一部反映精神家园失落的小说。小说讲述的是一个久经沧桑的古巴老渔夫圣地亚哥(Santiago)在海上艰苦搏斗,捕杀硕大无比的马林鱼、苦战蜂拥而至的大鲨鱼的故事。海明威"擅长书写自然景观与人物之间的关系,"[2] 这在《老人与海》中得到淋漓尽致的展现。小说中的大海在主人公圣地亚哥的心里是一位美丽的女性,也是人类精神家园的一个重要部分。尽管"在许多方面,海洋对人类而言是一种陌生的存在;我们不像在大多数其他栖息地那样能够在海洋上居住,也无法在海上安家。"[3] 然而,"正如生物学家经常提醒我们的,海洋对于人类的生存不可或缺:我们与海洋生物有着一种古老而奇特的亲缘关系。人们也认识到,海洋对人类的未来至关重要。"[4] 换言之,"大海具有赋予生命和滋养万物的自然特性。"[5] 圣地亚哥曾多次回想,自己如何与海洋中的生物,如飞鱼、海龟、海豚等建立了深厚的情感联系,甚至与它

---

[1] 海明威:《乞力马扎罗的雪:海明威短篇小说精选》.陈良廷,等译.北京:人民文学出版社,2022:30-31.

[2] Maier, Kevin. *Teaching Hemingway and the Natural World*. Kent: The Kent State University Press, 2018: 12.

[3] Softing, Inger Ann. "Everything Kills Everything Else in Some Way": An Ecocritical Reading of Human-Non-Human Relationships in Ernest Hemingway's *The Old Man and the sea*." *English Studies*, 2024, 105 (7): 1160.

[4] Softing, Inger Ann. "Everything Kills Everything Else in Some Way": An Ecocritical Reading of Human-Non-Human Relationships in Ernest Hemingway's *The Old Man and the sea*." *English Studies*, 2024, 105 (7): 1160.

[5] Kim, Wook Dong. "Hemingway's *The Old Man and the Sea*: Paired Oppositions as a Narrative Strategy." *ANQ: A Quarterly Journal of Short Articles, Notes and Reviews*, 2024, 37 (2): 281.

们称兄道弟,就连对捕获的大马林鱼,圣地亚哥也充满了敬意和怜悯。老人与大海的关系实际上堪称一种精神家园的向往和归属感。正如老人自己心中所想:"海洋是仁慈并十分美丽的。"[1]"一个人在海上是永远不会感到孤单的。"[2]因此,对于圣地亚哥而言,大海不仅仅是一个物理空间,更是一个充满丰富情感和记忆的精神家园。

大海为圣地亚哥提供了生存的资源,同时也见证了他与命运的抗争及其精神家园的失落。小说中的圣地亚哥虽然是一个经验丰富的老渔夫,但他连续八十四天没有捕到鱼,眼看已经面临着生计的困难,甚至遭到周围人的嘲讽。一方面,这种困境让圣地亚哥不禁开始质疑自己的能力和价值,表现出一种精神上的迷惘。另一方面,大海给予圣地亚哥连续几十天的失败,似乎已经向他提出严重的警告。而这位老渔夫却无视大自然的呼喊,不顾一切继续捕鱼,其行为在很大程度上已经蕴含了人与自然的冲突。"一个人可以被毁灭,但不能给打败",[3]圣地亚哥的这句名言所传达的思想固然可贵,但如果放在人与自然的关系的角度去审视,就显得不妥了。毕竟从社会现实来看,人的不屈精神固然可贵,人的尊严固然不可失去,但在强调人类能力的同时,我们也需要注意人类本身与大自然的密切联系,保护属于全人类的自然家园。我们还要意识到,虽然人类能够在利用自然、改造自然方面取得一系列的丰功伟绩,但每当他们试图逾越自然法则,都将以失败而告终。须知,小说中描写的那种大鱼如今已经难得一见了。商业性的捕捞不仅使许多大型的鱼类消失,而且使得大量的海洋哺乳动物、海鸟和海龟死亡,这样的"一网打

---

[1] 海明威:《老人与海》.吴劳,译.上海:上海译文出版社,2001: 20.
[2] 海明威:《老人与海》.吴劳,译.上海:上海译文出版社,2001: 48.
[3] 海明威:《老人与海》.吴劳,译.上海:上海译文出版社,2001: 84.

尽"必然对海洋生物食物链造成严重破坏,后果不堪设想。难怪学界普遍认为《老人与海》的另一个主题在于"人与自然的关系问题上所包孕的深层伦理冲突和困惑。"[1] 由此导致的精神迷惘与家园失落自然也不在话下,就连圣地亚哥也反复叹息道:"只怪我出海太远了。"[2] 小说中圣地亚哥的整个捕鱼过程伴随了一种精神的迷惘,也是他的人生困境和家园失落的一种体现。

圣地亚哥是海明威笔下"一个极度孤独的人"。[3] 在辽阔的大海上,他不仅与大马林鱼和鲨鱼斗争,更多的是与自己内心的恐惧与孤独斗争,孤独逐渐成为他唯一的伴侣。那片大海虽然无尽美丽,却无情地掩埋了自己的希望。此外,小说中关于圣地亚哥住所的书写也和他的精神迷惘和家园失落联系在一起:

> 他们顺着大路一起走到老人的窝棚,从敞开的门走进去。老人把绕着帆的桅杆靠在墙上,男孩把木箱和其他家什搁在它的旁边。那桅杆跟这单间的窝棚差不多一般长。……里面有一张床、一张桌子、一把椅子和泥地上一处用木炭烧饭的地方。……有一幅彩色的耶稣圣心图和另一幅科夫莱圣母图。这是他妻子的遗物。墙上一度挂着一幅他妻子的着色照,但他把它取下了,因为看了觉得自己太孤单了。它如今在屋角搁板上他那件干净衬衫下面。[4]

---

[1] 于冬云:《海明威与现代性的悖论》. 济南:齐鲁书社, 2019: 144.
[2] 海明威:《老人与海》. 吴劳, 译. 上海:上海译文出版社, 2001: 98.
[3] Wyatt, David. " 'Have Sure Tried': Hemingway's Unfaltering Career." *American Literary History*, 2023, 35(4): 1848.
[4] 海明威:《老人与海》. 吴劳, 译. 上海:上海译文出版社, 2001: 7-8.

窝棚显然是圣地亚哥居住的"家",正如法国哲学家加斯东·巴什拉（Gaston Bachelard, 1884—1962）曾言:"一切真正有人居住的空间都具备家宅概念的本质。"[①]"家宅是一种强大的融合力量,把人的思想、回忆和梦融合在一起。"[②] 作为圣地亚哥的"家",窝棚不仅设施极其简陋,更值得一提的是,它交代了老人的妻子在故事发生之前已经去世。老人曾在窝棚的墙上挂着妻子的着色照片,他之所以后来将其取下,是因为每次看到照片都会让他倍感孤独。妻子的照片被圣地亚哥放在屋角的搁板上,压在他干净的衬衫下面。这既是他对妻子的怀念,也是内心的孤独和对逝去家园的回忆。此外,老人的精神迷惘和家园失落也体现在他与小男孩马诺林（Manolin）的联系上。换言之,马诺林也可以看作老人精神家园的重要组成部分。在老人孤独的生活中,马诺林不仅是他的朋友、学徒和助手,更是他情感的寄托和精神的延续。然而,经历了八十四天空手而归的圣地亚哥被小镇上的人戏谑为"倒了血霉",[③] 马诺林也随之被父母安排到其他渔船上。马诺林虽然深信老人会成功,但无奈必须听从父母的安排。圣地亚哥只能在记忆中回想着与马诺林一起捕鱼的日子。每当他感到疲惫、孤独,或遇到困惑时,他会想象着马诺林就在身边,也会时常情不自禁地呼喊:"但愿孩子在这儿就好了。"[④] "但愿那孩子在这里。"[⑤] "但愿那孩子在这儿,我手边有点儿盐。"[⑥] 正是这些回忆,给予圣地亚哥很多的温暖和力量。也正是这些回忆,让他因为马诺林不在

[①] 巴什拉:《空间的诗学》.张逸婧,译.上海:上海译文出版社,2009: 3.
[②] 巴什拉:《空间的诗学》.张逸婧,译.上海:上海译文出版社,2009: 5.
[③] 海明威:《老人与海》.吴劳,译.上海:上海译文出版社,2001:1.
[④] 海明威:《老人与海》.吴劳,译.上海:上海译文出版社,2001: 38.
[⑤] 海明威:《老人与海》.吴劳,译.上海:上海译文出版社,2001: 40.
[⑥] 海明威:《老人与海》.吴劳,译.上海:上海译文出版社,2001: 44.

身边而感到更加强烈的精神迷惘和家园失落。

虽然海明威在美国都市社会之外的边缘或异域空间中生活与创作，但他的创作内容和思想却与自己所处时代的社会风貌息息相关。作为一个行走在多元空间中的士兵、记者、猎人、渔夫、旅行爱好者，海明威的小说创作以自己丰富的人生经历为原型，将纸醉金迷的现代主义时期美国人生活的许多方面收入其中。在很大程度上，尼克·亚当斯、杰克·巴恩斯、亨利、哈里、圣地亚哥等人物和海明威一样，都堪称"迷惘的一代"的代表。他们反对战争，渴望和平，敬畏自然，敢于追求自己的未来，却始终无法摆脱精神世界的荒芜与迷惘。他们往往缺乏传统意义上稳定的"家"。这也说明了海明威小说中的家园不仅是一个具体的、物理上的空间，更是一个具有抽象意义的概念。他通过小说人物在战争、流浪、冒险等环境中的生存状态书写，展现其精神迷惘与家园失落，其目的实际上在于把握人们的精神创伤和焦虑彷徨心理，试图给迷惘的人们指出一条精神上的出路。

第二节　威廉·福克纳：守望乡土家园

威廉·福克纳（William Faulkner，1897—1962）是美国最具创造性和最有影响力的现代主义小说家之一，美国"南方文学"最突出的代表，意识流文学在美国的代表人物。福克纳一生笔耕不辍，著作等身。主要作品包括《喧哗与骚动》(*The Sound and the Fury*, 1929)、《我弥留之际》(*As I Lay Dying*, 1930)、《圣殿》(*Sanctuary*, 1931)、《八月之光》(*Light *in August*, 1932）、《押沙龙,押沙龙！》（*Absalom, Absalom!*, 1936）、《去吧,摩西》（*Go Down, Moses*, 1942）等 19 部长篇小说和 120 多篇短篇及多部诗集、影视剧本等。福克纳的小说内涵丰富,思想深刻,视角丰富,表现手法多变,在题材、构思和写作手法方面形成了独树一帜的风格,既百科全书式地反映了美国南方近现代的历史和现实,也形象刻画了 20 世纪初美国人的精神困惑。1949 年,因其"对现代美国小说做出了强有力的和艺术上无与伦比的贡献",福克纳荣膺诺贝尔文学奖。

时至今日,福克纳已成为美国文学史上被评论、研究得最多的作家之一。国内外学界关于福克纳的研究成果不计其数,主要围绕哲学、美学、心理分析、种族主义、女性主义、新历史主义、生态批评、文化批评、叙事技巧、神话原型、存在主义、比较研究等领域和视角展开。相比之下,从家园意识的角度出发的研究成果为数不多。实际上,作为美国"南方文学"的代言人,福克纳的绝大多数作品以美国南方地区为背景,在创作当中将家乡的传统以及乡土文化作为艺术源头,表露出对乡土家园的记忆和守望情怀以及对精神家园的寻觅。正如他曾在 1956 年的一场采访中提到,"我发现我自己的那像邮票那样大小的故乡的土地是值得好好写的,我就是用尽一生的精力也无法把它写完,只有把现实升华为神话,我才能把我可能拥有的才华发挥到极限。它向我打开了一座埋藏着丰富人性的金矿,我用它创造一个属于我自己的宇宙"。[①] 南方的历史、社会、文化、精神是福克纳创作的源泉。他生于南方,长于南方,身上散发着浓郁的"南方乡土气息"。就此而言,从乡土家园的角度研究福克纳小说无疑具有较强的可行性和研究价值。

---

① 李文俊：《福克纳评论集》. 北京：中国社会科学出版社,1980: 274.

第一章　现代主义小说中的家园困境

　　福克纳1897年出生于美国南方密西西比州新奥尔巴尼的一个没落的贵族家庭。5岁时，福克纳跟随家人迁居至拉裴特县的牛津镇。这个小镇当时的人口总数不足两千，但福克纳一生中大部分时光在这邮票般大小的地方度过，深深地扎根于这个祖辈世居的乡土家园，甚至几乎没有去过其他地区。福克纳深知，正是这片南方的土地养育他长大，塑造他的性格。这片家乡的土地不仅是他成长的地方，更是他精神的寄托。虽然南北战争后，南方的经济情况每况愈下，但所谓"子不嫌母丑"，福克纳知道是南方的水土、社会历史、风俗文化培养和造就了他。他将其视为值得守护一生的地理和精神家园，并坚信家乡有写不完的人和事。因此，他的小说几乎都是在南方这个特殊的历史空间形成的，作品中写的也大多是关乎南方的人物与事件。他以家乡为范本，虚构了一个名为"约克纳帕塔法县"（Yoknapatawpha County）[1]的地方，将大部分成名作品的地理背景设定在这一虚构而成的南方小镇，并像农夫一样在此辛勤地耕耘。这个"南方王国"虽然方圆只有两千四百平方英里，但福克纳创作的绝大多数长篇小说和短篇故事的背景都发生于此，时间跨度从独立战争前到第二次世界大战以后，出场人物达六百多人，其中的主要人物在不同的作品中交替出现，构成了一个庞大的故事网络。用英国人文地理学著名学者大卫·哈维的话来说，"约克纳帕塔法县"代表着福克纳小说中具有的"多样化的空间旅程和空间叙事"。[2] 福克纳为这个自己创造的家园精心绘制地图，对其故事内容进行了整体空间规划和具体布置，详细绘制其家族分布、规模大小、屋舍农庄、仆从角色、肤色身份、

---

[1] Yoknapatawpha源自契卡索语（Chickasaw），意为"河水慢慢流过的平坦土地"，是一个以牛津镇为原型而创造的世界，福克纳的亲属及乡邻都在其中活动。

[2] Watson, Jay and Abadie, Ann J. *Faulkner's Geographies*. Jackson: University Press of Mississippi, 2015: 17-18.

家庭关系等蓝图。从家园意识的角度看，"约克纳帕塔法世系"的建立，不仅充分体现了福克纳的恋乡情结，更无疑是其家园意识的突出表现。

必须承认的是，福克纳的创作始于南方文化日渐衰亡的时期。曾几何时，南方有着特殊的地域文化，建立在庄园经济基础上的农耕社会自给自足造就了南方人强烈的土地观念和家族意识。然而，南北战争的爆发使这一切毁于一旦，特别是庄园的转型、奴隶制的废除，使曾经显赫一时的南方种植园奴隶主家庭遭遇了不可避免的没落。城市的迅速崛起大片耕地和森林的消失等等，更是强烈动摇了南方传统的农耕文化和家族观念。在日新月异的美国，彼时的南方地区逐渐沦落成了一个闭塞落后的死角，不仅生产方式陈旧，生活方式落后，而且在精神、文化、道德等方面也十分保守。福克纳出生于没落的南方种植园贵族家庭，曾在祖先的种种光辉形象的传说中长大，对家族的自豪和乡土家园的热爱从小就在他心灵深处播下种子。他一度认为，尽管自己热爱的南方家乡一直是个封闭的农业社会，绝大多数人从事农业生产，但这是一种亲近自然的生产和生活方式。尽管北方工业文明试图攻占这片纯净的沃土，南方人强调历史感和家庭观念，定能复兴过去的美好时光，重返美好的心灵家园。可遗憾的是，南北战争后南方的传统价值观逐渐崩溃，加之第一次世界大战的冲击和战后美国社会"迷惘"思潮的蔓延，导致"在福克纳笔下的现代南方，传统的价值观和生活方式经常和新的社会现实发生碰撞"。[1] 为此，福克纳不得不对南方的传统作出反思，关注南方地区"历史和政治的复杂问题"，[2] 并对南方地区当下的社会现实作出新的思考。

---

[1] Matthews, John T. *William Faulkner: Seeing Through the South*. Malden: John Wiley & Sons, Ltd, 2009: 51.

[2] Hall, Alice. *Disability and Modern Fiction: Faulkner, Morrison, Coetzee and the Nobel Prize for Literature*. New York: Palgrave Macmillan, 2012: 47.

其作品一方面对南方地区的"社会、种族和政治结构（这些结构旨在维护南方的种族主义）表达一种批判，另一方面又对自己的生活表现出无可置疑的怀旧之情"。[1] 这一切也注定了"约克纳帕塔法世系"小说中所描写的南方乡土家园将是一个需要用心守护的家园。

《喧哗与骚动》是福克纳"约克纳帕塔法世系"小说中的扛鼎之作，也是公认的美国现代文学经典之作，与马塞尔·普鲁斯特（Marcel Proust, 1871—1922）的《追忆似水年华》（À la recherche du temps perdu, 1913）、詹姆斯·乔伊斯（James Joyce, 1882—1941）的《尤利西斯》（Ulysses, 1922）并称为世界文学史上意识流小说的三大杰作。《喧哗与骚动》分为四大部分，通过复杂的叙事结构和意识流技巧，生动地讲述了从1898年至1928年间南方没落地主康普生（Compson）家族的衰败史。小说中的康普生家族的故事是南方家庭衰落的缩影，不但展现了时间、记忆、家庭与南方历史的复杂交织，更展现了福克纳对于南方乡土的一种家园情感与守望情怀。小说第一章的叙述者班吉（Benjy）虽然是一名智障，但他的记忆中仍然充满了过去的家园生活以及他和姐姐凯蒂（Caddie）等家人的情感联系。正如评论家艾伦·本奈尔（Erin Penner）指出，"福克纳利用班吉的视角，引入了对缺席人物进行叙述的新式手法，将过去与现在交织在一起"。[2] 班吉关于凯蒂的记忆不仅展现了康普生家族过去的辉煌，也体现了班吉对曾经美好家园的深切眷恋。小说的第二章描写了昆丁（Quentin）自杀前凌乱的思绪以及他在讲述故事这一天的主要活动，包括在小镇很多地方的漫步、穿行、游荡和对家族历史的

---

[1] Buzacott, Lucy. "History, Fiction, Autobiography: William Faulkner's 'Mississippi'." *Life Writing*, 2019, 16(4): 560.

[2] Penner, Erin. *Character and Mourning: Woolf, Faulkner, and the Novel Elegy of the First World War*. Charlottesville and London: University of Virginia Press, 2019: 31.

记忆。尽管知晓凯蒂失贞后,昆丁的精神几近崩溃,但他仍然不忘回想起康普生家族曾经的家园。比如,在准备回家过圣诞节的时候,昆丁经过了弗吉尼亚州,此刻的他顿感已经回到了自己的家园:

> 永无穷尽的耸立着的山峦逐渐与阴霾的天空融为一体,此时此刻,我不由得想起家里,想起那荒凉的小车站和泥泞的路,还有那些在广场上不慌不忙地挤过来挤过去的黑人和乡下人,他们背着一袋袋玩具猴子、玩具车子和糖果,还有一支支从口袋里掀出的焰火筒。①

作为康普生家族的长子及南方贵族家庭历史与传统的继承人,昆丁深爱着自己的南方乡土家园,但同时也对家园的失落感到痛苦和绝望。此刻,他眼中的家园已经和"阴霾的天空""荒凉的小车站""泥泞的路"联系在一起,不再是曾经辉煌的南方大家族府邸,而是一个被时间侵蚀、道德沦丧的破败之地。昆丁的父亲康普生先生虽然是一名律师,但不务正业,整天醉生梦死,总爱发一些愤世嫉俗的空论,对家族的衰败无动于衷,甚至把悲观的情绪传给本应前途无量的儿子昆丁,对昆丁的性格产生了消极的影响。妹妹凯蒂在昆丁心中不仅是家人,更是家族荣誉的象征。历史上,美国南方对待女性贞操的观念根深蒂固。自殖民地时期起,受清教主义传统的影响,失贞和通奸被认为是深重的罪孽。即便到了 20 世纪初,贞操观念在南方仍十分重要。就像班吉一直以为"凯蒂身上有一股树叶的香气",②昆丁将凯蒂的贞洁视作南方的传统和家族荣

---

① 福克纳.《喧哗与骚动》. 李文俊, 译. 长春: 时代文艺出版社, 2022: 88-89.
② 福克纳.《喧哗与骚动》. 李文俊, 译. 长春: 时代文艺出版社, 2022: 4.

耀的延续。如果说班吉对凯蒂的美好回忆充满了对家族辉煌过去的怀念，那么昆丁对凯蒂贞洁的执着同样体现了他对逝去家园的一种守望，正如英国学者艾哈迈德·霍内尼（Ahmed Honeini）指出，"凯蒂被家族放逐，被赶出密西西比州家园的故事是福克纳小说的核心话题"。[1] 凯蒂的失贞彻底打破了昆丁对家族荣誉的幻想，使他彻底陷入了绝望，就连他在学校的住所也隐喻着一种孤独与异化的精神空间：

> 我们房间的窗户黑漆漆的。宿舍入口处阒无一人。我是贴紧左边的墙进去的，那儿也是空荡荡的：只有一道螺旋形的扶梯通向阴影中，阴影里回荡着一代代郁郁不欢的人的脚步声，就像灰尘落在影子上一样，我的脚步像扬起尘土一样地搅醒了阴影，接着它们又轻轻地沉淀下来。[2]

昆丁的宿舍是他在哈佛的临时住所，但在精神压力的折磨下，同样没能给他带来足够的家园归属感，反而成为他内心挣扎的象征空间。昆丁在宿舍反复回忆父亲送他表时的谈话以及凯蒂如何与达尔顿·艾密司（Dalton Ames）幽会等往事。这些回忆既是他对家族荣耀的怀念，也是他对现实的一种无力抗争，难怪本该是学子们温暖家园的哈佛宿舍在昆丁的心里却和"黑漆漆""空荡荡""灰尘落在影子上"挂上了钩。昆丁在街上遇到一个看似迷路的意大利裔小姑娘，试图送她回家，却遭小姑娘的家人误解，险些被当成流氓。他和小姑娘两人路上见到的家园景观

---

[1] Honeini, Ahmed. "Now I Can Write: The Tenacity and Endurance of William Faulkner's *The Sound and the Fury*." Journal of American Studies, 2023, 57(4): 603.
[2] 福克纳：《喧哗与骚动》. 李文俊, 译. 长春：时代文艺出版社，2022: 173.

无外乎是:"我们走进一间光秃秃的房间,里面有一股隔夜的烟味儿,木格栏当中有一只铁皮火炉,周围的地上铺满了沙子。墙上钉着一张发黄的地图,那是张破旧的本镇平面图。在一张疤痕斑斑、堆满东西的桌子后面,坐着一个满头铁灰色乱发的人,正透过钢边眼镜窥看我们。"[①]经历过家园失落的昆丁内心混乱,他试图通过帮助小姑娘寻找内心的平静,最终却陷入了更大的混乱。昆丁对逝去家园的守望与对当下现实的无奈形成了鲜明的对比。在很大程度上,家族衰败和家园破碎成了他选择自杀的原因。

昆丁所在的康普生家族曾经是美国南方盛极一时的大家族。这个贵族家庭的祖上曾经出过一位州长、一位将军。如今,父亲酗酒无为,母亲整日抱怨,兄弟姐妹之间缺乏应有的亲情。家族荣耀的消逝,让家族成员对家园的归属感和认同感逐渐丧失。随着情节的推移,昆丁的自杀、凯蒂的失贞和被逐、杰生(Jason)的冷酷贪婪以及班吉的智障,都意味着这个家族已经无力回天。此外,原本家中拥有广阔的田地,黑奴成群,如今由于家族的逐渐衰败,土地被一点点变卖,最终只剩一幢破败的宅子,黑奴也只剩下老婆婆迪尔西(Dilsey)和她的小外孙勒斯特(Luster)。而从黑奴迪尔西口中关于房屋的描述,也足见南方地区的家园环境早已今非昔比:

> 土路两边的地势陡斜得更厉害了,出现了一块宽阔的平地,上面分布着一些小木屋,那些饱经风雨的屋顶和路面一般高。小木屋都坐落在一块块不长草的院落中,地上乱堆着破烂,都是砖啊、木板

[①] 福克纳:《喧哗与骚动》. 李文俊,译. 长春:时代文艺出版社,2022: 145.

啊、瓦罐啊这类一度是有用的什物。那儿能长出来的也无非是些死不了的杂草和桑、刺槐、梧桐这类不娇气的树木——它们对屋子周围散发着的那股干臭味儿也是做出了一份贡献的;这些树即使赶上发芽时节也像是在九月后凄凉、萧索的秋天,好像连春天也是从它们身边一掠而过,扔下它们,把它们交给与它们休戚相关的黑人贫民区,让它们在这刺鼻、独特的气味中吸取营养。①

迪尔西是康普生家族仅剩的黑人女佣,她见证了康普生家族的兴衰历程。尽管康普生家族成员之间存在着各种矛盾和冲突,家园也日渐衰败,但迪尔西始终保持着对家族的忠诚。虽然她看到的是一幅凄凉、萧索、地上乱堆着破烂的家园景观,但她仍然希望这一切能够在独特的气味中吸取营养。从家园意识的角度看,福克纳借助迪尔西的视角,实则想表明自己的乡土家园虽不再像过去那样辉煌,但仍然是一个值得守护的物理空间和精神空间。

《圣殿》也是一部蕴含丰富的家园意识的小说。这部作品的故事发生在20世纪20年代美国禁酒期间,描绘了一个南方小镇的私酒贩子"金鱼眼"(Popeye)对一位女大学生谭波儿(Temple Drake)的残暴行为。作为一则"发生在没有法律,也没有规则的世界的故事",②《圣殿》的家园意识不仅体现在福克纳对逝去的南方传统家园的不舍,还在于通过展现小说人物的家园失落,对道德沦丧和社会不公等问题进行批判与反思。小说中的"金鱼眼"道德败坏,心理扭曲。他不仅对自然界万物表

---

① 福克纳:《喧哗与骚动》. 李文俊,译. 长春:时代文艺出版社,2022: 283.
② Bleikasten, André and Watchorn, Miriam. *William Faulkner: A Life Through Novels*. Bloomington and Indianapolis: Indiana University Press, 2017: 158.

现出烧杀掠夺的残忍一面，还对无辜的女性奸淫掳掠。在很大程度上，正是他的所作所为导致了"南方人民遭受的创伤和血腥暴力，以及南方人民承受的苦难"，[①]同时代表着南方传统精神与文化家园的破坏。谭波儿的名字"Temple"释义为"殿堂"，却被描写成一个道德上和生活上的受害者。这些对比无形中反映了福克纳对南方社会道德沦丧和家园失落的批判。此外，小说还通过场景的书写展现了传统家园的衰败。如将开篇设在老法国人宅院（the Old Frenchman Place），这里曾经是一个繁荣的种植园，如今却已荒废破败：

> 过了一会儿，在黑魆魆的、参差不齐的树丛上方，在日渐暗淡的天穹衬托下，浮现出一座光秃秃的四四方方的大房子。
>
> 这座房子是片废墟，内部破败不堪，兀立在一片未经修剪的柏树丛里，光秃秃的，荒凉无比。它叫老法国人宅院，在内战前修建，是这儿一座有历史意义的建筑物；当初是坐落在一片土地中心的种植园宅院；原来的棉花地、花园和草坪早已还复为荒草杂树，邻近的老百姓五十年来不是把木料一块块拆下来当柴火……[②]

位于南方地区的老法国人宅院被书写成一个到处都是废弃痕迹的地方，显然象征着传统南方家园的消逝。这里一度是南方的繁华之地，而曾经的辉煌已经被暴力、堕落和道德的沦丧所取代，荒芜败落，没有耕作的迹象，只剩下一座"光秃秃的四四方方的大房子"。不仅如此，当小

[①] Urgo, Joseph R. and Abadie, Ann J. *Faulkner and the Ecology of the South*. Jackson: University Press of Mississippi, 2005: 43.

[②] 福克纳：《圣殿》，陶洁，译. 上海：上海文艺出版社，2019: 5-6.

说的另一名重要人物——律师班鲍（Horace Benbow）经过宅院时，映入读者眼帘的也是："天穹下，这破败的、光秃秃的房子耸立在茂密的树枝交叉纠结的柏树丛里，看不见灯光，荒凉而又莫测高深。脚下的路像是大地上的一条疤痕，是被雨水冲刷侵蚀出来的，它作为路则太深，作为渠又太直，路面上布满了冬天融雪引发的山洪所冲出的一道道小沟，里面长满了蕨类植物，堆满了腐烂的树叶和树枝。"[1] 当"金鱼眼"在老法国人宅院里见到谭波儿，他变态的心理完全暴露出来。此时，宅院的破旧意象再次呈现：

> 房子出现了，高踞在柏树林之上，从黑乎乎的柏树的缝隙里可以看到更远处一个在午后阳光照耀下的苹果园。房子坐落在荒芜败落的草坪上，周围是被废弃的庭园和东歪西倒的外屋。但四周没有任何耕作的迹象——没有犁耙或农具；四面八方看不见一块长着庄稼的土地——只有一座在灰暗阴沉的树丛中的荒凉而饱经风霜的废墟，微风吹过树丛，掀起阵阵低沉而悲哀的声响。谭波儿收住了脚步。[2]

《圣殿》的故事主要发生在老法国人宅院、孟菲斯及杰弗生镇三个物理空间。老法国人宅院在三个物理空间中最贴近自然，也最能展现小说中的家园意识。小说中，老法国人宅院多次出现，并多次以荒芜败落的景象呈现在读者面前，让读者感到福克纳的家园意识既包含对南方乡土家园辉煌过去的追忆，也不乏对其丑恶一面的批判。也就是说，通过

---

[1] 福克纳：《圣殿》. 陶洁，译. 上海：上海文艺出版社，2019：16.
[2] 福克纳：《圣殿》. 陶洁，译. 上海：上海文艺出版社，2019：38.

这一"饱经风霜的废墟",福克纳实际上描写的是南方家园的衰败及对逝去的传统家园的怀念。而伴随着地理家园的荒芜败落的还有小说中人物精神家园的异化。比如,"金鱼眼"出生在一个破碎的家庭,从小在缺乏关爱的环境中长大,导致他的家园失落和病态的家园观。谭波儿出生于一个传统的南方家庭,可她的行为却与传统南方淑女形象背道而驰。遭到"金鱼眼"强奸,又被送进妓院后,她的精神家园发生了异化和扭曲,她也不再寻求家庭的庇护,她身上的家园迷失与破碎更是展现得淋漓尽致。就此而言,《圣殿》的人物形象和家园景观书写反映了福克纳对南方乡土家园遭受破坏的深切忧虑及对南方丑恶现实的批判,也让读者感到了一份沉甸甸的家园失落。

《八月之光》是另一部具有典型家园意识的"约克纳帕塔法世系"小说。这部小说的家园意识不仅体现在人物对乡土的依恋上,还与社会、精神、文化和个人身份的探索紧密相连。美国学者约翰·艾伦(John Allen)在《美国文学中的"无家可归":浪漫主义、现实主义与证词》(*Homelessness in American Literature: Romanticism, Realism and Testimony*, 2004)一书中曾指出:"无家可归在美国文学中作为一种主题或修饰,值得深入探讨,因为它在家园、工作、仁爱,以及美国身份等话题上呈现出独特的视角。"[1] 这一观点在《八月之光》中也得到了淋漓尽致的展现。《八月之光》的主人公乔·克里斯默斯(Joe Christmas)是一名中产阶级白人小姐与墨西哥流浪艺人的私生子。母亲在生他的时候不幸去世,父亲被深具种族主义偏见的外祖父枪杀。乔也被外祖父遗弃在一所白人孤儿院。乔还在襁褓时就被抛弃。可以说,家园的失落和破碎

---

[1] Allen, John. *Homelessness in American Literature: Romanticism, Realism and Testimony*. New York: Routledge, 2004: 4.

对乔而言是与生俱来的。虽然乔的外表与白人无异,但仍然由于有黑人血统而无法融入社会。正因如此,在小说的开篇,当乔流浪到杰弗生镇做短工,首次以陌生人的形象出现在工头拜伦·邦奇(Byron Bunch)的面前时,就给人一种"无家可归"的印象:"尽管他一身流浪汉的打扮,却不像个地道的流浪汉;他的神态清楚表明,他无根无基,萍踪靡定,任何城镇都不是他的家园,没有一条街、一堵墙、一寸土地是他的家。"[1] 随后,他结识了白人女性乔安娜·伯顿(Joanna Burden),两人坠入爱河,但这段关系却因为乔的黑人血统而终止。乔一怒之下杀了乔安娜,继而被白人处决。不少学者认为,"尽管南北战争解放了黑奴,但只是为了让南方的土地所有者以另一种形式再次束缚他们"。[2] "在当代美国文学中,白人作家通常避免直接涉及种族问题",[3] 然而,福克纳作为一名白人作家和南方种植园贵族的后裔,敢于揭示南方社会残存的种族问题,并展现了这些问题如何导致受害者的家园破碎,这是他的可贵之处。正如美国学者埃里克·桑德奎斯特(Eric J. Sundquist)指出的,乔·克里斯默斯与乔安娜"以一种怪异的类似奴隶与奴隶主关系的方式存在,扮演了美国南方特有的原罪行为和那种行为在当时造成的可信的威胁。"[4] 毫不夸张地说,乔的一生都在寻找属于自己的真正家园,却终因社会的偏见而走向毁灭。他的家园失落、追寻与破碎展现的不仅是自己对家园归属感的追求,更是福克纳的一种强烈的家园批判。

---

[1] 福克纳:《八月之光》. 蓝仁哲, 译. 上海: 上海文艺出版社, 2019: 21.

[2] Godden, Richard. *William Faulkner: An Economy of Complex Words*. Princeton and Oxford: Princeton University Press, 2007: 60.

[3] Mura, David. *The Stories Whiteness Tells Itself: Racial Myths and Our American Narratives*. Minneapolis: University of Minnesota Press, 2023: 119.

[4] 桑德奎斯特:《福克纳:破裂之屋》. 隋刚, 等译. 上海: 上海外语教育出版社, 2013: 70.

小说中,牧师盖尔·海托华（Gail Hightower）的经历也展现出一种家园失落感。海托华是一个被废黜的教会牧师,他的祖父曾在美国内战中为南方作战,他坚持回到杰弗生镇担任牧师,其实是为了延续家族的荣耀。即使被镇上的人孤立,海托华仍然选择留在他的家园,守护着这片土地和家族的荣光。在小说第三章的开头,我们看到,失去牧师的职位后,海托华独自住在一所平房里,他拒绝离开杰弗生镇,宁可过着离群索居的日子:

> 他从书房的窗口可以望见街道,街道离得并不远,因为草坪没有多宽,只是块小草坪,上面长着几棵不高的枫树。黄褐色的平房也很小,没有油漆过,很不起眼;茂盛的百日红、紫丁香和木槿几乎遮掩了房舍,只剩书房窗外一道缺口,他正是从这儿望见街道的。房屋深深地隐蔽着,街角处的路灯也难以照到它。①

与世隔绝的房屋空间无疑象征着海托华牧师与世隔绝的精神状态。然而,面对失去职位的困境,海托华牧师仍然不愿意忘记祖父的荣光,执着于过去的辉煌。这份执着本质上源于他对家族历史的认同。从某种程度看,海托华的困境和执着反映了福克纳对南方家园传统的复杂情感,既有对过去的怀念,也包含对现实世界的无奈。

小说的另一名主人公莉娜·格罗夫（Lena Grove）同样出生于贫穷的家庭,也从小对一个属于自己的家园有着强烈的向往。她未婚先孕,但并没有被社会的偏见所束缚,而是坚定地踏上寻找孩子的父亲卢

---

① 福克纳:《八月之光》.蓝仁哲,译.上海:上海文艺出版社,2019: 40.

卡斯·伯奇（Lucas Burch）的旅程。从家园的角度看，莉娜的旅程是对自我身份和家庭归属的探索，也是对家庭的渴望和追求，展现了她内心深处对美好精神家园的向往。1953年，福克纳为马萨诸塞州松林庄园（Pine Manor）一所大学的毕业班发表了一篇演讲，其间直接点明了自己眼中地理家园与精神、爱情、婚姻等方面的联系：

> 家不一定必须是地图上标定的一个地方。它可以移动……家不一定非得意味着或是非得要求有物质上的舒适，更不要说是（它从来就未曾是过）让精神安定的物质基础了。似乎有了家，精神、爱与忠诚便能得到和平与安定，并且有了去爱、去忠诚、去奉献与牺牲的场所了。家不仅意味着今天，而且意味着明天与明天的明天，以及更多的明天与明天……
>
> 家不仅仅是四堵墙壁——某条街上的一所房子、一个庭院，大门上有一个门牌号码。它可以是一个租来的房间或是一套公寓——任何四堵墙，里面装载着一场婚姻或是一项事业，也许是同时装载着婚姻与事业。但必须是这样它才能成为一个家：那儿所有的房间或所有的公寓套间，那条街上所有的房子，那个街区里的所有的街道，那儿的人逐渐都有着同样的憧憬、希望、问题与责任，他们成了一个整体、一个有机体。也许那个集合体、有机体与整体坐落在地图的某个小点上，它使我们成为它的问题与梦想的形象与继承者。[①]

---

① 福克纳：《福克纳随笔》. 李文俊，译. 上海：上海文艺出版社，2019: 227.

由此可见，福克纳非常注重精神层面的家园。只要同住在一个"家"的成员能够分享精神、爱、忠诚，有着相同的憧憬与希望，能够共同面对问题，承担共同的责任，那么即使需要通过移动方能寻得家园，也未尝不可。这正是莉娜寻家之旅的写照。她从阿拉巴马州一路跋涉，来到杰弗生镇，目的是找到卢卡斯，与他结婚，组建一个完整的家庭。虽然事与愿违，但幸运的是，最终她与另一位值得相爱的人——工头拜伦·邦奇喜结连理，终于寻得了一个可以称为"家"的地方。就此而言，莉娜·格罗夫的寻家之旅无疑是福克纳试图在破碎的南方家园和社会环境基础上重建家园的一种守望和憧憬。可以说，在《八月之光》中，福克纳通过乔·克里斯默斯、莉娜·格罗夫、盖尔·海托华等人物的命运书写，展现南方的社会和家园环境的种族歧视、性别压迫和阶级矛盾，批判了当时美国南方社会的种族、性别、宗教、阶级等偏见，也表现出他对理想家园的一份追寻与守望情怀。

体现福克纳家园意识的还有他对乡土家园的绮丽风光、乡情风俗以及田园氛围的书写。福克纳热爱南方故土的大自然，其笔下的大自然通常展现出生机盎然、五彩缤纷，拥有无限的魅力。他曾经住在密西西比州北部丘陵地带的三角洲，一生的大部分时间中细心地研究和书写家乡的自然风光。"他对三角洲的自然和历史了如指掌。当地的自然环境对他的小说创作的影响不亚于历史、文化和社会。"[①] 他曾说过："这片土地，这个南方，得天独厚。它有森林向人们提供猎物，有河流提供鱼群，有深厚肥沃的土地让人们播种，有滋润的春天使庄稼得以发芽，有漫长的夏季让庄稼成熟，有宁静的秋天可以收割，有短暂温和的冬天让人畜

---

① Vernon, Zackary. "Faulkner's Charismatic Megaflora: Critical Plant Studies and the US South." *Journal of Modern Literature*, 2022, 45 (3): 91.

休憩。"① 福克纳"以其根深蒂固的乡土意识,准确地把握了南方的地区特征和乡土人情。故乡的山水草木等一切有灵性的东西都成为他的写作素材。其笔下神话般的南方种植园为他提供了无限的自然灵感和生态遐想。"② 美国作家戴维·明特(David Minter)在一本福克纳的传记中也告诉我们:"远在他长大成人之前很久,他就是一个熟稔深山大林里生活的人和猎手。对他孩子时代邀游过、成年之后研究过的那片土地,他深深钟爱,他的爱是无所包容、是绝对的。对它的优美动人之处和种种险象,甚至对它的尘土与酷热,都一一提到。"③ 在谈及"约克纳帕塔法县"时,美国著名诗人、小说家、评论家罗伯特·潘·沃伦(Robert Penn Warren)表示:"任何小说的世界在物质形象上都比不上这个神话般的县那么生机盎然。"④ 也诚如沃伦所言:"自然背景的鲜明生动是福克纳作品给人印象深刻的特色之一。"⑤ 因此,福克纳时常把对乡土家园的热爱与自然万物的描写联系在一起,人与自然的和谐及相互依存成了福克纳小说中家园意识的另一个表现形式。对于故乡自然景观的书写及其表现的乡土家园的守望无疑是福克纳小说中值得讨论的一个话题。

福克纳基于自然景观的家园意识首先体现在他对于荒野的一种守望。国内自然文学著名学者程虹曾提及,荒野"一直是美国自然文学所关注的焦点"。⑥ 福克纳虽然算不上诸如爱默生(Ralph Waldo Emerson, 1803—1882)和梭罗(Henry David Thoreau, 1817—1862)那般典型的自然

---

① 李文俊:《福克纳评论集》.北京:中国社会科学出版社,1980: 43.
② 田俊武,姜德成:论福克纳作品中"四位一体"的生态思想.《解放军外国语学院学报》,2010, 33(1): 89.
③ 明特:《福克纳传》.顾连理,译.上海:东方研究中心,1996: 2.
④ 李文俊:《福克纳评论集》.北京:中国社会科学出版社,1980: 51.
⑤ 李文俊:《福克纳评论集》.北京:中国社会科学出版社,1980: 57.
⑥ 程虹:《寻归荒野》.增订版.北京:生活·读书·新知三联书店,2011: 1.

文学代表人物，但他笔下对自然和荒野的描写同样引人深思。福克纳居住的南方曾是大片荒野覆盖的地方，那里的早期移民大多为建国初期的拓荒者。作为拓荒者的后代，福克纳从小就与美国南方的荒野和大自然结下了深厚感情。他把南方乡土家园的荒野和大自然当成一道值得守望的家园景观。他在收录进《去吧，摩西》的短篇小说《古老的部族》（"The Old People"）中描写主人公艾萨克·麦卡斯林（Isaac McCaslin）孩提时代的故事时就展现出对这片南方土地的一种归属感："这孩子当时还未成长为大人，他的祖父曾在这同一片土地上生活，而且生活方式与孩子本人后来进入的那种几乎一模一样，孩子长大后也会像乃祖一样在这片土地上留下自己的后裔，再说这年逾七十的老人，他的祖辈早在白人的眼睛没见到之前就拥有这片土地。"①再比如，从同样取自于《去吧，摩西》的中篇小说《熊》（"The Bear"）中，我们也能看到许多关于荒野和大自然的书写："透过在徐徐降落的一阵十一月的接近冰点的蒙蒙细雨，见到了这荒野。"②"等到小晌午，淡淡的阳光露面，很快就蒸发干了云和雾气，使空气和大地都变暖了；今天会是那种没有一点风的密西西比州十二月的天气，可以算是小阳春里的小阳春。"③"夏季、秋季、下雪的冬季、滋润的充斥汁液的春季，一年四季周而复始永恒地循环着，这是大自然母亲那些不会死亡的古老得无法追忆的阶段……但是森林仍将是他的情人、他的妻子。"④在另一部收录进《去吧，摩西》的短篇小说《三角洲之秋》（"Delta Autumn"）中，艾萨克目睹了曾经广袤无垠的南方地区荒野逐渐被北方工业文明蚕食，他意识到这片土地的原始状态正在消逝，贴近自

---

① 福克纳：《去吧，摩西》. 李文俊，译. 上海：上海文艺出版社，2019: 147.
② 福克纳：《去吧，摩西》. 李文俊，译. 上海：上海文艺出版社，2019: 175.
③ 福克纳：《去吧，摩西》. 李文俊，译. 上海：上海文艺出版社，2019: 223.
④ 福克纳：《去吧，摩西》. 李文俊，译. 上海：上海文艺出版社，2019: 302.

然家园的荒野生活已然成为旧梦。福克纳在此处用了大量篇幅书写荒野与人类的关系:

> 那是那间小屋、那片空地、几小块一年前还长满野树的不规整的开荒地,上面矗立着的今年的棉花残梗几乎和原来的芦苇一般高,一般密,仿佛人类必须把自己的庄稼嫁给荒野才能征服荒野似的。孪生兄弟般的两岸和他记忆中一样和荒野一起前进——那二十步之外就看不透的纠结的荆棘与芦苇,那魁伟的高耸入云的橡树、橡胶树、梣树和山核桃树,它们身上没有响过别的丁丁声,除了猎人斧子的砍伐,没有回响过别的机器声,除了穿越它们的老式汽船的突突声,还有就是和这条摩托艇一样的汽船的吼叫,他们乘它进入荒野,来住上一两个星期,因为这里仍然是荒野。荒野还剩下一部分,虽然如今从杰弗生进入这荒野要走二百英里,而过去只需走三十英里。他看见这荒野没有被征服,没有被消灭,而仅仅是退却了,因为它的目标现在已经完成了。[①]

学者林德塞·史密斯(Lindsey Smith)认为,"荒野与文化元素的联系在《三角洲之秋》中显而易见。"[②] 诚然,对于福克纳本人和小说中的艾萨克·麦卡斯林而言,荒野不仅是自然界动植物生存的物理空间,更是美国南方人乃至全人类精神家园的隐喻,代表着一种原始的、未被文明污染的世外桃源。在艾萨克的心中,荒野是真正的"家",也是他心灵的

[①] 福克纳:《去吧,摩西》.李文俊,译.上海:上海文艺出版社,2019: 316.
[②] Smith, Lindsey C. *Indians, Environment, and Identity on the Borders of American Literature: From Faulkner and Morrison to Walker and Silko*. New York: Palgrave Macmillan, 2008: 67.

归宿。而作为南方种植园的飘零弟子，福克纳一方面珍惜南方的传统价值观，另一方面对南方社会各种导致家园失落的问题给予强烈的批判，荒野在他的小说中承载着同样强烈的家园意蕴。再以《熊》为例，我们将更加清晰地体会到荒野不仅是福克纳和艾萨克的精神家园，也是两者对家园失落批判和反思的载体。

《熊》是《去吧，摩西》中最长且最为中心的一部分，与《去吧，摩西》中的另两篇短篇小说《古老的部族》和《三角洲之秋》并称为"大森林三部曲"（Forest Trilogy）。小说采用打破时间顺序的交叉式叙事手法讲述了主人公艾萨克·麦卡斯林少年时代与狩猎队伍追捕一只传说中的大熊老班的过程，既表达了福克纳对荒野代表的精神家园的一种守望，又谴责了现代社会许多不利于家园环境的思想。虽然《熊》只是一部一百多页篇幅的中篇小说，但一直被文学评论界誉为美国最优秀的打猎小说之一以及"了解福克纳全部作品的关键"[①]。小说中，"荒野是故事主要情节的背景和主要演员的家乡"[②]。通过小说中的荒野和大自然的书写，福克纳不仅探讨了人与自然的关系，还通过艾萨克的成长经历，展现了一种精神家园的认同和归属感。

首先，荒野所代表的守望家园的思想是通过作者巧妙构造的艾萨克与老班之间的"会晤"来表现的。在小说中，艾萨克初次见到大熊是以他自愿舍弃自己身上一切"文明的痕迹"，即猎枪、怀表与指南针为条件的。当艾萨克只身一人持枪去寻找老班的时候，根本难觅其踪影。山姆·法泽斯（Sam Fathers）告诉他是因为其身上带着枪。第二天，艾萨克遵照山姆的指导舍弃了猎枪，在森林里转了许久，依然一无所获。这

---

① 李文俊：《福克纳评论集》．北京：中国社会科学出版社，1980: 168.
② 李文俊：《福克纳的神话》．上海：上海译文出版社，2008: 171.

时他意识到自己身上仍然带着具备"文明的污染"性质的指南针和手表。于是,他将这些东西都解下来,挂在灌木上,继而在密林的深处望见了传说中的那只大熊老班。在这里,我们看到了一个人只有清除了"文明的污染",返璞归真,才能真正同荒野与大自然和谐地结合在一起:

> 他突然进入一小片林中空地,荒野与它合而为一了。新的景色使他眼花缭乱,它没有一点声息,凝固了起来——那棵树、那丛灌木、那只指南针和那只表,它们在闪闪发亮,有一抹阳光正好照射着它们呢。这时候他见到了那只熊。它并非从哪里冒出来的,就此出现了:它就在那儿,一动不动,镶嵌在绿色、无风的正午的炎热的斑驳阴影中……扭过头来看了他一眼,随后就消失了。它不是走进树林的。它就那么消失了,一动不动地重新隐没到荒野中。①

虽然老班体型庞大,出乎艾萨克之所料,但它并没有那么可怕,也没有对艾萨克造成任何的伤害。相反,读者看到的是艾萨克懂得清除人类"文明的污染",与老班在荒野这一共同的家园里和睦共处。在接下来的故事里,艾萨克为了救一只小杂种狗不顾一切地扔掉猎枪,并挺身奔向老班的势力范围,当时,老班本可轻易取其性命,但它最终选择了默默地离开。也曾经几次,艾萨克这个初具猎人本领的孩子有机会举枪杀死老熊,但最终出于敬意放下枪杆。孩子与大熊的友谊和相互认可,即人类与自然界其他生物之间的联系,在荒野这一共同家园得到了展现。荒

---

① 福克纳.《去吧,摩西》.李文俊,译.上海:上海文艺出版社,2019: 188.

野也为人与自然的关系"提供了一种神圣的价值观"[①]。小说中的荒野不仅是人与自然和睦共处的象征,更是主人公艾萨克成长与学习的精神家园。他在打猎的过程中学会了做人。这种成长不仅是艾萨克作为一个个体的成长,更是对他的家园意识的深化。毕竟,对于艾萨克这个"自然之子"而言,"山姆·法泽斯是他的老师,有兔子和松鼠的后院是他的幼儿园,老熊奔驰的荒野就是他的大学,而老公熊本身,就是他的养母了"。[②] 换言之,只有在荒野中,他们才能"重新绘制他们自己的心灵地图和文化风景"。[③] 在这里,荒野的家园隐喻更加显而易见。

或许有人会问,既然福克纳借助艾萨克主动消除"文明的污染"、与大熊和睦相处来表现荒野的家园意蕴,那么,为何不干脆以两者之间的相互存在为一个圆满的结局,而偏偏让这只孤独的老熊死于猎人的手上?土著猎人山姆之死在小说中又作何解释呢?我们在上文提过,荒野作为福克纳南方家园的化身,既承载了一种守望情怀,也隐含了一种批判与反思。后者恰恰是福克纳通过《熊》的结局来表现的,正如他在小说中借助艾萨克的口提到:"整片土地、整个南方,都是受到诅咒的,我们所有这些从它那里滋生出来的人,所有被它哺育过的人,不管是白人还是黑人,都被这重诅咒笼罩着。"[④] 大熊一死,山姆也无病而终,只因他是大自然的儿子,他的死也在某种程度上进一步象征了人类对自然的残忍掠夺。大熊一死,打猎活动也随即结束,取而代之进入大森林的是采伐木料的木材公司的小火车,这些"文明"工具的进入标志着一个过去

[①] 汉柏林,瑞格:《从福克纳到莫里森:两位诺贝尔奖美国作家作品研究文集》.康毅,王丽丽,等译.北京:中央编译出版社,2020: 124.
[②] 福克纳:《去吧,摩西》.李文俊,译.上海:上海文艺出版社,2019: 189.
[③] 程虹:《寻归荒野》.增订版.北京:生活·读书·新知三联书店,2011: 9.
[④] 福克纳:《去吧,摩西》.李文俊,译.上海:上海文艺出版社,2019: 255.

时代的结束,即现代工商资本主义取代美国南方社会主要生活价值与方式。在这场文明的进程中,山上的树被砍光,湖里的鱼被打捞殆尽,森林里的动物被猎杀,土著居民的土地被滥用,一幕幕赤裸裸的掠夺让人和自然的和睦无从谈起。正如国内福克纳研究专家李文俊所说:"大熊让人联想到初民所膜拜的象征自然力量的神祇。这样的神祇总与人类的物质文明格格不入。"① 也正是基于这个原因,福克纳在小说中安排了老班、"狮子"和山姆的死亡结局,为被人类所谓高度文明无情破坏的荒野、大森林、大自然奏响凄凉的哀乐,让艾萨克这名天真的少年领略到处于现代工业文明的人类对自然家园的罪行,也使人类对待自然的暴行及两者之间的冲撞更加一览无余。两年后,当艾萨克独自一人再次来到当年埋葬老班和"狮子"的地方,他看到大森林正在遭受严重的破坏,昔日充满生命和神秘的荒野正在消失。取代威严的老班的是一只可怜的小熊,它被火车吓得爬到树上不敢下来。老班、"狮子"和山姆所体现的自然之美在工业文明的入侵下已经不复存在。我们完全可以想象此时艾萨克的心中是多么无奈。福克纳对于逝去的家园的怀旧思绪又是多么沉重。所以,在接下来的故事里,为了表达自己对往昔美丽荒野的怀念之情,福克纳让长大成人的艾萨克在进一步拥有勇气、谦恭、毅力、忍耐、怜悯等传统美德力量之后,拒绝继承自己认为充满罪恶的祖传财产,逃避人类物质文明的污秽,过着回归自然的纯朴生活:

  我没法放弃它。它从来不是我的,我无权放弃它。它也从来不属于父亲和布蒂叔叔,可以由他们传给我让我来放弃,它也从来不

---

① 李文俊:《福克纳传》. 北京:新世界出版社,2003: 126.

属于祖父,可以由他传给他们再传给我让我来放弃,因为它也从来不属于伊凯摩塔勃的祖先,可以由他传给伊凯摩塔勃,让他出卖给祖父或是别的什么人……买下这块土地的人等于什么也没有买到。
……

他(上帝)先创造世界,让不会说话的生物居住在上面,然后创造人,让人当他在这个世界上的管理者,以他的名义对世界和世界上的动物享有宗主权,可不是让人和他的后裔一代又一代地对一块块长方形、正方形的土地拥有不可侵犯的权利,而是在谁也不用个人名义的兄弟友好气氛下,共同完整地经营这个世界……[1]

诚然,人类可以通过自己的智慧,从大自然得到东西的所有权和使用权,但归根到底不能真正征服和拥有大自然。即使是上帝,他把土地赐予人类,其目的也是让土地与人类共存,而不是让人类肆无忌惮地掌控,或毫无同情地蹂躏。实际上,在《熊》的开篇,福克纳就通过猎人们给时年16岁的艾萨克所讲的话向读者展示了荒野与大自然的伟大以及人类的渺小:"在那片土地上,这只老熊却享有盛名,在这荒野里飞跑的甚至都不是一只会死的野兽……是旧时蛮荒生活的一个幻影、一个缩影与神化的典型。孱弱瘦小的人类对这古老的蛮荒生活又怕又恨,他们愤怒地围上去对着森林又砍又刨,活像对着打瞌睡的大象的脚踝刺刺戳戳的小矮人……"[2] 不仅如此,作为自然代表的大森林在文中也被描绘得很是壮观。当艾萨克踏上马车,初次进入大森林的时候,他想到的是:"那些高高大大、无穷无尽的十一月的树木组成了一道密密的林墙,阴森森

---

[1] 福克纳:《去吧,摩西》.李文俊,译.上海:上海文艺出版社,2019: 232.
[2] 福克纳:《去吧,摩西》.李文俊,译.上海:上海文艺出版社,2019: 173-174.

的简直无法穿越……马车走着走着,在这样的背景的衬托下,用透视的眼光一看,简直渺小得可笑。"[1]可以说,大熊老班就是荒野和大自然力量的象征,也代表了大自然不可逾越的法则。人们在它面前的力量是极其有限的,那些企图想要在它面前获取猎物或置它于死地的猎人最终必定以失败告终。"艾克与老班的关系暗示了人类与生态体系的关系,即人类是综合生态体系的一部分;人类从属于老班代表的大自然力量。这种力量极有可能在没有任何警示情况下剥夺人类生命。"[2]小说中的艾萨克等人在与荒野的互动中,逐渐意识到只有与荒野和谐相处,保护荒野,回归荒野,才能更好地实现人与自然的和谐共存,更好地守护属于自己的地理家园和精神家园。

国内生态文学研究学者王诺说得好:"发展是一种令人舒服的疾病,而且是一种不治之症;然而人类正是因为眼前的舒服而看不到未来的灾难。"[3]在很多情况下,人类以自我为中心,干扰自然过程、违背自然规律、破坏自然美丽和生态平衡、透支甚至耗尽自然资源。在人类无止境的欲望之下,我们赖以生存的地球家园已经伤痕累累,演绎着一场又一场的生态危机。而这些生态危机又反过来要人类为此付出沉重代价,为此面临生死存亡的抉择。福克纳"同几乎所有西方现代主义作家一样,最憎恨的事情之一就是工业文明。它破坏大自然,破坏传统美德和传统生活方式,把人变得利欲熏心、惟利是图"。[4]在《熊》中,他把自己的荒野情结和家园意识引入小说,通过一名少年猎人的成长经历及其与大自

---

[1] 福克纳:《去吧,摩西》. 李文俊,译. 上海:上海文艺出版社,2019: 175.
[2] 汉柏林,瑞格:《从福克纳到莫里森:两位诺贝尔奖美国作家作品研究文集》. 康毅,王丽丽,等译. 北京:中央编译出版社,2020: 124.
[3] 王诺:《欧美生态文学》. 北京:北京大学出版社,2003: 124.
[4] 肖明翰:《威廉·福克纳研究》. 北京:外语教学与研究出版社,1999: 426.

然的接触，既表达了对南方乡土家园的一种深切守望情怀，又从更加开阔的视角对人类中心主义这一错误学说和工业文明给自然造成的破坏提出质疑与批判。难怪国内福克纳研究专家肖明翰指出，福克纳的小说"不仅仅是美国南方的变迁史，而且同时也是深刻表现处在历史性变革中的世界和陷入精神危机中的人们的不朽之作。它们探讨了现代世界所面临的重大问题，显示出作家敏锐的洞察力和对现实社会和人类前途的深切关怀。"[1] 从这个意义上说，福克纳既依恋南方，又批判南方，不但守望南方，还守望人类的未来。

对乡土家园的热爱是人类共有的一种情感，也是古今中外文学创作永恒的母题之一。因此，从家园意识的角度理解福克纳的小说意义非凡。在"约克纳帕塔法世系"小说中，福克纳准确把握了南方的地域、历史、文化、精神等特征，描写南方地区的人物、历史与事件，其字里行间处处透露着他对乡土家园的深厚情感和深刻反思。福克纳的小说中对南方乡土人情的展现，对丑恶社会问题的批判，以及对自然景观的赞美无不表明这位作家对乡土家园的热爱并不是单调的，而是指向了更高的层次。诚如国内知名学者虞建华所言，福克纳的作品"已经超越了南方、超越了美国，甚至超越了文学而成为人类文化遗产的宝贵的一部分"。[2]正是这份乡土家园的守望情怀，赋予了福克纳和其他南方作家不同的创作视野，也使他对家乡的情感上升到了普遍的人性，成为对现代主义时期整个人类社会的一种深刻反思。

---

[1] 肖明翰:《威廉·福克纳研究》.北京:外语教学与研究出版社,1999: 6.
[2] 虞建华:《美国文学的第二次繁荣》.上海:上海外语教育出版社,2004: 488.

第三节 弗·斯科特·菲茨杰拉德：爵士时代的家园迷失

弗·斯科特·菲茨杰拉德（F. Scott Fitzgerald，1896—1940）是与海明威、格特鲁德·斯坦因（Gertrude Stein，1874—1946）、庞德、约翰·多斯·帕索斯等人并列的"迷惘的一代"代表作家，[①]也是"爵士时代"（the Jazz Age）的桂冠诗人。菲茨杰拉德才华横溢，从第一部长篇小说《人间天堂》（*This Side of Paradise*，1920）问世到1940年英年早逝，短短20年间，菲茨杰拉德又以颖悟、激情、绚丽的文笔创作出《漂亮冤家》（*The Beautiful and Damned*，1922）、《了不起的盖茨比》（*The Great Gatsby*，1925）、《夜色温柔》（*Tender Is the Night*，1934）、《最后一个巨头》（*The Last Tycoon*，1940）等多部长篇小说和收录进《年轻女郎和哲学家》（*Flappers and Philosophers*，1920）、《爵士时代的故事》（*Tales of Jazz Age*，1922）、《所有悲哀的年轻人》（*All the Sad Young Men*，1926）、《早晨的起床号》（*Taps at Reveille*，1935）等小说集的上百篇短篇小说。菲茨杰拉德终其一生都在吟唱着"爵士时代"的哀歌和"美国梦"破灭的悲歌，也对20世纪二三十年代美国社会文化及美国人欲望和情感问题进行深刻的探讨。在美国现代主义作家中，菲茨杰拉德可以说是紧跟在福克纳与海明威之后的第三号重要人物。

[①] "迷惘的一代"由美国文学评论家格特鲁德·斯坦因提出，指的是在第一次世界大战到第二次世界大战期间美国出现的一类作家的总称。之所以称之为迷惘，是因为这一代人的传统价值观念完全不再适合战后的世界，可是他们又找不到新的生活准则。于是，他们只能按照自己的本能和感官行事，竭力反叛以前的理想和价值观，用叛逆思想和行为来表达对现实的不满。

国内外学界对菲茨杰拉德小说的研究主要围绕"美国梦"的幻灭、历史批评、传记批评、原型批评、女性主义、叙事技巧、心理分析、消费主义、文化视野、比较视野等多角度开展。相比之下,从家园意识的角度研究菲茨杰拉德小说的前期成果可谓寥寥无几。虽然菲茨杰拉德的小说乍看之下与"家园"关系不大,但我们可以想象在那个纸醉金迷的"爵士时代"各种家园环境的破坏,更能够体会到在"爵士时代"这样浮躁的年代里人们精神家园的迷失。菲茨杰拉德以独特的艺术技巧和深刻的创作特色成为"爵士时代"的代言人,他的作品不仅是时代的写照,也是对人性深处的探索。就此而言,结合家园意识的角度重读菲茨杰拉德的作品或许能为其研究另辟蹊径。

菲茨杰拉德的首部长篇小说《人间天堂》一举成名,奠定了他作为"爵士时代"的魁首和桂冠诗人的地位。小说记录了主人公艾莫里·布莱恩(Amory Blaine)"幻想—追寻—幻灭"的成长历程,也再现了第一次世界大战后美国年轻一代的理想幻灭和精神迷惘。艾莫里出生于贵族世家,长相俊秀。他与菲茨杰拉德年轻时一样,内心充满了丰富的情感与对未来的憧憬,渴望成为众人瞩目的人物,并赢得漂亮的富家小姐的芳心。然而,终日沉迷于奢华的生活与浪漫的爱情幻想之下的他却显得与社会格格不入,迷失在自己的梦幻世界里。即使面对自己的父母,也无法全然释怀:"在回家后的最初几天里,他在花园里,在湖岸边没有目的地散步,心中只有超孤独的感觉。"[1]在普林斯顿大学求学期间,学业的挫败使他丧失了追求知识的热情,三番四次起起落落的恋爱也让他对爱情失去了信心。正当艾莫里陷入迷茫,第一次世界大战的爆发再次改变

---

[1] 菲茨杰拉德:《人间天堂》. 金绍禹,译. 上海:上海译文出版社,2010: 26-27.

了他的人生轨迹。他被迫离开校园，投身军营。战争期间，他经历了母亲的离世与同学的牺牲，这些惨痛的经历深深地震撼了他的心灵。战争结束后，他回纽约经商，但投资失败破产。此刻，整个纽约城市空间被书写成宛如一个令人迷失自我的家园：

> 口袋无钱的城市生活无数令人不快的表现一个接着一个随时都会让他碰上。地铁里拥挤不堪充满臭气——车厢广告闯入视线，朝你撇眼，就像讨厌的人硬拉住你把事情从头再说一遍。令人心烦地担心……
>
> 他心里想象着这些人居住的房间——他们房间里已经起壳的墙纸上的图案是绿和黄的背景里画了沉重、不断重复的向日葵，屋子里放着马口铁的浴盆，门厅阴暗，屋子后面是没有绿树、非常肮脏的空地；在他们居住的地方甚至爱也被看作是勾引——附近发生过惨不忍睹的命案，楼上的公寓里还有非法的母亲。往往出于节俭的考虑冬天的室内密不通风，而漫长的夏天是在潮湿闷热的墙壁包围下汗流不止的可怕情景……餐馆肮脏，里面那些生活不讲究、疲惫的人们拿自己用过的咖啡匙舀糖，碗底沉积了褐色的硬块。[①]

战争带给人的地理家园破坏和精神家园迷失是显而易见的，也是难以抚平的。虽然菲茨杰拉德在参军期间并未真正上过战场，但作为一名军人，他无疑渴望战争的胜利及享受战争胜利的果实。而作为"爵士时代"和"迷惘的一代"的代言人，他更加深知社会现实将使得这份渴望以

---

① 菲茨杰拉德：《人间天堂》．金绍禹，译．上海：上海译文出版社，2010：338-339．

幻灭收场。他曾在短篇小说集《爵士时代的故事》中一篇题为《五一节》（"May Day"）的故事开篇设想道："这个伟大的城市里从来没有这么繁华过，因为随着战争的胜利，供应变得丰裕起来，南方和西部的商人带着一家人涌到这里来尝一尝一切可口的美酒名菜，欣赏一下五花八门的表演——还要给他们的女人买冬天穿的皮大衣、金线提包、各种颜色的绸拖鞋、银色和玫瑰色的缎子和金线织的衣料。"① 然而，随着故事的推移，我们看到这一切无异于幻想。即使战争胜利，人们期盼能享受着欢快祥和的氛围时，以小说中的迪安（Dean）为代表的富人们可以高高在上，但以戈登（Gordon）为代表的穷人依然要为生活奔波，最终只能以悲剧结尾。《人间天堂》中的艾莫里也相差无几。战争结束后，他不仅回到纽约做生意失败，连心爱的女子罗莎琳（Rosalind）也已嫁为人妇，精神导师达西神父（Monsignor Darcy）也不幸病逝。一次次的挫折和打击接踵而至，让原本对生活满怀憧憬的他经历了一场场的梦想幻灭和家园迷失。在经历重重打击后，曾经对享乐生活孜孜以求的艾莫里的思想发生了变化，逐渐转变到一种虚无与极度颓废的状态。他对人生深感绝望，只能沉迷酒精，以期寻求心灵片刻的平静。故事结尾，艾莫里带着幻灭与迷失情绪只身前往普林斯顿。当他站在大学门口目睹熟悉的一切，他一时间心潮起伏，感慨万千。即使面对美轮美奂的大自然，他联想到的也是梦想的幻灭："大自然作为一个相当粗略的现象，大致上，倘若凑近细看，就是由被蛾子啃食的花儿，和在草叶上漫无边际地跋涉的蚂蚁所构成的，它始终让人觉得应该丢掉幻想。"② 毕竟，"所有的神都消逝了，所有

---

① 菲茨杰拉德:《爵士时代的故事》. 裴因, 萧甘, 等译. 上海: 上海译文出版社, 2010: 66.
② 菲茨杰拉德:《人间天堂》. 金绍禹, 译. 上海: 上海译文出版社, 2010: 368.

的仗都打完了,对人类的所有信念都动摇了。"①"他的思想依旧在骚动;一直还有记忆的痛苦;对于他已经逝去的青春的悔恨。"②可以说,尽管艾莫里出身高贵,对财富、爱情和社会地位有着无限的追求,但迷失在这个纸醉金迷、空虚荒芜的现实环境和异化的精神空间里,他注定是时代的牺牲品,对未来难以抱有幻想,连对过去的记忆也只剩下痛苦和悔恨。

如果说《人间天堂》让菲茨杰拉德一举成名,那么让他在美国文坛稳居一线作家地位的作品则非《了不起的盖茨比》莫属。在《了不起的盖茨比》中,菲茨杰拉德栩栩如生地描绘了身处"爵士时代"的美国人对梦想的追求及其理想幻灭的过程,也生动地展现了经济大萧条时期美国社会荒芜不堪的精神面貌。小说以叙述者尼克·卡拉韦(Nick Carraway)的第一人称视角展开,其间穿插着多名角色的回忆与心声。故事伊始,尼克正在回忆父亲给予他的思想上的谆谆教训,也回想着自己的卡拉韦家族祖孙三代如何"在这个中西部城市里一直门第显赫,殷实富裕"。③卡拉韦家族在中西部地区曾经拥有很高的声望,尼克因而在社会上受人赞誉,被夸赞他像家族的前辈一样精明能干。然而,到了尼克这一代,显赫一时的卡拉韦家族却已经逐渐走向衰落。尼克大学毕业后参加了第一次世界大战,并在战争结束后返回家乡。这一刻尼克却发现,"中西部不再是世界温馨的中心,现在却看上去像是宇宙的边缘,破败凋零"。④于是,他决定前往纽约学做生意,从而寻找新的机会。从尼克在小说开头叙述的内容,我们看到更多的是一个美国青年在回忆自己成长道路上的家园失落与追寻。或许从家园意识的角度看,菲茨杰拉德之

---

① 菲茨杰拉德:《人间天堂》.金绍禹,译.上海:上海译文出版社,2010: 371.
② 菲茨杰拉德:《人间天堂》.金绍禹,译.上海:上海译文出版社,2010: 371.
③ 菲茨杰拉德:《了不起的盖茨比》.姚乃强,译.北京:人民文学出版社,2022: 6.
④ 菲茨杰拉德:《了不起的盖茨比》.姚乃强,译.北京:人民文学出版社,2022: 7.

所以构建尼克家园失落的故事,与他自身的生活经历不无关系。尼克也可以看作菲茨杰拉德的化身。菲茨杰拉德出生于美国明尼苏达州圣保罗市一个小商人家庭。和尼克一样,他的祖上曾经阔气富有,但到其父母这代的时候也已经家道中落。在菲茨杰拉德的童年时期,一家人曾多次因为父亲的事业失败不得不四处搬家。因此,菲茨杰拉德从小"对自己的故乡有着一份复杂的情感"。[1] 而这份基于家园失落与追寻的复杂情感成了他的小说中家园书写的基础,对他的小说创作产生了巨大的影响。

菲茨杰拉德非常注重家园环境的渲染,他笔下的家园景观书写既精确又细腻。小说中,由于家族的没落,尼克来到纽约学习做债券生意,追寻新的家园。他从闭塞的中西部来到已经逐渐成为金融高地的东部,租在纽约附近的一个社区。此时,菲茨杰拉德首先用了大量的笔墨描写尼克在纽约居住的家园景观:

> 我在北美一个非常奇特的社区租到一所房子,此事纯属偶然。这个社区位于纽约正东的一个小岛上,小岛狭长,草木茂盛。不说其他种种自然景观,就小岛地形而言,也非同一般。它是由两块陆地组成。它们离城约二十英里,状似两个巨大的鸡蛋,轮廓一模一样,一东一西,只是中间有一个水湾把两者分开,伸向在西半球最为恬静温顺的海域之中。那块海域被称为长岛海峡的海上后场院。它们并不是正椭圆形的,而是像哥伦布故事里的鸡蛋一样,在与大陆连接的那一端给敲碎成扁平形了。不过,它们的外形如此相似,肯定让那些在上空翱翔的海鸥永远感到惊诧不已。对于不能飞翔

---

[1] Donaldson, Scott. *Fitzgerald and Hemingway: Works and Days*. New York: Columbia University Press, 2009: 49.

的生灵来说，一个更为有趣的现象是这两个小岛除了在外形和大小之外，在所有细微的地方都截然不同。①

尼克所住的社区集中了很多到大城市追寻机遇的新移民，他们即使在工作上略有所成，也只是刚刚入门，还来不及建立深厚的社会关系，更谈不上深厚的金钱基础。尼克的房子非常简陋，简陋到让他只能用"非常奇特"加以形容。房子位于纽约市东部一个细长怪异的小岛上，那儿有一对相似的鸡蛋般的半岛，相碰的两头都被压碎，连从上头飞过的海鸥也对此感到惊奇，可见其离豪华二字相距甚远。相比之下，旁边是盖茨比的豪宅，其豪华程度甚至让尼克一度高兴自己每月只需付80美元就能和百万富翁一样欣赏相同的家园景观：

> 我住在西埃格，是两个小岛中不怎么时髦的那个，虽然这样说对表达两者之间那种既奇特又毫不对立的反差显得有点过于肤浅。我的房子在蛋的顶端，离开海峡仅五十码，挤压在两座每季度租金一万两千元到一万五千元的豪宅之间。在我右边的那栋别墅，无论用什么标准都称得上是庞然大物——俨然是诺曼底的某市府大厦，一边耸立着一座塔楼，掩映在飘须似的常春藤下，显得神清气爽，还有一个大理石砌的游泳池和占地四十多英亩的草坪和花园。这是盖茨比的公馆，或者更确切地说，是一位叫那个名字的先生住的私邸，因为那时我还不认识盖茨比先生。我自己住的那座房子真是叫人怎么看都不顺眼，但是好在它很小，也就不刺眼，一直不被人注

---

① 菲茨杰拉德：《了不起的盖茨比》，姚乃强，译．北京：人民文学出版社，2022: 9.

意。所以我每月交上八十元钱就可以看到一片海景,外加隔壁邻居家的一角草坪,还有与百万富翁们为邻的荣幸。[1]

比起尼克居住的西埃格[2]地区,对岸的东埃格地区是标准的上流社会聚居地,满地都是富豪。在东埃格地区,除了有盖茨比和他那"用什么标准都称得上是庞然大物——俨然是诺曼底的某市府大厦"的大别墅,还有尼克的亲戚,表妹黛西(Daisy)和表妹夫汤姆·布坎南(Tom Buchanan),他们的住所之豪华景观也不容小觑:

> 他们的房子比我预期的还要精美,是一幢令人赏心悦目、红白相间的别墅。楼体一派英王乔治殖民统治时期的建筑风格,朝向大海,俯瞰海湾。草地从海滩开始,一直延伸到前门,长达四分之一英里,越过日晷、砖道和鲜花怒放的花圃,最后快要接近房子时,一溜绿油油的青藤沿着墙边飘然而起,一路往上爬去,势不可挡。[3]

细心的读者还会留意到,对盖茨比和汤姆、黛西夫妇豪宅的描写除了豪华气派的建筑风格外,还凸显了巨大的草坪和花园。占地宽广且修剪整齐的草坪和花园需要时间与金钱来打理维持,成了房屋主人显示财富与地位的最佳媒介,同时也可以隐喻一个奢靡与虚饰的世界。此外,小说除了将家园景观书写和个人的精神空间相联系,还映射了"爵士时代"的精神风貌,正如美国知名的菲茨杰拉德研究专家布莱恩特·曼谷

---

[1] 菲茨杰拉德:《了不起的盖茨比》. 姚乃强,译. 北京:人民文学出版社,2022: 9-10.
[2] 西埃格,原文为 West Egg. 本书引用的姚乃强译本将其译为"西埃格"。另有巫宁坤译本,将其译为西卵。
[3] 菲茨杰拉德:《了不起的盖茨比》. 姚乃强,译. 北京:人民文学出版社,2022: 11.

恩(Bryant Mangum)所说:"无法将菲茨杰拉德创作于20世纪20年代初的小说与其所处的'爵士时代'的文化背景割裂开来。"[1]随着情节的推移,汤姆开车领着尼克到处兜风,来到西埃格和东埃格之间的一片灰色的工业垃圾场。菲茨杰拉德在这里充分展示他天才的描写能力,寥寥几笔就把一个符合时代特征的家园环境呈现在我们面前。这是一片位于西埃格和东埃格之间的不毛之地,是供纽约倾倒灰烬的灰色死谷,谷中各种工业灰烬堆成的荒地连绵不断:

> 在西埃格与纽约之间约一半路程的地方,公路跟铁路不期会合,两条道并行四分之一英里,为的是要绕开一个荒芜的地区。那是一个灰沙的谷地——一个诡秘的农场。这里,灰沙像麦子一样狂长,长成山脊、山丘和形成奇形怪状的园子;这里,灰沙筑成了房屋、烟囱和袅袅的炊烟;最后,这里还鬼使神差般堆造出一群土灰色的人。他们似乎在隐隐约约地走动,但尘土飞扬的空气快把他们肢解了。偶尔有一列灰色的车队沿着一条看不见的道路在蠕动,忽然一声可怕的嘎吱声,车辆停了下来,这些土灰色的人群拖着沉甸甸的铁锨蜂拥而上,扬起一片浓浓的尘烟,像拉起了一层屏幕,使你看不清楚他们究竟在干什么。
> 在这片灰蒙蒙的土地以及笼罩在它上面不停浮动的尘土上方,你过了一会儿便会看到两只眼睛,看到T.J.艾克尔伯格医生的一双硕大无比的蓝眼睛,光他的瞳孔就有一码高。但这双眼睛并非从什么人的脸上往外看,而是从一副巨大的黄色眼镜下往外看,眼镜架

---

[1] Mangum, Bryant. *F. Scott Fitzgerald in Context*. Cambridge: Cambridge University Press, 2013: 260.

在一个不存在的鼻子上。显然是某位爱异想天开的眼科医生把它们树立在那儿的,想为他在皇后区的诊所招揽生意。然后,是他自己双目失明了呢,还是搬迁他乡,忘了这双眼睛。由于多年没有重新油漆,加上日晒雨淋,它们已经变得有些黯然无光,不过仍然若有所思地注视着这片阴沉沉的灰土堆。

在这个灰土谷的边上有一条肮脏的小河,每当吊桥拉起让驳船从桥底下通过时,受阻而停在那里的火车上的乘客便可以盯着这片凄凉的景色,看上半个小时。平时火车开到这里也要停留至少一分钟。[1]

从这段描写可以看出,灰色气息几乎占据了社会生活的一切。农场、山丘、园子、房屋、炊烟、货车、尘土,甚至人和空气都是灰色的,俨然一个死气沉沉、毫无生机的垃圾之谷。当然,要了解灰烬堆为什么被描写得这么灰暗,我们也可以翻翻当年的历史。彼时,纽约的城市化进程加快,工厂居民集中于市中心,整个纽约城变得拥挤不堪,房屋也无法满足居住要求。大量的工厂聚集在市区,引起严重的工业污染,城市家园遭受的破坏不言而喻。在小说描绘的这幅灰色画卷中,地理层面的家园环境已然被破坏得一塌糊涂,社会和精神方面也是一盘散沙。灰沙像麦子一般地疯长,长成各种形状的园子,更加烘托出整个社会不良气息的扩散。"爵士时代"美国人的价值观念发生了严重的裂变,整个传统秩序全面解体,物欲横行,人们贪图享受。在这种社会污染的前提下,人们精神家园呈现一片废墟,和 T. S. 艾略特笔下所描绘的"荒原"一样

---

[1] 菲茨杰拉德:《了不起的盖茨比》. 姚乃强,译. 北京:人民文学出版社,2022:27-28.

荒芜衰败。在灰谷的上方，菲茨杰拉德还特别描写了T. J. 艾克尔伯格医生（Doctor T. J. Eckleburg）的一双眼睛。这双眼睛俯视着这个死气沉沉、道德败坏的世界，既象征着一种超然的观察，也仿佛是故事进展的某种预兆或见证，预示着即将到来的经济困境和社会动荡。正如学者玛利亚·德古兹曼（Maria DeGuzmán）指出的，"菲茨杰拉德对于环境（包括自然环境、被改变的环境和人造环境）以及其中人际关系的描述，与弗洛伊德关于人类苦难和不幸的观点遥相呼应"。[①] 毕竟，在即将到来的大萧条期间，"三分之一的美国人收入沦落到贫困线以下，无家可归和失业现象比比皆是，许多中学生辍学，许多农民遭受旱灾和消费能力崩溃的双重打击"。[②] 通过灰谷和艾克尔伯格医生的书写，菲茨杰拉德展现给读者的是一种地理家园的破坏与精神家园的迷失，及其"对消极思想的精湛把握"。[③]

精神空间理论认为，一个人的精神空间是表征人物情感与思想特征的空间，内含人物典型特质的活动场所与其个人心理场所，其中用以表征的地理景观往往成为人物内心世界的外化。就此而言，灰谷也是小说一些人物内心世界和异化的精神家园的表征。由灰谷隐喻的这样一个恶劣的社会环境里，催生着像汤姆和黛西之流的污染之源。他们就像这些灰色的流沙和尘土，到处游荡，人到哪里污染就到哪里。他们凭借从父辈继承的万贯家财，终日无所事事，花天酒地，自私自利，一味地崇尚物

[①] Decuzmán, Maria. "Hiding a Hurricane Under a Beach Umbrella: Fitzgerald's *Tender Is the Night*'s Ecological Latencies." *The Trumpeter*, 2024, 40(1): 47.

[②] Malkmes, Johannes. *American Consumer Culture and its Society: From F. Scott Fitzgerald's 1920s Modernism to Bret Easton Ellis' 1980s Blank Fiction*. Hamburg: Diplomica Verlag Gmbh, 2011: 31.

[③] Madigan, Patrick. "Review of *Bright Star, Green Light: The Beautiful Works and Damned Lives of John Keats and F. Scott Fitzgerald*." *Heythrop Journal*, 2021, 62(5): 962.

质,毫无道德观念。他们毁人毁物,只想着在金钱的庇佑下,不必承担任何责任。连作为亲戚的尼克也对他们评价道:"一切都是漫不经心、混乱不堪。汤姆和黛西,他们是满不在乎的人——他们砸了东西,毁了人,然后就退缩到自己的钱堆中去,退缩到麻木不仁、漫不经心,或者不管什么使他们维系在一起的东西中去,让别人去收拾他们的烂摊子……"[1] 从汤姆和黛西低劣的人格和所表现的道德沦丧我们看出,在那个物欲横流的社会,金钱已成为主要的价值取向,整个社会已没有道德可言,剩下的仅是对人们精神的污染和对精神家园的破坏。学界普遍将盖茨比对黛西的追求与"美国梦"的幻灭相联系,就此而言,尽管盖茨比对黛西的梦想追逐意味着"将美国作为一片希望的土地。但在菲茨杰拉德的眼中,美国也是一片被追梦者腐蚀的土地"。[2] 菲茨杰拉德在短短44年的人生旅途上几经跌宕起伏,透过名利场,看尽世态炎凉。他通过书写糜烂的社会环境及人与人、人与社会、人与自然关系的失衡,表现了他对"爵士时代"整个美国家园破坏与迷失的担忧。正如著名生态文学学者鲁枢元指出,"从人与自然、人与社会、人与文化、人与自身发展的全部关系来看,忽略社会带给人的精神污染的生态研究是有缺陷的",[3] 关于社会对人类精神带来的污染和压制同样也应该是家园意识关注的问题之一。

菲茨杰拉德是"所生活的世界的记录者与批判者"。[4] 他笔下的"爵士时代"是一个精神废墟,是一个象征肮脏和衰败的精神荒原:传统的

---

[1] 菲茨杰拉德:《了不起的盖茨比》.姚乃强,译.北京:人民文学出版社,2022: 184.
[2] Castelli, Alberto. "Beauty Against the Grain: *The Great Gatsby*." *Moderna Sprak*, 2023, 117(3): 142.
[3] 鲁枢元:《生态批评的空间》.上海:华东师范大学出版社,2006: 16.
[4] Bryer, Jackson R, Prigozy, Ruth and Stern, Milton R, eds. *Fitzgerald: New Perspectives*. Athens: University of Georgia Press, 2000: 169.

人生信仰和精神追求在"一战"的炮火硝烟中化为灰烬,人们对自由民主的信念开始动摇,普遍感到迷惘,甚至绝望。他们不再将希望寄托给未来,而是堕入"及时行乐"的精神家园迷失状态。菲茨杰拉德的生活也是如此,在因《人间天堂》一举成名后,他与妻子泽尔达·塞尔(Zelda Sayre)过上了豪华而阔绰的生活,但由于太过挥霍,他们没能让这种纸醉金迷的生活持续多久,就开始逐渐步入窘迫。挥霍无度导致了生活上的入不敷出,菲茨杰拉德更加了解所处时代的精神荒芜,并将这一切写入他的作品。在《了不起的盖茨比》中,不仅汤姆和黛西身上带有明显的精神家园迷失特征,连主人公盖茨比和叙述者尼克也未能彻底摆脱这份印记。比如,盖茨比发迹之前,菲茨杰拉德把他写成含有浪漫气息、出尘不染的自然之子:"一年多来,他沿着苏必利尔湖南岸闯荡,或是捕鲜鱼,或是捞蛤蜊,或是做任何其他活计以求温饱。他晒得黝黑、结实的身体自然地经受了在那些催人振奋的日子里,时而拼命时而懒散的工作。"[1]但在通过私酒贩卖等商业投机行为积累了巨额财富之后,便无法摆脱社会的污染和精神的异化。为了以金钱和地位重获黛西的芳心,他在黛西家的对面购置了奢华的房子,每周举行热闹的宴会,以引起她的注意:

> 整个夏天的夜晚我邻居家的音乐声不绝于耳。在他的蓝色花园里,男男女女像飞蛾一般在笑语、香槟酒和星光之中来回晃悠。下午涨潮时,我看到他家的客人从搭在木筏上的高台上跳水,或者在晒得发烫的沙滩上晒日光浴,同时两条汽艇划破海湾的水面,拖

---

[1] 菲茨杰拉德:《了不起的盖茨比》.姚乃强,译.北京:人民文学出版社,2022: 101.

着滑水板在飞溅的泡沫中破浪前进。每逢周末,他的那辆罗尔斯-罗伊斯轿车就成了公共汽车,从早上九点到深更半夜穿梭来往,接送从城里来的一批批客人,而他的那辆旅行车则像一只敏捷的黄色甲壳虫蹦来跳去接送所有的火车班次。到了星期一,八个仆人,外加一名园丁,用拖把、刷子、锤子和修枝剪苦苦干上一整天,收拾头天晚上留下的一片狼藉。

每到星期五,五箱橙子和柠檬从纽约的水果店运到这里,而到了星期一,这些橙子和柠檬没有了果肉,变成了半拉半拉的果皮,扔在厨房后门口,堆成了一座金字塔。在厨房里有一台果汁压榨机,可以在半小时内把二百个橙子压榨成汁,只要管家的大拇指在一个小按钮上按二百次就行了。

至少每两周一次,一大帮包办宴席的人从城里赶来,带来好几百英尺篷布和足够数量的彩灯,把盖茨比的大花园装饰得像一棵圣诞树。自助餐桌上摆满了各式冷盘,琳琅满目,一盘盘五香火腿四周放着五颜六色的色拉和烤得金黄透亮的乳猪与火鸡。在大厅里设有一个用真正的铜杆搭的酒吧,备有各种杜松子酒和烈酒,还有久已为人们忘怀的甘露酒,来的女宾客大多是年轻人,根本分不清这个那个的品牌。[①]

在盖茨比的宴会上,一批批的男男女女犹如飞蛾扑火一般,在香槟酒和星光之中来回晃悠。花园、香槟、小汽艇、滑水板、私人海滩、跳台、罗尔斯-罗伊斯轿车、山珍海味等等吸引着无数来自上流社会的名人雅

---

① 菲茨杰拉德:《了不起的盖茨比》. 姚乃强, 译. 北京: 人民文学出版社, 2022: 43-44.

士。他们只为享受生活,显示自己的尊贵身份,对盖茨比毫无感激之情。尽管"歌舞表现了盖茨比的身份,或者帮助他掩饰了过去……歌舞是一种社交,也是不同种族和文化的人们能够产生共鸣的媒介"。[1] 然而,正是载歌载舞的宴会场景描写,隐喻着一种"集体无意识"般物以类聚的家园迷失。菲茨杰拉德笔下的"爵士时代"的含义已"不仅局限于音乐,它已经成为一种生活方式,一切时尚的东西都是爵士的。青年男女聚在一起抽烟、喝酒、飙车、坐在汽车后座'亲热'"。[2] 他们夜夜笙歌、荒淫无度地生活在这极为奢侈的物质世界里,尤其是上流社会,充斥着挥霍和对财富的贪欲,人与人之间缺乏真情,仅靠着金钱维持关系,物质财富的多少成为衡量一个人名誉和社会声望的唯一标准。他们背负着一具没有灵魂的肉体在这精神沙漠中迷失了方向,找不到出路,"精神上的东西已退居到第二位"[3]。值得注意的是,小说中还提到,每周的狂欢过后,到了星期一,还需要八个仆人,外加一名园丁,用拖把、刷子、锤子和修枝剪苦苦干上一整天,收拾头天晚上留下的一片狼藉,这一书写从家园的角度来讲更具深意,仿佛盖茨比的这些狐朋狗友们"已破坏了自然美景中原有的和谐,把原本诗情画意的景色糟蹋成了一个难以收拾的'残局'"[4]。而盖茨比本身虽然通过不法手段获得了巨大的物质财富,但他在精神上依然没得到满足。在这个虚无缥缈的社会环境中,在这个充满精神家园迷失的世界里,他对理想的追求注定失败。临终之前,盖茨比似乎明白是这个灰蒙蒙的、物质的、不现实的世界害了自己:

---

[1] Kyzek, Caroline Ann Danek. "Music and Dance in *The Great Gatsby*." *British and American Studies*, 2024, 30 (4): 49.
[2] 菲茨杰拉德:《人间天堂》. 金绍禹,译. 上海:上海译文出版社,2010: 4-5.
[3] 吴建国:《菲茨杰拉德研究》. 上海:上海外语教育出版社,2002: 176.
[4] 吴建国:《菲茨杰拉德研究》. 上海:上海外语教育出版社,2002: 176.

如果确实如此的话,他一定会感悟到他已经失去了旧日的那个温暖的世界,感悟到他为了死抱住一个梦想付出了多么高昂的代价。他一定抬头仰视,透过可怕的树叶望见一片陌生的天空,全身战栗,正如当他发现玫瑰花是多么的丑恶,阳光照在刚刚露头的小草上又是多么残酷时一样,浑身发抖。这是一个新的世界,物质的,然而并不真实,在这里可怜的幽魂像呼吸空气那样醉生梦死,东飘西荡……就像那个灰蒙蒙的、古怪的人形穿过杂乱的树木,悄悄地朝他走来。[1]

盖茨比对黛西的痴情不仅是对爱情的向往,同时是对美好生活的渴望,更是对精神家园的一种执着的追寻。遗憾的是,时过境迁,黛西已不复当年自己理想中纯情少女的形象。过于执着的追求无异一种迷失,一种"死抱住一个梦想付出了多么高昂的代价"。反观叙述者尼克,在经历故事中人与社会、人与自然、人与人之间关系的失衡及精神家园迷失之后,陷入了返璞归真的思绪。他想起了中西部的生活,那里不是麦田,更不是草原,但却是他内心深处的一方净土。那里的漫天大雪,那里的火车,那里的圣诞光环等等,都令他难以忘怀。这份思绪,从家园意识的角度讲,也许或多或少表现菲茨杰拉德有意重构精神家园的美好愿望。但在那个喧嚣的年代,作为"迷惘的一代"的代表作家,菲茨杰拉德也显然找不到出路。他曾生活在上流社会,深刻地认识到了财富、名誉和权力的虚假,但似乎无力改变现实,只能将其投射到作品之中。因此,尼克作

---

[1] 菲茨杰拉德:《了不起的盖茨比》. 姚乃强,译. 北京:人民文学出版社,2022: 163.

为菲茨杰拉德的代言人,对于家园追寻的概念大多时候是悲观的,即使偶尔带着几分美感,那也是昙花一现。盖茨比去世后,有一段时间尼克仍然每周都在纽约度过,时而回忆起那些令他依依不舍的经历:"因为盖茨比那些灯火辉煌光彩炫目的聚会仍历历在目。我依然可以听到音乐和笑声不断地从他花园里飘过来,还有一辆辆汽车在他的车道上开来开去。"[1]到小说结尾处,尼克毅然决定离开这个让他一度感到精神家园迷失的地方,回归自己曾经的中西部家园。离开东部之前,尼克来到海边,仰卧在沙滩上,眼前呈现的是另一幅家园景观:

> 那些海滨大别墅现在大多已经关闭了,四周几乎没有灯光,除了海湾对岸一艘渡船上时隐时现的一丝微弱亮光。月亮渐渐升高,那些虚幻不实的别墅慢慢消隐退去,直到我逐渐意识到这里就是当年让荷兰水手的眼睛大放异彩的古老小岛——新世界的一个清新稚嫩的乳房。那些消失了的树木,那些为了建造盖茨比的别墅而被砍伐的树木,曾经在此迎风飘拂,低声应和着人类最后的也是最伟大的梦想。在被迷恋陶醉的一瞬间,人类面对这块大陆必定息声屏气,惊诧不已,不由自主地堕入一种他既不理解也不想去理解的美学沉思中,也是人类在历史上最后一次与他感受惊奇的能力相匹配的奇观面面相觑。
>
> 当我坐在那里对那个古老的、未知的世界思索时,我也想到了盖茨比第一次认出对岸黛西家码头上那盏绿灯时,他是多么的惊奇。他走过了漫长的道路才来到这片蓝色的草坪上,他的梦似乎近

---

[1] 菲茨杰拉德:《了不起的盖茨比》. 姚乃强, 译. 北京: 人民文学出版社, 2022: 184.

在咫尺，唾手可得，几乎不可能抓不住的。他不知道那个梦已经远他而去，把他抛在后面，抛在这个城市后面那一片无垠的混沌之中，在那里合众国的黑色原野在夜色中滚滚向前伸展。[1]

在此刻的尼克看来，无论是奇异的岛屿，还是迎风飘拂的树木，抑或是美丽的大陆，这一切都是转瞬即逝的。就像曾经金碧辉煌的海滨大别墅、昔日歌舞升平的宴会，终究也是人去楼空。或许，尼克对于盖茨比的记忆是他自己经历的家园迷失与追寻的写照，在他的思绪里，"当那些为了建造盖茨比宏伟的宅邸而被砍伐的树木消失的时候，他的一切想象也随之消失了"。[2] 与此同时，他依然能够意识到，"盖茨比活在过去，他的梦想仍然关乎未来的憧憬；而尼克则不然，他的梦想是回忆性的，与某个已然逝去、更加完美的地方和时代紧密相连"。[3] 在那个充满精神变异和社会污染的时代，追逐梦想与追寻家园无非是坐上一艘逆流而上的船，终不可避免被推回过去。

对家园的定义如今已经超越了单纯的物理空间范畴，达到了物理空间、社会空间和精神空间的三大理论层次。人不仅是一种生物性的存在，更是一种社会性的存在，和一种精神性的存在。现代社会的生存危机不仅弥漫在自然环境方面，还表现在社会，乃至更为内在的精神层面。

---

[1] 菲茨杰拉德：《了不起的盖茨比》. 姚乃强，译. 北京：人民文学出版社，2022: 185.
[2] Martell, Jessica and Vernon, Zackary. "'of Great Gabasidy': Joseph Conrad's *Lord Jim* and F. Scott Fitzgerald's *The Great Gatsby*." *Journal of Modern Literature*, 2015, 38(3): 56-70.
[3] Bryer, Jackson R, Prigozy, Ruth and Stern, Milton R, eds. *F. Scott Fitzgerald in the Twenty-First Century*. Tuscaloosa: University of Alabama Press, 2003: 144.

菲茨杰拉德的笔下并没有太多表现自然美景的家园景观，取而代之的通常是混乱不堪的社会与精神环境。因此，若单从自然生态或地理景观书写的角度解读菲茨杰拉德的家园意识，其力度明显不够。但若将自然、社会、精神三者作出一定的结合，就能发现他深邃的家园意识。《人间天堂》也好，《了不起的盖茨比》也好，其主人公"幻想—追寻—幻灭"的生活历程都与作家菲茨杰拉德极为类似。虽然不少学者认为"在创作极度悲观的小说时，菲茨杰拉德几乎都在描绘自己经历的那些具有传奇色彩的苦难"，[1]但实际上，作为菲茨杰拉德刻意塑造出的具有时代意义的典型人物，艾莫里、尼克、盖茨比，乃至汤姆和黛西的故事已经超越了个人范畴，折射出更深的时代主题。以家园迷失的角度，结合自然、社会、精神三个层面重读菲茨杰拉德小说，为深入把握小说人物形象和时代的主题提供了不同的视角，也加深了读者对小说内涵的理解。

---

[1] Nowlin, Michael. "Review of *Business is Good: F. Scott Fitzgerald, Professional Writer.*" *American Literary History*, 2024, 36 (4): 1226.

第二章

后现代主义小说中的家园情感

文学上的后现代主义，又称后现代派，是继现代主义之后在欧美各国社会中出现的、传播范围广泛的文学思潮。学界曾一度对"现代"和"后现代"不加区分，但"二战"之后，现代主义所涵盖的范围已难以满足文学的发展状况，因此后现代主义被视为一个新的思潮应运而生。现代主义作家注重作品的和谐统一，试图弥合碎片达到完整，在散乱中寻求和谐，而后现代主义作家大多反对形式的统一，倾向于文学结构的无序性。后现代主义不仅是对现代主义反传统尝试的继续，也可以说是某种抛弃现代主义形式的不同尝试。

就美国而言，由于"二战"以后民众对文明与进步的信念发生了极大动摇，文学方面也较之以前发生了较大的改变。这一时期，"冷战"、朝鲜战争、麦卡锡主义、民权运动、越南战争、女权运动、原子弹毁灭世界的威胁、人类文明对自然环境愈演愈烈的破坏、人口爆炸等历史事件和社会现象不仅共同加深了"一战"对社会文明和道德准则的灾难性影响，更使美国文坛更加活跃，产生了约瑟夫·海勒、弗拉基米尔·纳博科夫、库尔特·冯内古特、约翰·厄普代克、唐纳德·巴塞尔姆（Donald Barthelme，1931—1989）、罗伯特·库弗、威廉·加斯、约翰·巴斯（John Barth，1930—2024）、唐·德里罗、托马斯·品钦等一大批新的代表作家。他们以新的创作形式取代传统，探索别具一格的新路子，给美国文学的发展注入了新的生命力。在这些作家眼里，战后的美国社会变得十分复杂，价值观念混乱，"美国梦"也一度成了梦魇。他们大多对人类生存的环境怀有悲观的看法，普遍困惑于如何解释这些现实，于是通过怪诞、幻想、夸张的方式，展现生活中的混乱、荒诞和疯狂。他们在作品中讲的是支离破碎的故事，写的是"垮掉的一代"和"反英雄"的人物形象。与现代主义的意识流、象征主义、意象主义、存在主义等流派等不同的是,后现代作家常以元小说、文字游戏、戏仿、拼贴、蒙太奇、迷宫、黑色幽默、零散叙事等艺术与表现特点,再现"二战"以来各个历史时期的时代特征和人类生存环境。

在探讨美国后现代作家作品时,许多学者将目光集中在其"荒诞"的主题和"梦幻"的艺术手法,研究他们如何在小说中从超现实的角度,采用荒诞的笔法、多层次的结构、多种多样的后现代手法来折射和揭示后现代社会光怪陆离的现实世界。这些前期的相关研究视野广阔,境界深远,角度多样化,为美国文学研究做出了不可磨灭的贡献。随着社会生存环境问题的日趋严重,一些具有远见卓识的后现代作家更加清晰地意识到建立一个在地理、精神、文化、社会、家庭等方面和谐共生的彼岸家园的重要意义。因此,后现代小说中的家园意识值得我们深入探讨。本章将以美国后现代时期的纳博科夫、冯内古特、厄普代克等作家的诸多小说为例,探讨后现代小说中的家园记忆、家园追寻、家园伦理以及家园批判与反思,从而为进一步拓展美国后现代小说的研究视角提供一定的参考。

第一节 弗拉基米尔·纳博科夫:流亡生涯与家园记忆

弗拉基米尔·纳博科夫(Vladimir Nabokov, 1899—1977)是美国著名的后现代作家之一。他不仅在长短篇小说创作上享誉世界,而且在翻译、诗歌、文艺理论等领域也造诣颇深。纳博科夫一生笔耕不辍,不但发表了以《洛丽塔》(*Lolita*, 1955)、《普宁》(*Pnin*, 1957)、《微暗的火》(*Pale Fire*, 1962)、《说吧,记忆》(*Speak, Memory: An Autobiography*

Revisited, 1951）、《爱达或爱欲：一部家族纪事》（*Ada, or Ardor: A Family Chronicle*, 1969）等为代表的 18 部长篇小说、65 篇短篇小说和 67 首诗歌，还翻译了诸多文学作品，写过与众不同的诗性评传和《独抒己见》（*Strong Opinions*, 1973）、《文学讲稿》（*Lectures on Literature*, 1980）、《〈堂吉诃德〉讲稿》（*Lectures on Don Quixote*, 1983）等集中体现纳博科夫文学观念的大量文学讲稿，为后世留下了一笔极其珍贵的文学遗产。美国文学界将纳博科夫视为"1945—1965年这20年间最有贡献的美国小说家之一"、"第二次世界大战后美国最有影响的实验小说先驱之一"以及"继福克纳以来20世纪美国文坛上最重要的作家之一"。[①]

20世纪60年代以后，因《洛丽塔》的成功发表，纳博科夫名扬世界，学界对他的研究规模日益壮大且逐步走向系统化。以佩奇·斯德克纳（Page Stegner）的《遁入美学：纳博科夫的艺术》（*Escape into Aesthetics: The Art of Vladimir Nabokov*, 1966）与安德鲁·菲尔德（Andrew Field）的《纳博科夫的艺术生命》（*Nabokov, His life in Art: A Critical Narrative*, 1967）为例，这两部公认较早的专著对纳博科夫作品文本的主题阐释、艺术创作和纳博科夫本人的多重身份进行了较为全面的探讨。20世纪90年代以后，对纳博科夫的研究方法更是日趋多元与成熟，研究视野日渐广阔，新的研究领域不断得到拓展。例如，亚历山大洛夫（Vladimir Alexandrov）的《纳博科夫的彼岸世界》（*Nabokov's Other World*, 1991）、《纳博科夫研究指南》（*The Garland Companion to Vladimir Nabokov*, 1995）、朱利安·康纳利（Julian Connolly）的《纳博科夫和他的小说：新视角》（*Nabokov and His Fictions: New Perspectives*, 1999），以及布赖

---

① 博伊德：《纳博科夫传：俄罗斯时期》. 刘佳林，译. 桂林：广西师范大学出版社，2009: 4.

恩·博伊德（Brian Boyd）的《纳博科夫传：俄罗斯时期》（*Vladimir Nabokov: The Russian Years*, 1990）、《纳博科夫传：美国时期》（*Vladimir Nabokov: The American Years*, 1991）等一系列专著以评传的方式既介绍了纳博科夫不断的搬迁，独特的流亡生涯及其内心深处的世界，又围绕纳博科夫的三种身份——教师、科学家和作家来深入揭示纳博科夫的哲学思想、伦理关怀、多彩多姿的蝴蝶视角以及纳博科夫作品与俄罗斯白银时代文学艺术大环境的关系等等。迈入21世纪，国内外学界对纳博科夫的研究热度更是有增无减。国外方面，戴维·拉莫尔（David Larmour）的《纳博科夫散文作品中的话语与思想》（*Discourse and Ideology in Nabokov's Prose*, 2002）、加弗利尔·夏皮诺（Gavriel Shapiro）的《纳博科夫在康奈尔》（*Nabokov at Cornell*, 2003）、朱利安·康纳利主编的《剑桥纳博科夫指南》（*The Cambridge Companion to Nabokov*, 2005）等一系列著作收录了许多来自不同作者、不同研究视角的文章，在主题、思想、形式、纳博科夫与人文艺术和自然科学的关系等方面展现了纳博科夫研究的广阔领域。就国内而言，詹树魁的《符拉迪米尔·纳博科夫：从现代主义到后现代主义》（2005）是国内最早较为系统研究纳博科夫的专著。此后，李小均的《自由与反讽：纳博科夫的思想与创作》（2007），王霞的《越界的想象：纳博科夫文学创作中的越界现象研究》（2007），王青松的《纳博科夫小说：追逐人生的主题》（2010），赵君的《后现代文艺转型期纳博科夫小说美学思想研究》（2014），汪小玲的《纳博科夫小说艺术研究》（2008）、《纳博科夫文学思想与当代西方文论》（2018），刘文霞的《纳博科夫的传统继承与艺术创新》（2020）等一部部著作的问世都验证了纳博科夫研究在国内的快速发展。

纵观半个多世纪以来国内外关于纳博科夫的研究，我们发现其作品中的形式、风格、艺术手法、美学思想、哲学思考、文化身份、伦理思想、流亡情结等角度占据了半壁江山。相比之下，从家园意识的角度研究纳博科夫的作品较少引起学界的关注。然而，众所周知的是，每一名离开自己家乡的游子或流亡者，其内心深处都保留着对祖国、家乡和亲人的深切怀念之情。"尽管他们远离故国乡土，但他们仍以各种方式保留着与故国家园的联系，对原来的家园保留着集体记忆，这种集体记忆甚至转化为一种神话，代代相传"。[1]因此，作为一名流亡在外、背井离乡的移民作家，纳博科夫作品中的家园思想无疑是一个值得探讨的主题。

我们先从纳博科夫个人生涯的家园失落和破碎谈起。纳博科夫出生于圣彼得堡的一个富裕而显赫的名门望族。其祖先可以追溯至16世纪俄罗斯帝国第一位沙皇伊凡四世时期的宫廷贵族。父亲是知名的刑法学家，并且在政界取得了一定成就，是十月革命前俄国反对派运动的主要参与者。他才华横溢，为人正直，不仅给孩子提供了优越的童年生活和良好的人文教育，更以自己的高尚人格为孩子树立了榜样。纳博科夫对父亲非常崇敬。在纳博科夫心中，父亲不仅是一位富有影响力的出色政治领袖，也是一位卓越的思想家，更是一位重情重义的大英雄。纳博科夫的母亲也是位出身教养良好的优雅淑女，来自在金矿开采中积聚巨量财富的鲁卡维什尼科夫家族。对纳博科夫而言，母亲不仅和蔼可亲，更是人生道路上的良师益友。纳博科夫是家中长子，也是最受宠爱的孩子，他在圣彼得堡度过了完美的童年。然而好景不长，1917年俄国十月革命爆发后，纳博科夫随家人开始了流亡生活，从此告别了少年时舒适

---

[1] 薛玉凤：《美国文学中的精神创伤学研究》，北京：科学出版社，2015: 147.

安闲的生活,开始了颠沛流离的坎坷人生。他的流亡始于克里米亚,随后又辗转英国、德国、法国等国家,最终他为逃离纳粹而携家人赴美国,才算最终安定了下来。在德国期间,父亲遭人暗杀,纳博科夫的人生跌入了低谷。关于流亡和家园破碎的经历,纳博科夫在1969年《纽约时报》(*The New York Times*)的采访中告诉记者:"在我很小的时候,远在俄国革命和内战所导致的极为无聊的迁徙之前,我就饱受噩梦之苦,梦中出现流浪、逃亡和废弃的站台。"[1] 1962年,在一场BBC电台的采访中,纳博科夫也提到:

> 你越爱一段记忆,这记忆就越强烈越奇妙。我认为这很自然,因为我对往日、对童年的记忆有更深沉的爱意,超过对以后岁月的记忆。所以,在我的内心和自我意识中,对英国的剑桥或新英格兰的坎布里奇的记忆就不是那么生动,比不上对我们在俄国农村领地花园一角落的记忆。[2]

学者威尔·诺曼(Will Norman)指出:"纳博科夫的审美思想具有历史性和永恒性。"[3]这在纳博科夫对往昔岁月和故国家园的记忆上也得到了展现。自从离开祖国俄罗斯,纳博科夫便踏上了流亡之旅。也就是从这一刻起,他失去了故乡和家园。俄罗斯是纳博科夫心中永远的家乡,回到圣彼得堡是他的夙愿。"在纳博科夫的记忆中,圣彼得堡的那所大房子是永恒且唯一的家园,这是地理意义上的家园,同时也是俄

---

[1] 纳博科夫:《独抒己见》.唐建清,译.杭州:浙江文艺出版社,2012: 137.
[2] 纳博科夫:《独抒己见》.唐建清,译.杭州:浙江文艺出版社,2012: 12.
[3] Norman, Will. *Nabokov, History and the Texture of Time*. Oxford: Taylor & Francis Group, 2012: 29.

罗斯回忆的情感之所。无论他流亡欧洲还是到了美国,哪怕是在《洛丽塔》带来了巨额财富之后,他仍然没有购置房产,而只是以栖居的形式租住各处。圣彼得堡就是作家笔下永恒家园的记忆之场。"[1] 在一场关于自己国籍身份的采访中,纳博科夫坦言:"我觉得自己是个俄国人,我认为我的俄语作品,这些年里写的各种长短篇小说和诗歌是对俄国的一种敬意。我将之定义为因我童年时期的俄国的消失而感到震惊的波浪和涟漪。"[2] 流亡的经历使圣彼得堡逐渐远离纳博科夫,这是他心中永远的痛。他把这份痛苦化作艺术力量,创作了一系列包含流亡故事和文化身份的文学作品,着重表现其乡愁情结与家园记忆。因此,纳博科夫小说中的许多主人公或多或少带有流亡者的影子。例如,《洛丽塔》中的亨伯特·亨伯特(Humbert Humbert)本是欧洲人,在结束一段失败的婚姻后来到美国,认识了他心目中的小仙女洛丽塔,并在她母亲死后带着她周游美国,在旅馆之间兜转游荡。《普宁》的主人公是一位俄裔美国教授,生于俄国的富裕家庭,因俄国革命爆发流亡欧洲,后来又辗转至美国的温代尔学院做俄语教师。《微暗的火》中的金波特(Kinbote)身份扑朔迷离,其中一个未经证实的身份便是他自称的欧洲赞巴拉国王。金波特声称自己是被废黜后流亡到美国以教书为业。如纳博科夫一般,他也是一个出身贵族、生逢剧变、流落异国的典型。中篇小说《眼睛》(*The Eye*, 1930)中的人物大部分是在巴黎、柏林等地流亡的俄国人。《黑暗中的笑声》(*Laughter in the Dark*, 1932)中的雷克斯(Axel Rex)虽然玩世不恭,但也有过为避战祸离开祖国四处流亡的坎坷经历。纳博科夫之

---

[1] 韩悦:创伤与文化记忆:纳博科夫早期流亡小说的俄罗斯主题书写.《外国文学动态研究》, 2022(5): 156.
[2] 纳博科夫:《独抒己见》. 唐建清, 译. 杭州:浙江文艺出版社, 2012: 13.

第二章 后现代主义小说中的家园情感

所以选取这些曾经经历过家园破碎的流亡者作为书写的对象，是因为自己对他们的经历感同身受。他在向读者剖析流亡者的所思、所想、所感的同时，也在剖析和认识自己。

在纳博科夫的诸多小说中，最典型地表现流亡和家园记忆的小说当属《普宁》。《普宁》讲述一位俄裔教授在温代尔学院执教期间的生活经历，记载了一个身处异域文化的局外人的辛酸和悲苦。主人公普宁生于一个俄国医生家庭，俄国革命期间流亡至欧洲，然后又辗转至美国，在温代尔学院教授俄语。尽管普宁有一份体面的职业，但他一直身处两种文明的夹缝之中，正如后殖民主义理论大师爱德华·萨义德（Edward Said, 1935—2003）曾言："离散者总是处于一种居中状态，既非与新的环境合二为一，又不是与旧的环境彻底分离，而是处在若即若离的困境。"[①] 背井离乡的经历使得普宁承受了巨大的孤独和家园的失落感。他常常沉溺于对祖国和逝去家园的回忆。虽然身在美国，但他时常钻研俄罗斯古文化和古典文学，以此作为精神慰藉，并流露出他对俄罗斯文化的深厚感情以及对过去生活的怀念，正如翻译家梅邵武所说："纳博科夫把俄罗斯文化和现代美国文明巧妙地融合在一起，诙谐而机智地刻画了一个失去了祖国、割断了和祖国文化的联系、又失去了爱情的背井离乡的苦恼人"。[②]

《普宁》不仅多处闪现纳博科夫本人的影子，而且抒发了纳博科夫对祖国与故土家园的思念之情，对祖国无比热爱的乡愁情结。从家园书写的角度我们看到小说中"纳博科夫似乎在问自己：如果我对失去的俄

---

① Said, Edward. *Representations of the Intellectual: The 1993 Reith Lectures*. New York: Pantheon Books, 1994: 47.
② 纳博科夫：《普宁》. 梅绍武，译. 上海：上海译文出版社，2007: 251.

罗斯的关注变成了一种执念，那会怎样？如果我关注的是我的大多数同事和学生，他们对俄罗斯、俄罗斯人、流亡者或造就我的伟大文学一无所知，那会怎么样？"①。故事开始不久，普宁打算乘火车去做一次学术报告，却因为错信了一份陈旧的火车时刻表坐错了车，直到列车员查票时才明白自己的错误。他茫然无措地下了车，在人生地不熟的地方经历了一番周转波折，才侥幸到达目的地。读者对主人公普宁的第一印象是体形纤弱、模样有些滑稽卑微的旅行者形象。他蜷缩在飞奔列车的一角，仿佛一片随波逐流的浮萍，任凭命运摆布。在火车上的旅程可以说是他追寻精神家园的一个缩影。在异国他乡，他始终无法融入生活环境。在陌生的环境里，他总是被一种惶惑不安的情绪所笼罩。正如纳博科夫在康奈尔大学和哈佛大学教授文学课程时"以在讲座中绘制地图、图表或示意图而闻名"，②此刻，纳博科夫以普宁的家庭出身、成长环境和父母对他的关爱绘制了普宁青少年时期的回忆图景，呈现出普宁年少时的一种家园意象：

> 铁莫菲·普宁出生在彼得堡一个相当富有的体面家庭里。父亲巴威尔·普宁是一位颇有声望的眼科专家，荣幸地给列夫·托尔斯泰治过结膜炎。铁莫菲的母亲是个瘦弱、神经质的女人，纤细的蜂腰，头发曲成串，她是那位一度很出名的革命家乌莫夫和一位来自里加的德国女郎所生的女儿……铁莫菲就像一个可怜的作茧自缚的蛹，躺在床上，上面还盖几条毯子；然而这一切全都白搭，还是

---

① Meyer, Priscilla. "The Hidden Nabokov." *Nabokov Studies*, 2023, 19(1): 76.
② Toker, Leona. "Literary Stereography: Nabokov Drawing and Reading Maps." *Partial Answers: Journal of Literature and the History of Ideas*, 2021, 19(2): 361.

没法抗拒那种从他冰凉的脊椎向两边扩散潜伸到条条肋骨去的寒冷……床旁边有一座四扇闪闪发亮的木屏风，上面烙刻着一条尽是落叶的马道，一个睡莲池塘，一个伛着腰坐在长凳上的老头儿和一只前爪捧着一个红玩意儿的松鼠……更叫人憋闷的是他跟墙纸发生的一场争斗。他素来看得出花纸垂直面上多次精确地重复一种由三簇不同的紫花和七片不同的栎树叶组成的花样，可眼下他被一件无法不考虑的事实困惑着，他找不出花纸横断面上的花样是怎样排列的，他从床头到衣柜，从火炉到门口这儿那儿的墙上都拣得出花样的个别组成部分，证实其中确实存在一种序列，可是每逢他的视线从任何一组三簇花朵和七片叶子的花样移到右边或左边时，他顿时就迷失在杜鹃花和栎树纠缠成一团乱七八糟的景象中了。

……

他迷迷糊糊，却还能从独立存在的花饰当中辨认出那间儿童室里的某些部分，那扇上漆的屏风啦，一个闪亮的不倒翁啦，床架上的铜球啦，觉得它们比别的东西更难以消逝，可是它们却显得同栎树叶子和盛开的花朵极不协调，不过比起玻璃窗上映现的屋内某样东西的影像同窗外的景致那种不协调的程度又要小得多。这位幻景的目击者和受害人，虽然盖着被子躺在床上，可是由于他所处的环境的双重性，他也觉出自己是坐在一个绿油油、紫糊糊的公园里的一条长凳上。在那融合的一刹那，他觉得自己终于找到了那把要找的钥匙。[①]

---

① 纳博科夫：《普宁》.梅绍武，译.上海：上海译文出版社，2007: 17-19.

普宁的回忆再现了他对童年、家人的深厚情感,揭示了家园破碎导致的内心孤独和怀旧之情。与纳博科夫一样,普宁拥有良好的出身,关爱自己的父母和幸福的童年。而如今,流亡让一切都已失去。穿过时间和记忆的长廊,纳博科夫也好,普宁也好,在他们的记忆深处,家园的一草一木和童年的记忆碎片都是永恒不变的。流亡造成的童年、家园、俄罗斯文化乃至初恋的一去不复返,让纳博科夫和普宁陷入了身份认同的困惑。在纳博科夫的心里,他的永恒之家在俄罗斯,俄罗斯有他心灵所需要的一切,失去家园与无法回归带来的痛楚伴随着他一生。正是如此,纳博科夫小说试图通过普宁对于逝去家园的回忆重拾自己的精神家园。小说中的普宁也因此"从一开始就是不断地从一个地方搬到另一个地方。他就像一叶孤独的扁舟,漂流在浩瀚无际的大海上,没有靠岸的一天"。[①] 甚至可以说,"在叙事真正开始前,他就失去了家庭和祖国……他的生活中,唯一永恒存在的就是悲伤"。[②] 不但如此,"深处异乡文化的普宁,虽然努力地适应新的环境,但始终与之格格不入,连语言都像是一个危险和灾难"。[③] 作为一名俄裔人士,普宁热爱自己的母语。但是除了教学以外,他跟旁人打交道时没机会使用母语,这必然导致他在精神与文化方面的孤独感和失落感。他的英语蹩脚,举止古怪,经常招致同事们轻蔑的模仿和嘲笑。缺乏人性和温情的环境也给普宁带来了伤害。此外,他的情感没有寄托,心灵的无可归依感时时缠绕着他。他的生活圈子相当狭窄。在这个圈子里,几乎没有人在乎他。连自己的感情世界也是一波三折。而他接连不断的傻事、怪事是整个学院自上而下

[①] 汪小玲,等:《纳博科夫文学思想与当代西方文论》. 北京:国家图书馆出版社,2018: 283.

[②] 咸利:《纳博科夫评传》. 李小均,译. 桂林:漓江出版社,2014: 122.

[③] 汪小玲,等:《纳博科夫文学思想与当代西方文论》. 北京:国家图书馆出版社,2018: 284.

的笑柄。"普宁讲课的姿势啦、普宁的吃相啦、普宁向女学生飞个媚眼啦……"①连英文系主任杰克·考克瑞尔都忍不住模仿普宁,把他当笑料。后来,就在普宁的事业颇有所成,考虑购买房子以结束长年居无定所的生活时,却面临被辞退的困境。唯一欣赏和帮助他的哈根博士也即将调离学院。对普宁而言,现实是一只无形的手,谁也不知道下一秒会有什么事情发生。尽管普宁可以采取一些积极措施,但是这些在现实面前都显得苍白无力,使他一切的憧憬化为了泡影。在这个圈子里全心全意地工作了八年之后,除了那些成为人们茶余饭后谈资的笑柄之外,普宁什么也没留下。可以说,普宁"是一个激荡在新旧世界跨文化冲突中的移民标本"。②他在美国的经历就像纳博科夫"对种族群体进行的'他者化'",③就此而言,纳博科夫通过《普宁》中的流亡和回忆,既书写了一个家园失落与破碎的流亡者的命运,又以文字的创作表达自己渴望回到过去,重返熟悉的精神家园。

又如在名著《洛丽塔》的开篇中,纳博科夫同样借助主人公亨伯特的回忆书写其逝去的美好家园:

> 我在一个有着图画书、干净的沙滩、橘树、友好的狗、海景和笑嘻嘻的人脸的欢快天地中长大,成了一个幸福、健康的孩子。在我周围,华丽的米兰纳大饭店像一个私人宇宙那样旋转,像外边闪闪发光的那个较大的蓝色宇宙中的一个用石灰水刷白了的宇宙。从

---

① 纳博科夫:《普宁》. 梅绍武,译. 上海:上海译文出版社,2007: 242.
② 陈泓杉:论《普宁》的生命政治叙事.《当代外国文学》,2024(3): 101.
③ Alexander, Anoushka. "Plainspoken about Jew and Gentile: Vladimir Nabokov, the Legacy of Russian Liberalism, and the Jewish Question." *Jewish Culture and History*, 2022, 23(4): 367-383.

系着围裙的锅壶擦洗工到身穿法兰绒的权贵,每个人都喜欢我,每个人都宠爱我。①

亨伯特和普宁一样,是一名具有作家自传性质的人物,其经历和纳博科夫非常相似,尤其是两者都在早年失去了珍贵的东西。亨伯特失去了最心爱的恋人,纳博科夫失去故国家园,成了无根之人。二者都有着从欧洲到美国,无家无根的流亡经历,在思想方面也处于美国文化的边缘状态,这一切"给流亡者强烈的身份失落感埋下了伏笔"。②《洛丽塔》以倒序的方式展开,故事的开篇亨伯特因谋杀罪正在接受审判。他回忆起自己幸福的童年以及安稳富足的家庭环境,想起自己在"欢快天地中长大,成了一个幸福、健康的孩子","每个人都喜欢我,每个人都宠爱我",这是他逝去的,又渴望回归的精神家园。他在洛丽塔身上瞬间找回了逝去的初恋安娜贝尔的影子。虽然他对洛丽塔的爱是病态的,但这份爱在他的叙述中又显得美丽而诗意。很大程度上亨伯特对洛丽塔的迷恋不仅是对她的占有,更是对失去的纯真与美好的渴望,寓意着亨伯特和纳博科夫对往事的回忆及其再现昔日美好家园的强烈愿望。小说中的亨伯特更像是一个被迫屈从于主流文化的流亡者。他生长于欧洲,在他身上弥漫着欧洲古老文化的气息。但是由于妻子的背叛,亨伯特逃离欧洲,前往充满希望的美国追寻新的精神家园,他梦想在美国再现昔日辉煌,期待着在全新的环境中刷洗掉妻子带给他的耻辱。然而,当他踏上这片土地,他才真正发现现实生活不尽如人意。洛丽塔的母亲夏洛特去

---

① 纳博科夫:《洛丽塔》.主万,译.上海:上海译文出版社,2019: 6.

② Kleinberg-Levin, David. *Redeeming Words and the Promise of: A Critical Theory Approach to Wallace Stevens and Vladimir Nabokov*. Lanham: Lexington Books, 2012: 110.

世后,亨伯特以继父的身份带着洛丽塔开始了他们的旅行。对于亨伯特来说,这次旅行既是他进一步追求洛丽塔的机会,也是他逃避现实、寻求心灵慰藉的方式。在旅行中他们驱车经过了美国的许多地方,包括金黄的原野、高耸的山脉、广阔的牧场、幽深的峡谷、茂密的树林、一个个的汽车旅馆和临时住所。但他们所到之处呈现出的并不是一尘不染的家园景观:

> 远处的山。近处的山。更多的山;从未被人攀登的或是不断变成一座座有人居住的山岗的瑰丽青山;东南走向的山脉,随着一座座峰峦远去,高度逐渐降低;令人动情地高耸入云、有着白雪纹理的灰色石头巨像,以及严酷无情的峰峦在公路转弯处蓦然出现;林木幽深的险恶的大山覆盖着一片整齐、交叠、黑森森的冷杉,有些地方中间还夹杂着一些苍白、蓬松的杨树;还有组合成的一丛丛粉红和淡紫的植物,法老似的、阳物似的,"古老得无法用语言表达"(无动于衷的洛);黑色熔岩形成的孤山;早春的山峦,山脊上满是小象的细毛;夏末的山峦完全隆起,它们那沉重的埃及式的四肢在黄褐色的、蛀坏了的毛绒衣服的褶层中交叠在一起;米灰色的小山,点缀着粗壮的绿色橡树;最后一座赤褐色的大山,山脚处有一片繁茂的苜蓿。①
> ……
> 无数情侣曾经在欧洲山腰漂亮的草皮上,在富有弹性的苔藓上,在邻近干净的小溪旁,在树干上刻着姓名首字母的橡树下的粗

---

① 纳博科夫:《洛丽塔》.主万,译.上海:上海译文出版社,2019: 241-242.

木长凳上,在那么多山毛榉林中的那么多 cabanes(简陋的小屋)内拥抱接吻。可是在美国的荒野上,野外的情人会发现要想沉湎于最古老的罪恶和娱乐,并不怎么容易。有害的植物会使他心上人的屁股感到火辣辣的,叫不出名字的昆虫又刺疼了他的臀部;森林里地面上尖利的东西会戳痛他的膝盖,而昆虫又会来咬她的膝盖;四周老传来潜在的毒蛇——que dis-je(依我看),是半灭绝的龙——持续不断的沙沙声。①

学者芭芭拉·施特劳曼(Barbara Straumann)认为:"流亡能产生强有力的文化交流形式,它也无可避免地会将我们引向一个模糊不清的交界地带。作为创造性审美的一种表现手法,流亡无法与地缘政治上的流离失所及带有创伤性的文化丧失彻底分离。"②诚然,小说中的亨伯特和洛丽塔的旅行跨越了多个物理空间,一路上既欣赏了自然景观,也感受了欧洲与美国精神文化的异同。这些物理空间既是两人逃避现实、寻找新生活的场所,也是他们内心深处追寻家园的映射。从郊区、荒野、山脉、树林到汽车旅馆,再到各种临时住所,这些物理空间的变换在某种程度上反映了主人公家园的不确定性和流动性。尤值一提的是,纳博科夫在美国工作时,为了满足自己搜寻蝴蝶的爱好,曾利用空闲时间驱车走过许多地方。漫长的路程让纳博科夫熟悉了美国的公路文化和汽车旅馆的情况,也加深了他的流亡意识。可以说,纳博科夫将他在美国公路上的"流亡"视为他人生流亡经历的一个缩影,而他把流亡的过程写入

---

① 纳博科夫:《洛丽塔》. 主万, 译. 上海: 上海译文出版社, 2019: 260.
② Straumann, Barbara. *Figurations of Exile in Hitchcock and Nabokov*. Edinburgh: Edinburgh University Press, 2008: 11.

第二章 后现代主义小说中的家园情感

《洛丽塔》，也是对自己流亡经历和精神家园破碎的一种排遣。小说中的亨伯特是一个欧洲人，对美国本土文化来说他就是一个外来者和流亡者。在融入本土文化之前处于美国文化的边缘地带，亨伯特有着同其他身处异国他乡的外来者一样的流亡心境。虽身在美国，但对于亨伯特而言，他坚信自己骨子里的欧洲文化要远胜过美国文化，他甚至认为对热恋的情侣能够在欧洲山腰漂亮的草皮上，简陋的小屋内，拥抱接吻，而在美国的荒野上，野外的情人想要一个拥抱都不怎么容易，"有害的植物会使他心上人的屁股感到火辣辣的，叫不出名字的昆虫又刺疼了他的臀部；森林里地面上尖利的东西会戳痛他的膝盖，而昆虫又会来咬她的膝盖"。由于当时欧洲文化的鲜明特征完全被淹没在处于主流地位的美国文化之中，亨伯特采取蔑视主流文化的方式以固守自己的文化传统。虽然亨伯特爱上了作为美国文化产物的洛丽塔，但他所代表的欧洲文化之高傲地位并没有动摇。然而，从家园意识的角度看，这些地理景观的书写并不代表亨伯特的故步自封，更像是亨伯特对故国文化与精神的一种特殊的家园情感，正如迈克·克朗所言："文学作品中的地理含意比简单的地理情感更微妙。"[①] "作为一种文学形式，小说具有内在的地理学属性。小说的世界由位置和背景、场所与边界、视野与地平线组成。小说里的角色、叙述者以及朗读时的听众占据着不同的地理和空间。任何一部小说均可能提供形式不同，甚至相左的地理知识，从对一个地区的感性认识到对某一地区和某一国家的地理知识的系统了解。"[②] 虽然亨伯特身上的乡愁情结并不像普宁那样明显，但对于同样有着流亡倾向和记忆情结的亨伯特来说，其所遭遇的文化冲突和精神家园失落却是引人深思的。

---

① 克朗：《文化地理学》. 杨淑华，宋慧敏，译. 南京：南京大学出版社，2003：62.
② 克朗：《文化地理学》. 杨淑华，宋慧敏，译. 南京：南京大学出版社，2003：55.

如果说《普宁》和《洛丽塔》展现出的流亡意识更侧重于漂泊，那么《玛丽》(Mary, 1926)更侧重于展现一种充满了怀旧的乡愁离情。《玛丽》是纳博科夫的第一部长篇小说。小说讲述了一个流亡在德国的俄裔青年加宁(Lev Ganin)怀念自己少年时期在祖国与一名叫玛丽的少女的恋情。表面上，《玛丽》是一个青年缅怀初恋的传统故事，实际上纳博科夫借着主人公加宁的回忆传达了一份浓郁的乡愁。加宁流亡于德国，远离故土家园。对他而言，现实的世界充满了烦恼与坎坷，记忆中的世界却变得越发清晰，仿佛后者才是他真正期待的精神家园。身处异国他乡的加宁，时刻怀念着故国家园的一切，即使在回忆初恋玛丽之时，书中的回忆书写也不仅涉及玛丽本人，更与两人在俄罗斯共度的时光和俄罗斯的自然美景紧密相连：

> 这不仅是回忆，还是一种比他的影子在柏林所过的生活更真实、更热切的生活。它是在真正柔情关怀下发展起来的奇妙异常的浪漫史。
>
> 在俄罗斯北部，到了八月份的第二周，空气中就有了一丝秋的气息。时不时会有一片小小的黄叶从白杨树上落下；收割后的广阔田野呈现出秋日的明亮与空旷。在森林的边缘，还未被晒干草的农民割掉的一片高高的青草在风中闪着亮亮的光泽。迟钝的野蜂在紫红色的斑驳的花丛中安眠。[1]

随着女主人公玛丽在加宁回忆中反复呈现在读者面前，加宁对玛

---

[1] 纳博科夫：《玛丽》. 王家湘，译. 上海：上海译文出版社，2020: 69-70.

丽和故国家园的回忆融为一体,难分彼此。加宁在回忆中重新体验了与玛丽共度的日子,这些回忆成为他对故国家园深深依恋的精神载体,难怪有学者指出,纳博科夫擅长"将他笔下的景观打造成不仅连接不同文化,还连接着一系列看似风马牛不相及的交汇中心"。[1] 通过这一精神载体,纳博科夫将俄罗斯的广袤原野、秋阳、冷雨、白桦、冬雪等自然景象生动地展现出来。通过对俄罗斯自然景观的描绘,不仅展现了俄罗斯的独特魅力,更传达了作者对逝去的故国家园的依恋和情感。可以说,玛丽就是祖国俄罗斯的象征。她美丽、优雅、亲切、迷人,如同一首独一无二的优美田园牧歌存留在加宁的记忆中。此外,加宁回忆中的玛丽也具有典型的俄罗斯特征:"她那双可爱的、可爱的鞑靼人的眼睛在他脸旁滑过。"[2] "在九月的那一天,命运让他预先尝到了他将来别离玛丽、别离俄国的滋味。"[3] 在加宁心中,玛丽就是他的故国家园。不但如此,他对于这份家园的情感也是丰富的,正如"从一块蓝玻璃向外看,世界便仿佛凝固在月球的朦胧意境之中;从黄玻璃往外看,一切就显得特别欢快;从红玻璃往外看,天空是粉红色的,树叶颜色深得像勃艮第红葡萄酒"。[4] 当俄国处于宁静的和平时期时,玛丽是健康美丽的,充满了青春的蓬勃朝气,她与加宁的恋情也是无忧无虑的;当俄国发生战乱,加宁与玛丽重逢时,"她整个外貌上有着某种古怪和胆怯的东西;她笑得少了,不断把头掉向一边。她柔软的脖子上有乌青的痕迹,像是一条不十分清晰的项

---

[1] Trousdale, Rachel. *Nabokov, Rushdie, and the Transnational Imagination*. London: Palgrave Macmillan, 2010: 37.
[2] 纳博科夫:《玛丽》. 王家湘,译. 上海:上海译文出版社,2020: 91.
[3] 纳博科夫:《玛丽》. 王家湘,译. 上海:上海译文出版社,2020: 86.
[4] 纳博科夫:《玛丽》. 王家湘,译. 上海:上海译文出版社,2020: 70.

链"。[①] 无论玛丽最终变成什么样,加宁心中依旧保持着对她的眷恋。虽然在小说的结尾加宁意识到回忆不能取代现实,他必须有所取舍,但这份眷恋和乡愁并没有被他丢弃,而是珍藏在他记忆的某个角落,陪伴他在人生的旅途中继续前行。

纳博科夫的另一部长篇小说《微暗的火》通过复杂的人物设定和独特的叙事结构探讨家园的记忆与追寻,体现其流亡诗学和对故园家园的深刻怀念。《微暗的火》是纳博科夫所有小说中最具实验性、最为奇特的一部,可谓美国文坛的一部天书。这部小说由前言、一首999行的长诗、评论和索引组成。其中,999行长诗的作者是虚构的诗人约翰·谢德(John Shade)。谢德被一名逃犯误看作判其入狱的法官而遭枪杀。他的邻居查尔斯·金波特教授在诗人死后把手稿带走,为诗歌编纂了注释,写好序言,找到出版商,成就了这部小说。金波特在小说中既是当中的人物,也是长诗的读者,更是注释的作者。他自称是一位由于极端分子的革命而被废黜并流亡国外的赞巴拉国末代国王。流亡到美国后,金波特通过为诗人谢德的诗歌作注,将自己对故国家园的记忆融入其中。在谢德诗歌的开篇,读者就能感受到浓厚的家园意识:

> 我是那污迹一团的灰绒毛——而我
> 曾经活在那映出的苍穹,展翅翱翔。
> 从这室内,我也会在窗玻璃上复印出
> 我的身影,我的灯盏,碟里一个苹果:
> 夜间敞着窗帘,我会让暗玻璃上现出

---

① 纳博科夫:《玛丽》. 王家湘,译. 上海:上海译文出版社,2020: 93.

室内家具样样都悬空在那片草地上方,
多么令人高兴呵,室外大雪纷飞
遮蔽我对草坪的瞥视,高高积起
使得床椅恰好矗立在皑皑白雪上
矗立在外面晶莹明澈的大地上!
……
五颜六色使我欢悦:灰色亦然。
我的双眸犹如相机,确实可以
摄影拍照。每逢在我许可时刻,
或者在我那默默一颤的指令下,
无论什么映入我的视野,便会常驻——
室内的景象,或者山核桃树的叶片
或者屋檐上冰冻水滴形成的尖匕首——
都会深印在我的眼睑后面
逗留那么一两个小时不去,
如此持续一阵,我所要做的
便是阖目复印再现那些叶片,
室内的景象,屋檐上那战利品装饰。
……
那座房屋本身依然旧样未改。一边的侧厅
我们装饰一新。一间日光浴室,还有一扇
大块玻璃的观景窗,两侧放着怪样的座椅
电视天线,状似巨大回形针,如今闪烁着,
取代了那僵硬的风向标,经常

那里会出现那一只天真而无邪的

好似蒙着薄纱的学舌鸟前来拜访

重新叙述她所听到过的全部节目……[①]

皑皑的白雪,晶莹明澈的大地,一间日光浴室,一扇大块玻璃的观景窗,各种室内外意象和五颜六色组成了一道亮丽的家园景观,如同绘画一般,呈现出谢德对家园的追忆和向往,更暗示他对逝去家园的怀念和无法回归的悲痛,正如爱瑞克·雷曼(Eric Naiman)指出,谢德的诗歌"给人带来了一种开阔的视野,一种有利于诗歌创作的强烈感知力,但也给人造成了一种永久性的、带有美感的创伤"。[②] 就连金波特在对诗歌的注释中也坦言:"我在谢德生前最后一年里,有幸住在纽卫镇田园般的山区,是他的一位邻居,我经常见到那类怪鸟在他的住宅角落里几株松柏周围极其欢乐地啄食青灰的干果仁儿。"[③] 而在评注部分的结尾,他又无力地说道:

我也许会在另一个校园里,变成一个上了年纪、快乐而健康、异性恋的俄国佬,一名流亡作家,没有名望,没有未来,没有听众,任什么也没有……历史许可的话,我也许会乘船重返我那光复的王国,哽哽咽咽地大声哭起来,在蒙蒙细雨中,向那灰蒙蒙的海岸和一座屋顶上的闪亮灯光致敬。我也可能在一家疯人院里蜷缩一团,哼哼唧唧。[④]

[①] 纳博科夫:《微暗的火》. 梅绍武,译. 上海:上海译文出版社,2007: 23-26.
[②] Naiman, Eric. *Nabokov, Perversely*. Ithaca and London: Cornell University Press, 2010: 6.
[③] 纳博科夫:《微暗的火》. 梅绍武,译. 上海:上海译文出版社,2007: 79.
[④] 纳博科夫:《微暗的火》. 梅绍武,译. 上海:上海译文出版社,2007: 340.

尽管金波特对谢德的态度并不真正友好，甚至可以说他更注重自己的评论，而非谢德的诗歌本身。有人甚至指出："在长达十六页的前言中，他塞入了许多令人厌恶的评注，使读者既怀疑他所言，又笑话他的主观臆断，"[1] 认为他之所以对"微暗的火"这首诗作出评注，不是因为要还原其真实思想，而是要借谢德的光芒来映射自己的思想。但同为流亡者的他，对于谢德所倾注的家园情感感同身受，甚至要和他"乘船重返我那光复的王国，哽哽咽咽地大声哭起来"。从某种程度而言，小说中的金波特作为流亡者和谢德一样有着家园破碎的经历。他无法忘记自己曾经的家园经历，又无法在现实中找到合适的寄托，只能通过谢德的诗歌来重构自己的家园理想，正如与故国家园的分离是纳博科夫心中永远难以抚平的伤痛，他深知现实世界中无法回归故国家园，只能将浓浓的乡愁以记忆和怀旧的方式付诸笔端。

诚如国内学者戚涛所说，"怀旧常以记忆的面目出现，只因后者有效保证了客体与现实之间的距离"，[2] 身为知名作家的纳博科夫显然比常人对此有着更为敏锐的感受。对故国家园俄罗斯回忆贯穿在纳博科夫在外流亡的60多年时光中，不曾改变地印在他的心中，也让他不禁感叹"艺术家总在流亡之中，尽管他可能从来没有离开过祖先的宅门或父辈的教区，这类艺术家常是著名的传记人物，我感觉和他们很亲近"。[3] 对于"总在流亡"的纳博科夫而言，回归故国家园的唯一方式便是回忆。也正因如此，流亡生涯和家园记忆成为纳博科夫小说中一道深深的印记。

---

[1] Connolly, Julian, ed. *Nabokov and His Fiction: New Perspectives*. Cambridge: Cambridge University Press, 1999: 56.
[2] 戚涛：西方文论关键词：怀旧.《外国文学》, 2020(2): 91.
[3] 纳博科夫：《独抒己见》.唐建清，译.杭州：浙江文艺出版社，2012: 122.

第二节　库尔特·冯内古特：后现代社会的家园批判与反思

库尔特·冯内古特（Kurt Vonnegut，1922—2007）是杰出的当代美国作家，后现代主义小说的主要代表人物之一。冯内古特一生创作过多部剧本、散文、短篇小说及以《自动钢琴》（*Player Piano*，1952）、《泰坦的海妖》（*The Sirens of Titan*，1959）、《猫的摇篮》（*Cat's Cradle*，1963）、《上帝保佑你，罗斯瓦特先生》（*God Bless You, Mr. Rosewater*，1965）、《五号屠场》（*Slaughterhouse Five*，1969）、《冠军早餐》（*Breakfast of Champions*，1973）、《囚鸟》（*Jailbird*，1979）、《加拉帕戈斯群岛》（*Galápagos*，1985）、《时震》（*Timequake*，1997）、《没有国家的人》（*A Man Without a Country*，2005）等14部长篇小说。他常摒弃传统的小说结构和标点，通过天马行空般的后现代创作艺术，对后现代社会文明进行尖锐的讽刺与批判，并始终关注科技对人类社会与生活造成的影响。美国学者吉姆·威尔士（Jim Welsh）认为，冯内古特"是一位真正的美国原创作家，是20世纪后期的马克·吐温。要找到一个同样独具匠心、引人共鸣的美国声音，必须摆脱时间的束缚，像螃蟹一样，爬到一个世纪前的沃尔特·惠特曼那儿"。[1]国内冯内古特研究专家陈世丹指出，他"总是从人道主义生态关怀出发，揭示后工业社会中荒诞而可怕的事实：机器造就人类的孤独，科技构成人类生存的威胁，资本主义制度带来人类社会的不公平，贪婪的资本家疯狂地开发和破坏环境与文化。在他看

---

[1] Welsh, Jim. "Kurt Vonnegut, Jr: A Tribute." *The Journal of American Culture*, 2008, 31(3): 318.

来,所有这一切使人类陷入危险的自我毁灭的生态环境。"[1] 作为与约瑟夫·海勒并驾齐驱的黑色幽默代表作家,冯内古特的小说因其典型的后现代性和反传统性一直受到国内外学界的广泛关注,其中尤以后现代艺术、叙事手法、反战思想、荒诞、异化、创伤、精神分析、社会批判、历史主义、生态哲学等研究视角较为常见,而从家园意识角度的相关研究为数不多。实际上,冯内古特虽身为德国人的后裔,在两次世界大战期间曾因美国人的反德情绪备受歧视,但他的作品抛开了民族间的恩怨情仇,超越了种族歧视和文化身份的界限,站在全人类的视角思考着后现代社会人类面临的生存问题,因此他的作品一般不被归入少数族裔文学的行列。而他的黑色幽默手法以喜剧形式表现出悲剧的内容,在灾难与绝望面前发出的笑声则代表了他对后现代社会人类共同家园环境的批判与反思。

冯内古特家园意识的形成首先来自他的童年生活经历。冯内古特出生于美国印第安纳州,其父原本是个知名的建筑师,母亲来自一个富甲一方的酿酒师家庭。儿时的冯内古特衣食无忧,但好景不长,"经济大萧条"时期他的家道中落,父亲失去了工作,从此一蹶不振;母亲精神失常,不久不堪精神折磨,自杀身亡。这样看来,冯内古特和许多同时代作家一样曾经有过美好家园的记忆,也有过家园失落的遭遇。他在2007年接受《美国航空杂志》(*U.S. Airways Magazine*)的一场采访中回忆起失落的家园:

> 我们都需要大家族。我们需要它们,就像需要维他命和矿物

---

[1] 陈世丹,高华:论冯内古特构建的适于后现代人类生存的社会生态环境,《当代外国文学》,2010(1): 134.

质。而我们大多数人都不再有大家族的亲人了。我在印第安纳波利斯曾经有过一个大家族,是在我1922年出生的时候。我到处都有叔叔阿姨,兄弟姐妹,也许还有可以进入的家族企业,整排农舍都住满了我的亲戚。总有人可以聊天,可以嬉戏,可以学习。我失去了这一切。他们都四散各地。[①]

青年时期的求学经历和战争时期的被俘经历也是冯内古特家园意识形成的原因。冯内古特曾在康奈尔大学生物化学系学习,之后又到田纳西州大学和芝加哥大学钻研人类学。生物化学和人类学的知识结构也构成了冯内古特关注人类家园环境的基础。第二次世界大战爆发后,冯内古特应征入伍,在一次战役中遭德军俘虏。后来英美联军对德累斯顿实施了狂轰滥炸,史称"德累斯顿轰炸"(Bombing of Dresden in World War II)。当时冯内古特被关押在一家屠宰场的地窖,成为侥幸逃过浩劫的七名美军战俘之一。他目睹了德累斯顿老城受到英美联军轰炸后的惨剧:一夜间十多万人葬身火海,教堂、博物馆、公园等万物顷刻间化为乌有,一座历史悠久的古城瞬间毁于一旦。德累斯顿轰炸使得上百万居民流离失所,他们只能在战争的废墟中艰难求生,承受着失去家园的巨大痛苦。这段记忆对冯内古特的内心造成难以抹去的创伤,更成为他的家园批判意识产生的重要基础。他将这一经历写入经典小说名著《五号屠场》:"德累斯顿这时仿佛是一个月亮,除了矿物质外空空如也。石头滚烫,周围的人全见上帝去了……卫兵让美国人回到已成为他们家的猪房。猪房的墙壁还在,但是窗户和屋顶全没有了,屋内除了灰烬和一团

---

① 冯内古特:《冯内古特:最后的访谈》. 李爽,译. 北京:中信出版社,2019:137.

团融化的玻璃外，其他一切化为乌有。他们发现那儿没有食物，也没有水。"[1] 可见，此时的德累斯顿在冯内古特的眼里俨然是整个破碎的人类家园的缩影。战争造成的不仅是对一个城市的毁灭，更是对整个人类家园的毁灭。

除了战争之外，20世纪后半叶科学技术的高速发展及其对人类家园环境的影响也让冯内古特开始批判与反思。为此，他在后来的生活和创作中更加"关心现代科学的发展，对科学的畸形发展造成的人性扭曲、扰乱生活的后果进行了大胆的预测和警告，对人类的前途和命运表现出强烈的忧患意识"。[2] 战后的冯内古特曾到通用汽车公司工作，亲眼见证了机器对人的异化和工业文明对人类家园环境的破坏。1988年，他给100年以后的人类写了一封信，信中他询问："如果我们现在将氢弹相互瞄准对方，随时准备发射，我们是否就能忘记更深层次的问题：自然界会怎样对我们？大自然毕竟还是大自然。"[3] 在1991年出版的《比死还糟的命运：80年代自传拼图》（*Fates Worse Than Death: An Autobiographical Collage of the 1980s*）中，冯内古特指出："我们现在需要的领导者不是那些向我们许诺，只要照此下去就可赢得战胜大自然并获得最后胜利的人，而是那些有勇气和智慧公开提出向大自然理智投降的人。"[4] 身处"科技大爆炸"时代的冯内古特深感科技文明对人类共同的地球家园的破坏，他将这份情感寄托于科幻小说的创作，用预警

---

[1] 冯内古特：《五号屠场·上帝保佑你，罗斯瓦特先生》．云彩，等译．南京：译林出版社，1998：137-139．
[2] 汪小玲：《美国黑色幽默小说研究》．上海：上海外语教育出版社，2006：180．
[3] 转引自罗小云：《拼贴未来的文学——美国后现代作家冯尼格特研究》．重庆：重庆出版社，2006：44-45．
[4] 罗小云：《拼贴未来的文学——美国后现代作家冯尼格特研究》．重庆：重庆出版社，2006：44．

的方式表现自己对人类共同家园的关注,试图"让科学家受到人文主义精神的熏陶,使其良知被唤醒,借此阻止科学技术滥用产生的危害。"[①]通过后现代小说的拼贴手法,冯内古特建构了一系列跳跃时空的片段情节。这些片段看上去杂乱无章,实则前呼后应,有机地统一在对科技文明导致的后现代社会人类家园环境的批判和反思上。比如,在《上帝保佑你,罗斯瓦特先生》中,他借助罗斯瓦特基金会主席埃利奥特(Eliot Rosewater)的视角表达自己对科技文明的发展导致人类家园环境破坏的担忧,甚至认为"但愿自己是个小鸟儿该有多好啊,这样就可以飞上树梢,再也不下来了。他想飞得很高很高,因为地面上正发生着一些使他甚感不快的事儿哩"。[②] 在《冠军早餐》中,他向世人发出警告:"那个一度祥和的、滋润的、养料丰富的绿色地球上,所有形态的生命都已濒于死亡或者已经死亡。到处都是人类所制造和崇拜的大甲壳虫的躯壳。它们是汽车。它们把一切都置于死命。"[③] 在《时震》中,他更是直言不讳:"地球上最高度进化的动物似乎觉得活着很狼狈,或者甚至处于更糟糕的境地。"[④] 可见,冯内古特对于地球家园和人类命运充满了担心与忧虑,既包含了对现状的深刻批判,也蕴含了对未来的深切关怀。

《五号屠场》是冯内古特最受赞誉的小说,也是冯内古特诸多小说中最具家园意识的一部典型代表,被学界称为"美国后现代文学的里程碑"[⑤]。小说出版不久,由于在美国非常畅销,很快被翻译成多种语言,三

[①] 郑燕虹,等:《20世纪60至70年代美国文学思想》.上海:上海外语教育出版社,2024: 70.

[②] 冯内古特:《五号屠场·上帝保佑你,罗斯瓦特先生》.云彩,等译.南京:译林出版社,1998: 332.

[③] 冯内古特:《冠军早餐·囚鸟》.董乐山,译.南京:译林出版社,2007: 23.

[④] 冯内古特:《时震》.虞建华,译.南京:译林出版社,2001: 1.

[⑤] 杨仁敬:《美国后现代派小说论》.青岛:青岛出版社,2004: 96.

年之内就拥有了西班牙、挪威、意大利、荷兰、瑞典、俄罗斯、芬兰、法国、波兰、巴西、葡萄牙、日本、捷克斯洛伐克、德国等多个国家的大量读者，"传播之迅速，恰好验证了《时代》杂志所宣称的，冯内古特的作品享有'全球声誉'。"[1]《五号屠场》以片段、拼贴、蒙太奇、戏仿等后现代小说艺术技法，将历史与科幻相结合，"将黑色幽默融入创伤书写"，[2] 记录了主人公毕利·皮尔格里姆（Billy Pilgram）二战前后在地球和外星之间的时间旅行，讽刺和批判了残酷战争导致的人类家园失落。小说中的"五号屠场"与约瑟夫·海勒的"第二十二条军规"（"Catch-22"）一样，是作者杜撰的"黑色幽默"名词，时至今日已成了代表后现代社会荒诞的特殊符号。"屠场"是被德军俘获的美军士兵关押之所，是一个充满杀戮的战俘营，连战俘们在里面使用的蜡烛和肥皂都是用人体脂肪制成的，在"五号屠场"，杀人和屠宰猪、牛、羊并无两样。虽然联军标榜轰炸德国是对纳粹势力的正义报复，但冯内古特认为，这对于无辜的德国难民而言，纯粹是伤天害理的暴行，"是人类的自我毁灭，一切都精心设计，所以更为彻底，没有什么动植物躲过浩劫"。[3] 我们知道，家园可以是一个小的家庭住所，也可以是一个更大的地区或国家，它承载着人们对过去的记忆和对未来的追寻。冯内古特对于现当代美国社会的许多问题嗤之以鼻。如果把美国看作一个家园的话，那么他对这个家园的批判态度是显而易见的。2005年他出版了最后一部小说《没有国家的人》，之所以把

---

[1] Rigney, Ann. "All This Happened, More or Less: What a Novelist Made of the Bombing of Dresden." *History and Theory*, 2009, 48(2): 8.

[2] Carpenter, Amy. "'For all Their Story Sound, from a Place as Deep': The Influence of Kurt Vonnegut's Humor on Anne Sexton's Transformations." *Studies in American Humor*, 2018, 4(1): 49.

[3] 罗小云：跨越世纪的政治预言——冯尼格特后现代小说解读.《当代外国文学》，2002(4): 128.

书名定为"没有国家的人",显然是因为要表明他早已经不再把美国当作自己的祖国。2007年,在他84岁高龄之时,冯内古特还在一次采访中提到:"我的国家在一片废墟之中。所以我是有毒鱼缸里的一条鱼。我基本上对此无比恶心。本该有希望,本可以是个伟大的国家。但我们现在被全世界的人鄙视。"[1] 因此,在小说创作中表达对于这片"废墟"的鄙视和批判也就情有可原了。《五号屠场》中的毕利刚到德累斯顿这座千年古城时,就被城市美丽的家园景观所吸引。他情不自禁地感叹道:"对大多数美国人来说,这是他们生平所见的最可爱的城市。天际变幻莫测,妖娆多姿,富有魅力……好像一幅主日学校的天国画。"[2] 在其他地方都已遭到狂轰滥炸,而德累斯顿连一块玻璃都未被打碎之前,这座城市呈现出的是另一幅美丽的家园景观:

> 今天下午就要离开这儿到德累斯顿去,据说那是一座美丽的城市。你们不会像我们这样被围起来。你们将走出牢房,到富有生气的地方去,而且那儿的食品肯定比这儿丰富……我已五年没见过一花一树,也没见过妇女和孩子——也没见过狗或猫……[3]

未遭受破坏之前,德累斯顿曾是一个完美家园的象征。这座城市曾经充满和谐、美丽,生活物资充足;城里长着树木和鲜花;城中曾经住着妇女、孩子、动物,却在二战期间被轰炸成一片废墟。一切有机物、一切

---

[1] 冯内古特:《冯内古特:最后的访谈》.李爽,译.北京:中信出版社,2019:138.
[2] 冯内古特:《五号屠场·上帝保佑你,罗斯瓦特先生》.云彩,等译.南京:译林出版社,1998:116.
[3] 冯内古特:《五号屠场·上帝保佑你,罗斯瓦特先生》.云彩,等译.南京:译林出版社,1998:114.

能燃烧的东西都被火吞没了,整座城市沦为了名副其实的屠宰场,数以万计的平民百姓失去了他们美好的家园。此外,值得一提的是,"家园是一种深藏在人们心中的良知"。① 因此,在战后的一段时间里,即使是"一个简单的家庭和社区的凝聚力逐步丧失,也经常使他深感困扰"。② 小说中冯内古特通过描绘一个恐怖的屠宰场和饱受摧残的城市,"从历史的角度揭露美国文化和政治中的法西斯倾向",③ 批判和谴责了被欲望冲昏头脑的人类对生存环境的破坏,呈现出他对后现代社会家园问题的批判与反思。毕竟从家园的角度看,"战争这场'游戏'中,没有胜利者,只有失败者"。④ 战争不可避免地导致了家园的失落。这种失落不仅是个人的悲剧,更是整个人类社会的悲哀。它提醒我们珍惜和平,反思战争,重新构建一个更加美好、和谐的共同家园。

小说中,毕利的太空之旅书写同样体现了作者深刻的家园意识。由于一段难以抹除的战争记忆,毕利的精神受到了刺激,脑部也受到了创伤。他的脑海里突发了奇想,幻想到自己遭外星人绑架,被送到一个叫作541号大众星⑤的星球的动物园供外星人观赏取乐。在541号大众星上,读者可以借助外星人的眼光获得观看人类世界的新视角,也可以看

---

① 曹山柯:论《五号屠场》的家园意识.《英美文学研究论丛》, 2011(2): 232.
② Lea, Daniel. "Review of *Kurt Vonnegut's America*." *Utopian Studies*, 2010, 21(1): 171.
③ Farrell, Susan. "American Fascism and the Historical Underpinnings of Kurt Vonnegut's *Mother Night*." *Journal of Modern Literature*, 2022, 46(1): 154.
④ Earle, Harriet. "Traumatic absurdity, palimpsest, and play: A *Slaughterhouse-Five* Case Study." *Journal of Graphic Novels and Comics*, 2022, 13(4): 532.
⑤ 541号大众星,英文原名为"Tralfamadore"。据悉,本书引用的云彩等译版《五号屠场》之所以将其翻译成"541号大众星",是因为该星球在冯内古特的另一部早期科幻小说《泰坦星的海妖》(*The Sirens of Titan*, 1959) 中首次出现。书中有这样一句描述:"The name of his home planet was Tralfamadore, which old Salo once translated for Rumfoord as meaning both all of us and the number 541."现多数新版《五号屠场》将其音译为"特拉法玛多星"。

见地球上的人类在进行愚蠢的杀戮。冯内古特还借星球上的生物之口，对破坏家园环境的地球人类进行了严厉的批判：

> 他们在天气明朗时越过沙漠看山脉，他们可以任意看到面前的一个山头或一只鸟或一团云或一块石头，甚至还可以看到身后的峡谷深处，而在他们中间却有这位可怜的地球人。他能看见什么呢？他的头套在他永远不能脱掉的钢质球罩里。
>
> ……
>
> 一个观众通过讲解员问毕利，他到目前为止在541号大众星上学到的最宝贵的东西是什么，毕利回答说："学到一个星球上的全体居民如何能和平生活。你们知道，我原来居住的那个星球开天辟地以来就进行着愚蠢的杀戮，我亲眼目睹过被我的同胞在小塔里活活煮死的那些女学生的尸体，当时我的这些同胞还自认为与邪恶斗争而感到自豪哩。"[1]

541号大众星是冯内古特虚构的一个十分遥远的星球。该星球颇具福柯笔下理想的"异托邦"（heterotopia）特点。[2] 这个星球上充满和平互爱与自然美景。星球上每个人都能欣赏到山川、河流、云朵、小鸟儿等

---

[1] 冯内古特：《五号屠场·上帝保佑你，罗斯瓦特先生》.云彩，等译.南京：译林出版社，1998: 90-91.

[2] "异托邦"是福柯在《另类空间》（"Of Other Spaces"）一文提出的。根据福柯的观点，"异托邦"是"乌托邦"的精神和视角的延续。与"乌托邦"唯美、虚幻的特点不同，"异托邦"来自现实，并且可能实现。它表达的是现实生活中既有实际、真实的部分，也有理想、想象的地方。具体而言，"异托邦"是某种后天建立的社会空间或精神空间。它虽然存在，但需要依靠想象才能得以建构。参见 Foucault, Michel. "Of Other Spaces." *Diacritics*, 1986, 16(1): 22-27.

象征大自然之美的生物,堪称一个"异托邦"般的理想家园,"既像一首田园诗,又如伊甸园一般"。① 然而相比之下,透过外星人的眼光,这位可怜的地球人能看见什么呢?毕利的回答"愚蠢的杀戮"或许是"头套在他永远不能脱掉的钢质球罩里"的主要原因。毕竟,"地球上的生活已经就像在动物园里一样,人们被囚禁、打上标签和分类,存在的唯一目的仅是为他人创造利润"。② 尽管在541号大众星被当作动物,任外星人观赏玩乐对毕利而言不免有些耻辱,但比起在地球上满目疮痍的生活,毕利在外星人的动物园过得十分潇洒,既可以享受到短暂的温存,也可以远离地球的纷争,获得一份翘首以盼的安宁。这份快乐同在德累斯顿的屠宰场相比,简直天壤之别。毕利来到541号大众星这个新的家园,不仅仅是为了逃避地球的战争中目睹的恐怖现实,还为了创造一个周围的人都对他有爱的地方,在那里他不再孤独。甚至有学者认为,"毕利·皮尔格里姆的记忆中不断想起541号大众星这一事实表明,他即使与541号大众星上的陌生人相处,都比和自己的家人相处更加具有家庭的归属感。"③ 只因在地球上,毕利的父母要求他在社会生活方面墨守成规,强迫他学习自己不喜欢的游泳,加入美国军队,并和自己不爱的女子结婚。也有学者将毕利在541号大众星时的思想"与尼采(Friedrich Nietzsche,1844—1900)'禁欲主义理想'相提并论,认为其核心逻辑是当生活变得

---

① Brown, Kevin. "The Psychiatrists Were Right: Anomic Alienation in Kurt Vonnegut's *Slaughterhouse-Five*." *South Central Review*, 2011, 28(2): 105.
② Barrows, Adam. "'Spastic in Time': Time and Disability in Kurt Vonnegut's *Slaughterhouse-Five*." *Journal of Literary & Cultural Disability Studies*, 2018, 12(4): 401.
③ Katawal, Ubaraj. "Home and Exilic Consciousness: Kurt Vonnegut's *Slaughterhouse-Five* and William Spanos' *In the Neighborhood of Zero*." *Symploke*, 2016, 24(1): 282.

难以忍受时,重新思考或重塑生活。"① 不但如此,此刻的毕利还想到了自己结婚时的喜悦,并把这份喜悦和美丽的家园环境联系在一起:

> 他们在新英格兰度蜜月,时值小阳春。他们沉醉在甜蜜蜜、苦丝丝的神秘气氛之中。这对夫妻的房间的一面墙非常罗曼蒂克,全装了法国式窗户,面向阳台和远处油腻腻的海港。
>
> 夜色苍茫。一艘红绿相间的海轮轰隆隆地从他们的阳台旁经过,离他们的结婚床只有三十英尺。轮船正驰向大海,船后拖着一条闪闪发亮的长浪,空轮船发出洪亮的回响,使引擎的歌声圆润而嘹亮。码头开始同唱一只歌,接着,这对度蜜月的夫妇的床头板也唱起歌来了。海轮驶远以后,歌声仍久久不息。②

家园作为日常生活的物质载体,承载着人们的衣食住行、家庭关系等方方面面,是人们实现自我认同和归属感的重要空间。家园也是个体的记忆和情感,是情感归属和精神寄托的所在。小说中冯内古特的家园批判不仅针对战争本身,更针对战争背后的人性沦丧和道德缺失。毕利在地球上经历了种种残酷的生活片段后,逐渐对战争和人性产生了深刻的绝望,甚至患上了一定程度的精神分裂症,其精神家园也随之失落。在此处我们看到,一对新婚夫妻在时值小阳春的夜晚沉醉在月光下倾心交谈,享受美好的爱情。大海、波浪、轮船、歌声,这些意象看似简单,但在主人公的眼里却是那么和谐欢快。整幅画卷俨然是他心目中的一个能

---

① Louis, Ansu. "The Economy of Desire in Kurt Vonnegut's *Slaughterhouse-Five*." *Symploke*, 2018, 26(1): 192.

② 冯内古特:《五号屠场·上帝保佑你,罗斯瓦特先生》. 云彩,等译. 南京:译林出版社, 1998: 93-94.

够修复精神创伤的彼岸家园。毕利的太空之旅不仅可以看作对外部世界的勇敢探索，更可以理解成对内心世界的深度挖掘以及对精神家园的积极追寻。在541号大众星上，毕利体验着与地球截然不同的生活方式。然而，他并没有因为不同的生活体验而忘记地球家园。相反，太空之旅激发了毕利对地球家园的怀念和对地球人生存状态的深刻反思。《五号屠场》并没有刻意凸显家园情感的情节，而是自然地将家园情感融入叙事情节中，从而唤起读者内心深处的家园情感。身处后现代社会的人们大多失去了美丽的诗意、浪漫的情调、自然的庇佑与精神的家园，若能在文中描绘的怡人气氛下，在这自然生态和精神生态的完美契合之时，与爱人促膝长谈、深情相拥，岂不羡煞旁人？这一切虽然只是轻描淡写，但似乎又在引人深思，呼吁读者静下来思考重建精神家园的积极意义。

同样以科幻的形式表现家园批判与反思的作品还有另一部名著《猫的摇篮》。《猫的摇篮》的书名源自一种翻花绳游戏，游戏中既没有猫，也不见摇篮。在这部小说中，"猫的摇篮"形象地象征了骗人的把戏和空虚的科学诺言，"这一点对于当下我们不遗余力地依赖科学技术发展经济，导致环境急剧恶化和资源迅速被消耗，也是一个很好的提醒"。[1]《猫的摇篮》出版之际，欧美主要工业国家正值第三次科技革命。从那时起，不断膨胀的人类欲望、工业文明、科技征服便成为人类与地球家园关系的巨大障碍。冯内古特在《猫的摇篮》中描绘了以美国为代表的现代科技大发展给人类社会和自然生态带来的潜在危难，批判和反思了被科技和欲望冲昏头脑的人类对地球家园的破坏行径。

小说的开头部分，叙事者约纳（Jonah）为撰写题为《世界毁灭的那

---

[1] 冯内古特：《猫的摇篮》. 刘珠环，译. 南京：译林出版社，2006：4.

一天》(*The Day the World Ended*)的书造访"原子弹之父"费利克斯·霍尼克尔博士(Dr. Felix Hoenikker)的小儿子牛顿·霍尼克尔(Newton Hoenikker),约纳对小牛顿说:"我的书将把重点放在人性方面,而不是核弹的技术层面。因此通过一个'婴儿'的眼睛回顾那一天,如果你原谅我的用词,对我的书而言将是完美的契合。"[1]这句话看似简单,但在后现代语境下,它的家园情感却是极其深远的。我们知道,婴儿或儿童的眼神是纯洁的象征,从婴儿的眼里所看到科技对自然的毁灭,与本该属于他们的纯洁家园势必产生强烈的对比。家园的批判与反思不仅在自然环境方面,还表现在社会,乃至更为内在的精神层面。《猫的摇篮》中多番提到的人性及科学与罪恶的联姻,从家园的角度看,便是其所关注的精神生态范畴,也是后现代生存环境的一个重要话题。所以约纳认为,从小牛顿的眼光看到的破坏对于他的书是一场完美的契合。接下来,牛顿在回信中也提到自己曾读过一部名为《纪元2000年》(*2000 A.D.*)的作品,当中阐述了疯狂的科学将人类世界夷为平地前的放荡行径,进一步表现了科技对环境的破坏和人类社会的异化与精神生态的失衡,形象地加深了科技与生存环境冲突的主题。牛顿不懂如何跟父亲这样一个科学狂人交流,不欣赏"猫的摇篮"游戏。他对约纳说,写完回信后要出去散心,投身自然美景:"要是有太阳的话,或许会到大峡谷散散步。那些大峡谷不是美丽得很吗?"[2]这份对和暖的阳光、对峡谷间山山水水的渴望,对大自然美景的向往,让人瞬间进入完全不同的意境,令人更加明白科技和战争所带来的世界末日之前的惨状。可以说,通过人与自然的和谐关系的回顾与思念,冯内古特实际上批判了当今人类破坏家园环境的

---

[1] 冯内古特:《猫的摇篮》.刘珠环,译.南京:译林出版社,2006: 8.
[2] 冯内古特:《猫的摇篮》.刘珠环,译.南京:译林出版社,2006: 14.

行为。

冯内古特运用后现代创作手法，将自然环境的恶化和随之而来的人类精神方面的异化加以放大，充分地表达了自己对后现代社会家园环境恶化的忧虑，"这实际上与爱默生、梭罗以来诸多文人提倡的重归自然、净化心灵的文学传统一脉相承"。[①] 他总是用严肃的眼光审视着后现代时期人类文明的发展，他认为："地球上的存在环境已经太脆弱，无力承受过于发达的人类智力的伤害，他警告，'当我的故事开始时，似乎宇宙之中的人类这一部分已经陷入危险境地，也就是说人类已不适合在任何地方居住，他们损害了周围的一切，包括他们自己'"[②]。《猫的摇篮》的故事主要发生在位于加勒比海的一个岛国圣洛伦佐（The Republic of San Lorenzo），这个岛国曾被西班牙、法国、丹麦、荷兰、英国等殖民主义者先后占领，直到毫无开发价值后纷纷撤离。"该国荒凉贫瘠、民不聊生，人民渴望得到外界在经济文化科技等方面的援助，但美国人给圣洛伦佐人带来的不是所需的食物，而是武装直升机和其他军事装备"[③] 以及能毁灭岛屿乃至整个世界的"冰-9"（Ice-9）。冯内古特把这个与科技并存的贫困岛国看作后现代社会的缩影，并对岛国的家园景观如是描述：

岛屿，从空中俯瞰，是个异常规整的长方形。残酷、无用的礁石犹如一根根针尖似的戳去海面。它们环绕小岛画出一个圆

[①] 罗小云：《拼贴未来的文学——美国后现代作家冯尼格特研究》．重庆：重庆出版社，2006: 246.

[②] 罗小云：《拼贴未来的文学——美国后现代作家冯尼格特研究》．重庆：重庆出版社，2006: 246.

[③] 罗小云：跨越世纪的政治预言——冯尼格特后现代小说解读．《当代外国文学》，2002 (4): 126.

圈……玻利瓦尔的背面山脉拔地而起，岛屿其他的地方因而挤满它们面目狰狞的驼峰。它们被叫作"基督血之山"，但在我看来却像一头头在食槽边饕餮的猪……当约翰逊和迈卡伯第一次见到这座城市时，它是由树枝、罐头、藤条框和泥土搭盖起来的——坐落在数不清的快乐清道夫的地下墓穴上，地下墓穴埋在渣滓和污物混作一团的酸臭刺鼻的黏糊糊泥浆里……圣洛伦佐是跟撒哈拉和北极冰冠不相上下的不毛之地……在每一平方英里不适合居住的土地上居住着四五百十人。①

不愧是目录中写到的"一个资源匮乏的国家"！多么荒凉、多么贫瘠的不毛之地！凌乱的礁石、丑陋的驼峰、到处布满垃圾的城市、弥漫着臭味的墓穴、各种各样的渣滓和污物、狭小的土地、高密度的人群……岛国上的自然环境是多么恶劣，全然没有一个原始岛国该有的灵性。自然环境和社会环境的异化，势必导致精神的异化，更是家园失落与破碎的体现。当叙事者约纳一行七人在圣洛伦佐下飞机时，他们看见的是：

五千或更多的圣洛伦佐人眼巴巴地瞪着我们。岛上的民众有着燕麦片般的肤色。他们个个都很消瘦。一个胖子也见不到。每个人都缺牙烂齿。许多人的腿都弯曲或浮肿着。没有一对眼睛是清澈的。……狗倒不少，但没有一条吠叫。也有许多婴儿，但一个都不啼哭。不时有人咳嗽。②

---

① 冯内古特:《猫的摇篮》. 刘珠环，译. 南京:译林出版社, 2006: 144-145.
② 冯内古特:《猫的摇篮》. 刘珠环，译. 南京:译林出版社, 2006: 148.

第二章 后现代主义小说中的家园情感

如此恶劣的生态环境，催生着毫无生气的人和动植物，形成了一副满目疮痍的家园环境。在这样一种极端的生存困境里，民众物质上过着食不果腹，衣不遮体的生活，精神上又被虚伪无能的"博克侬教"（Bokonon）所控制，好像被关在一个巨大的"松鼠笼"里，无论物质还是精神上的富足对他们而言，都成了遥不可及的奢望。正如评论家马克·李茨（Marc Leeds）所说，"人口增长的危害、物资短缺，以及这个科技世界里人性的丧失，身份、目标、选择权利的失去都展现在他的诙谐作品里"。[1] 小说中我们还可以看到，长期弥漫在这个贫穷岛国的只有过度发达的科技、残忍的统治和虚伪的欺骗。种种的道德和人性的丧失，无时不在演绎浓烈的后现代社会生存危机。冯内古特将这些生态危机与自然生态的描写联系在一起，无疑进一步凸显了他的家园批判与反思。

家园作为一个物理空间，其研究话题往往离不开这一空间的生态环境。具体而言，生态环境的恶化往往导致家园的破碎和失落，进而引发人们对家园的重新思考和批判。在这种背景下，家园批判不仅涉及生存环境本身的反思，更涉及生存环境与人类关系的反思。后现代工业文明时期，随着科技的不断发展，人类对自然的征服力量不断增强，手段也在不断增多，大自然逐渐成了与人类对立的客体。面对这种情况，忍无可忍的自然已经在向人类发出了怒吼。为了迫使人们深刻反省、认识即将面临的生存危机，许多生态预警小说家作家纷纷不惜笔墨，描绘大自然给予人类的惩罚。《猫的摇篮》是一部展现后现代生存环境的科幻启示录，当中也不乏这方面的描写。小说中霍尼克尔博士发明的"冰-9"，能通过连锁反应，将雨水、小溪、河流、大海，乃至包括人类在内的万物瞬

---

[1] Leeds, Marc and Reed J, Peter, ed. *Kurt Vonnegut: Images and Representations*. Westport: Greenwood Press, 2000: 20.

间变成冰块。"冰-9"无疑是个伟大的科学发明。但若用之不当,能导致多大的家园破坏可想而知。在"冰-9"侵蚀整个大地之时,一副"世界末日"前夕的恐怖场景呈现在读者的眼前:

  我睁开眼睛——整个大海都是冰-9。
  润泽的绿色大地是一颗蓝白色的珍珠。
  太阳黯然无光。波拉西西,太阳,变成了一个令人生厌的黄球,细小而残酷。
  天空中布满昆虫。昆虫乃是一条条的龙卷风。
  我抬头看那只鸟曾经飞过的天空。就在我的头顶上倒挂着一条长着紫色嘴巴的巨大昆虫。像蜜蜂似的嗡嗡作响。它摆动着。以淫秽的蠕动姿态摄取着空气。
  我们人类四散奔逃;连滚带爬地从靠陆地一边的楼梯逃离我分崩离析的雉堞。①
  龙卷风将有毒的蓝白色冰-9的霜花撒播到四面八方的同时,也将地面上所有的人和动物撕成了碎片。任何尚且活着的东西也将很快地死去。②
  没有气味。没有动静。我迈出的每一步都在蓝白色的霜花里喀嚓喀嚓地作响。每一个响声都有回音伴随。封存的季节已经过去。地球已被牢牢地锁定。……死亡从来没有像现在这样容易过。……地球母亲——她不再是个好母亲了。③

---

① 冯内古特:《猫的摇篮》. 刘珠环, 译. 南京: 译林出版社, 2006: 279-280.
② 冯内古特:《猫的摇篮》. 刘珠环, 译. 南京: 译林出版社, 2006: 283.
③ 冯内古特:《猫的摇篮》. 刘珠环, 译. 南京: 译林出版社, 2006: 287.

如果我爸爸此刻像莫娜这样在我身边，牵着我的手沿着宫殿门外的大路向前走，我会有许许多多的问题要问。"爸爸，为什么所有的树都断了？爸爸，为什么所有的鸟都死了？爸爸，什么东西使得天空这样难看，爬满昆虫？爸爸，什么东西使得海洋这么坚硬，一动也不动？"[1]

"世界末日"是一个令人不寒而栗的词语，许多文人贤哲担心有朝一日它会因人类的无知而到来。"冰-9"对世界的毁灭就是其中一例。在冯内古特看来，"科技真理无法拯救世界……科技还将人文思想在万物中的地位贬低……军事科学把人类当成垃圾。"[2] 倘若有一天科技失控的话，那么人们将悔之晚矣，只能沦落到书上所写的四散奔逃、连滚带爬、分崩离析的困境。地球也将不是一个好母亲，"而只会变成高科技武器或者疯狂理性摧残后的荒原"。[3] 不仅如此，我们还看到冯内古特"将大地比作一颗蓝白色的珍珠，以希望读者进一步思考整个世界被变成一片白色的恐怖"[4]，说明了"人类对自然世界的认识多么有限"，"完全误解了人与自然的合理关系"。[5] 在对后现代的生存状况和人类面临的问题做系统描述时，冯内古特曾经"引用了梭罗的一句名言：'芸芸众生，求存于无声的绝望之中'，他认为人们'污染水源、空气以及在表土、工

---

[1] 冯内古特：《猫的摇篮》．刘珠环，译．南京：译林出版社，2006: 289.
[2] Klinkowitz, Jerome. *Vonnegut in Fact: the Public Spokesmanship of Personal Fiction*. Columbia: University of South Carolina Press, 1998: 80.
[3] 高莉莉：家园与荒原：《五号屠场》的空间解读．《外国语言文学》, 2014, 31(4): 281.
[4] Marvin F, Thomas. *Kurt Vonnegut: A Critical Companion*. Westport: Greenwood Press, 2002: 94.
[5] Marvin F, Thomas. *Kurt Vonnegut: A Critical Companion*. Westport: Greenwood Press, 2002: 95.

业上、军事上制造越来越高效的毁灭器械也就不难理解了"。[1] 他甚至曾经宣称:"就像我杰出的前辈爱因斯坦和马克·吐温一样,如今的我,也放弃了人类。"[2] 正因如此,《猫的摇篮》的结局是:"伴着一声叹息,所有生命终被毁灭,只剩主人公和他留下的关于人类愚蠢的声明。"[3] 小说中的地球毁于高端的科技发明——"冰-9",乍看之下似乎是科学发明带来的偶然后果,然而"真正毁灭人类的并非科学或科技的产物,而在于人类自身责任和道义感的匮乏"。[4] 这份责任与道德的缺失,很大程度上便是滥用高深科技,导致科技文明与生态环境形成对立关系的结果。正如阿根廷学者加布里埃拉·克利尔(Gabriel Klier)和安德烈斯·瓦卡里(Andres Vaccari)所说,"冯内古特作品探讨的核心问题是一种关系的终止,一场关系的危机,最终导致地球的毁灭以及人类和非人类生活的困境"。[5] 在《猫的摇篮》中,冯内古特通过描绘"世界末日"的画面,让读者反思后现代背景下科技、人类与自然的关系,批判道德和责任缺失导致的全人类家园破碎,并警示人们合理使用科技,保护地球家园免受科技的危害。

尽管科幻小说一直不受学界的青睐,很多学者至今还将其看作通俗

---

[1] 罗小云:《拼贴未来的文学——美国后现代作家冯尼格特研究》.重庆:重庆出版社,2006: 256.

[2] Jacobsen, Mikka. "Kurt Vonnegut Lives on Tinder." *The Missouri Review*, 2020, 43(3): 151.

[3] Parini, Jay. *American Writers: A Collection of Literary Biographies. Supplement V*. New York: Charles Scribner's Sons, 2000: 41.

[4] 尚晓进:虚构的另一种意义——重新解读冯内古特的《猫的摇篮》.《安徽大学学报(哲学社会科学版)》, 2004, 28(4): 54.

[5] Klier, Gabriel and Vaccari, Andres. "A Tentative Tangling of Tendrils Making Oddkin with Kurt Vonnegut and Donna Haraway." *Environmental Humanities*, 2024, 16(3): 571-589.

而非严肃的作品,科幻小说中蕴含的家园意识也常常被忽略,但我们应该认识到:"从潜力上看,没有什么体裁能比得上科幻小说——能够在行星的层面上对'环境'的思考。"[1]20世纪后半叶见证了科技文明和工业文明的高度发展及人类"征服自然"之雄心壮志愈发膨胀。然而,越来越多的例子证明过度强调"征服自然"终将铸成大错。我们的地球家园难以支撑工业文明、科技文明的快速发展,更无法抵制战争带来的毁灭性破坏。冯内古特生存在后现代社会的种种生态困境当中,但他不甘于此,而是苦苦思索,并通过高超的后现代主义创作手法和深邃的家园意识,为人类如何阻止家园破碎,重新建构美好地球家园出谋划策。在诸多小说的创作中,冯内古特将荒诞幽默与科学幻想相结合,以丰富的想象力预测着战争与科技发展对人类家园环境的破坏,呼吁尊重自然、恢复人性。其对后现代人类命运的关注,对人与人之间相互关爱,以及一个和谐社会的不懈追求,都反映了这位具有远见卓识的作家对后现代社会人类家园问题的深刻批判与反思。

第三节 约翰·厄普代克:书写家园伦理

约翰·厄普代克(John Updike,1932—2009)是美国后现代时期的一位集小说家、诗人、剧作家、散文家和评论家于一身的文学大师。他的作品多次获得美国国家图书奖、普利策小说奖及欧·亨利奖。作为一名深切关注社会现实的美国后现代作家,厄普代克因其作品广泛而深入地

---

[1] 布伊尔:《环境批评的未来:环境危机与文学想象》. 刘蓓,译. 北京:北京大学出版社,2010: 65.

描绘了美国中产阶级的生活被誉为"美国当代中产阶级的灵魂画师"和"美国的巴尔扎克"。厄普代克还曾两度成为《时代》(*Time*)周刊的封面人物。此前,获此殊荣的现代美国作家仅有辛克莱·刘易斯(*Sinclair Lewis*, 1885—1951)、海明威和福克纳等三位诺贝尔文学奖得主。厄普代克不仅以"兔子四部曲"("Rabbit Angstrom: A Tetralogy"),即《兔子,跑吧》(*Rabbit, Run*, 1960)、《兔子归来》(*Rabbit Redux*, 1971)、《兔子富了》(*Rabbit Is Rich*, 1981)和《兔子歇了》(*Rabbit at Rest*, 1990)蜚声世界文坛,还另外创作了两个"三部曲"系列,即"红字三部曲"(Scarlet Letter Trilogy)——《整月都是礼拜天》(*A Month of Sundays*, 1975)、《罗杰教授的版本》(*Roger's Version*, 1986)、《S.》(*S*, 1988),以及"贝克三部曲"——《贝克:一本书》(*Bech: A Book*, 1970)、《贝克回来》(*Bech Is Back*, 1982)和《贝克海湾》(*Bech at Bay: A Quasi-Novel*, 1998)。除了这些作品,厄普代克还出版了多部独立的长篇小说以及短篇小说集、诗集和评论集。时至今日,厄普代克已被公认为美国最优秀的作家之一,其文学成就对许多作家产生了深远的影响。

作为知名的后现代作家,厄普代克并不像约瑟夫·海勒、纳博科夫、冯内古特、托马斯·品钦那样擅长刻画波澜壮阔、跌宕起伏的小说情节,也不像索尔·贝娄、托妮·莫里森、汤亭亭等少数族裔作家那样描写移民群体在异乡文化背景下苦苦追寻自由平等的历程。纵观国内外学界对厄普代克的研究,就研究对象而言,自然以"兔子四部曲"居多。关于其他的作品,尤其短篇小说的研究可谓寥寥无几。而其研究视角主要集中在叙事艺术、宗教思想、精神困境、文化批评等方面,从家园意识的角度研究厄普代克小说的前期成果同样为数不多。实际上,厄普代克的小说常被看作一面当代美国人生活的反射镜,反映了微妙而剧烈的道德和社会风尚的变化,在呈现种族主义、文化霸权、冷战思维、性犯罪等后现代美国社会的种种症结的同时,又折射出家庭与社会等方面的伦理问题。其短篇小说与长篇小说一样富含强烈的生活感、地方感和时代感,"探讨的是他在过去如何生活;在如今,以及在未来日益减少的时间里,应该如何生活",①并聚焦于美国人的家庭生活、内心情感和社会关系,无疑具有重要的家园意识。基于伦理问题的家园书写也是厄普代克短篇小说的创作特点之一。

约翰·厄普代克的家园伦理意识很大程度上源于他的家庭环境和成长经历。他出生于宾夕法尼亚州的里丁镇(Reading),在附近的一个小城镇希林顿(Shillington)长大。父亲卫斯理·厄普代克(Wesley R. Updike)是一名中学教师,他对"贫困的恐惧、无奈和坚韧态度,对家庭的平凡而持久的爱护"②带给厄普代克潜移默化的影响。母亲琳达·格雷斯·霍耶(Linda Grace Hoyer)以作家为业,一度为《纽约客》(*The New Yorker*)的撰稿人,是厄普代克走上文学道路的启蒙老师。在父母的影响下,作为家中独子的约翰·厄普代克由"一个简单的,热爱家庭的男孩变成了伟大的作家"。③后来,厄普代克在小说创作中时常以回忆的形式描绘自己与父母亲的深厚感情,书写自己在小镇的家庭生活。其作品中经常出现的背景地"奥林格"(Olinger)像福克纳笔下的"约克纳帕塔法"(Yoknapatawpha)和托马斯·哈代(Thomas Hardy, 1840—1928)的"威塞克斯"(Wessex)一样,因其家乡而得名。对此,

---

① Milder, Robert. "Updike's Wager: Emerson, William James, and the Ground of Belief in Late Updike." *Arizona Quarterly: A Journal of American Literature, Culture, and Theory*, 2024, 80(2): 31.

② 宋德发:父亲·母亲·牛皮癣:厄普代克的童年记忆.《世界文化》,2007(7): 34.

③ Kaiser, Wilson. "John Updike, Now and Then." *American Studies*, 2014, 53(2): 143.

理查德·安德勒（Richard Androne）称厄普代克的小说"对家乡的领土作出了反映"，[1]该评价无疑点明了厄普代克小说中重要的家园主题。

"家园伦理"这一概念由国内学者邵宁宁教授在专著《中国现当代文学中的家园伦理问题》一书中提出。邵宁宁教授在该专著中指出："人所能得到的最初家园，其实是母亲的怀抱，进而是我们的身心，再进一步，则是我们的人伦社会。就此而言，家园意识，其实始终又是和某种伦理观念结合在一起的。谈家园，不能不涉及与之相关的伦理，不能忽视其存在的某种现实的或精神的场域。"[2]诚然，家园是一个人生活的重要场所，也是传播伦理道德的重要基地。家园伦理可以说是一个人家庭生活幸福的核心。因此，从家园伦理的角度探讨小说中人物的微观活动，反映家庭与社会现实，解读家庭关系与伦理救赎的文学作品不乏重要的研究价值。"厄普代克曾经表示，他的小说愿意探讨哪怕最为平淡无奇的话题。"[3]在他的多部短篇小说中通过对家庭生活的细致观察与反思，以伦理的角度书写了家庭成员的情感和联系。首先，他借助父子、母子、夫妻等家庭关系组成的伦理环境和伦理身份，对家园伦理进行深刻探讨。比如，短篇小说《父亲险些受辱记》（"My Father on the Verge of Disgrace"）以父子间日渐成熟的感情曲线为基础呈现富含家园伦理的书写。小说中，父亲的言行常令其啼笑皆非，叙事者起初仅仅担心父亲在教师的工作中受辱丢脸。慢慢地，他理解了父亲愚蠢而正派的行为，理解父亲为养家糊口身兼几份工作的艰辛，最终明白了父子之情的可贵，也维系了父子之间的情感纽带。《猫》（"The Cats"）表面上描写了叙事

---

[1] Androne, Richard. "The Pennsylvania Updike." *Pennsylvania History: A Journal of Mid-Atlantic Studies*, 2018, 85(1): 134.

[2] 邵宁宁：《中国现当代文学中的家园伦理问题》. 北京：人民出版社, 2022: 6.

[3] Bellis, Jack De. *John Updike's Early Years*. Bethlehem: Lehigh University Press, 2013: 97.

者戴维如何处置母亲留下的猫和农场,实际上映射了主人公对母亲的深刻怀念。母亲艾玛是个"女汉子"的形象,骑马、打球、干农活,连驾驶拖拉机都不在话下。母亲喜欢养猫,但在养猫的过程中"不仅容老鼠和美洲飞鼠在房子里筑巢,还用葵花籽喂养它们"。[①] 邻居认为母亲的养猫方式打扰了他们,威胁要将其告到动物保护协会。尽管戴维一度不满母亲养猫带来的困惑,但他知道,"作为母亲的儿子,能够遵循着她的推理一直走进这个困境里去"。[②] 站在伦理身份的角度,我们不难理解主人公在家园伦理环境中呈现的亲子之情,因为他们的父母亲仿佛既是一种矛盾的形象,又似一种伦理的规范。而厄普代克试图表现的正是书中人物逐渐成熟的理性思维以及充满亲子之情的强烈的家园伦理意识。

　　厄普代克的诸多短篇小说涉及了婚外情、离异、性犯罪等伦理的话题。学界普遍认为厄普代克倾向于以男性视角进行创作,但实际上,"这不应归咎于作者所谓的厌女症;相反,他兼顾男性和女性视角的细致处理值得重新探讨"。[③] 若将小说中的两性关系及其组成的家庭成员关系置于伦理的语境,特别在婚姻关系方面,则小说中的许多人物显然有话可谈。他们虽已成家,却时常在不同的场合发展婚外情。从家园伦理的角度看,这些婚外情显然都是厄普代克书写的一种家园批判。例如,《离我而去的娘儿们》("The Woman Who Got Away")开篇叙事者马丁即交代自己和妻子都有着各自的婚外情人。《纽约情人》("New York Girl")

[①] 厄普代克:《怀念兔子——兔子四部曲续篇及短篇小说集》.主万,译.上海:上海译文出版社,2009: 255.

[②] 厄普代克:《怀念兔子——兔子四部曲续篇及短篇小说集》.主万,译.上海:上海译文出版社,2009: 256.

[③] Takebe, Haruki. "The Apocrypha of *The Maples Stories*: John Updike's Fe/Male Points of View Reconsidered." *Critique: Studies in Contemporary Fiction*, 2023, 64(4): 555.

讲述了推销员斯坦乘坐八个小时的车程来到纸醉金迷的纽约，遇见已经离异的情人简的故事。《他的全部作品》("His Oeuvre")中的老作家贝克在大礼堂发表演讲时发现曾经的情人纷纷前来聆听，因而他情不自禁地回忆几段曾经的婚外情史。学界普遍认为，厄普代克"改写了霍桑关于性犯罪的宗教问题"。[①] 实际上，从家园伦理的角度而言，厄普代克的作品更接近霍桑小说的一种继承和超越。霍桑小说中的婚姻和性爱被描写成某种被压抑的欲望，厄普代克释放了它们，又将其描绘成一种自由和理性的冲突。这种冲突在霍桑眼中近乎不可调和，而在厄普代克的小说中却融合了一种"斯芬克斯因子"[②] 般的伦理选择，从而表现了厄普代克的一种对于家园伦理的批判态度。正因如此，小说中的马丁结束一次婚外情后不禁感慨："所有的女人在男欢女爱这个天堂里一直忍受着痛苦，因为她们背离了一夫一妻制而受到沉重的压力。"[③] 斯坦思考自己与简的关系时，心中所想的是："她的婚姻已经结束，而我的却没有。"[④] 作家贝克在由纽约通往洛杉矶的列车上，与情人艾丽斯相伴，作者的描述是"他和这个女人在这列火车上和在一座孤岛上一样孤独"。[⑤] 置身于家

---

① Greiner, Donald. "Contextualizing John Updike." *Contemporary Literature*, 2002, 43(1): 198.
② "斯芬克斯因子"（Sphinx Factor）是文学伦理学批评理论中的重要概念，生成于古代神话斯芬克斯之谜。它由两部分组成：人性因子和兽性因子。文学伦理学批评理论认为，人类在漫长的进化中面临的最大挑战便是如何与兽类区分开来。人类与兽类最大的不同在于经历了伦理选择，人类具有伦理意识，具有分辨善恶的能力，兽类则无法明辨是非。因此，分辨善恶的能力便成了人类伦理的基础。
③ 厄普代克:《怀念兔子——兔子四部曲续篇及短篇小说集》. 主万, 译. 上海：上海译文出版社, 2009: 199.
④ 厄普代克:《怀念兔子——兔子四部曲续篇及短篇小说集》. 主万, 译. 上海：上海译文出版社, 2009: 230.
⑤ 厄普代克:《怀念兔子——兔子四部曲续篇及短篇小说集》. 主万, 译. 上海：上海译文出版社, 2009: 331.

园伦理的语境,马丁、斯坦和贝克在"出轨"的过程中并未彻底放弃自己的伦理身份,而是基于伦理身份,在某种自由意志和理性意志之间作一次伦理的选择。这份选择体现了人类区分道德与非道德,理性与非理性的家园伦理及其批判。

另一部表现家园伦理及其批判的典型代表之作是厄普代克发表于2000年的短篇小说《爱的插曲》("Licks of Love")。表面上,《爱的插曲》是一个关于婚外情的简单故事,但从家园伦理的意义来看,小说反映出当代美国家庭在貌似保守的社会形态背后隐藏了传统伦理观的变化,进而讽刺了那些"被物质生活掏空了生命意义的当代人的生命窘态"。[1]小说的叙事者埃迪·切斯特是一个知名的美国班卓琴[2]手。冷战时期,他被派往苏联参加一场友好演出。在一次招待会上,埃迪邂逅了女服务员伊莫金·弗赖尹。两人相谈甚欢,继而发展了一场不伦的婚外情。演出的经历和婚外情的经历构成了小说的两条叙事主线。两条主线分别代表了一种伦理意识,其一即涉及了家园伦理。埃迪的心里原本爱着他的妻子,他很清楚:"我的幸福的家在弗吉尼亚州。"[3]即将享受婚外情的"鱼水之欢"时,埃迪开始陷入了伦理的抉择,为自己的行为感到自责:"良心上十分亏欠……等正事到来时……已经失去了某种精力,我在她身上

---

[1] 金衡山:《厄普代克与当代美国社会——厄普代克十部小说研究》. 北京:北京大学出版社,2008: 178.
[2] 班卓琴(banjo),又称斑鸠琴或五弦琴,由美国的非裔奴隶由几种非洲乐器发展而成。班卓琴上部的形状像吉他,下部的形状像铃鼓,有四根弦或者五根弦,用手指或拨子弹奏。相传,班卓琴起源于西非,在17世纪奴隶买卖盛行的时代,黑奴把它引进新大陆。后来,班卓琴从南方的种植园渐渐传至美国北方各州,在拓殖者中流行起来。
[3] 厄普代克:《怀念兔子——兔子四部曲续篇及短篇小说集》. 主万,译. 上海:上海译文出版社,2009: 299.

感到迷惘。"①完成演奏任务后,当归国的飞机降落纽约机场,埃迪的脑海里仍然萦绕着自己的不伦之恋,他感到"所有的角落和坡道都灯火通明,像一个罪犯的正面照片一样"。②虽然厄普代克采用了一贯的叙事风格,为小说设置了开放的、引人深思的结局,但我们仍然能发觉埃迪在伦理选择之时的自责。他害怕妻子拆开伊莫金的情书,正当询问妻子是否知晓此事,"心房给一只重重的手猛地击了一下"。③最终,在这场理智与情感的对立中,埃迪没有放弃自己作为一个丈夫和一个父亲的伦理身份和伦理责任。他选择了回归家庭,结束了这幕"爱的插曲"。可见,厄普代克在小说中既刻画了家庭成员之间的矛盾与冲突,又试图通过描写主人公的伦理身份和伦理选择,化解家庭矛盾,重建家庭秩序,充分呈现他所关注的家园伦理问题。正如邵宁宁所说,家园"还有许多其他功能,譬如对子女的抚养和教育,对生产、生活的组织和安排,灾变、动乱中对家族成员的保护和扶助,以及情感心理的交流和寄托"。④

厄普代克的家园伦理不仅包括传统的家庭道德批判,它还具有一定的社会和历史属性,即强调"站在当时的伦理立场上解读和阐释文学作品……分析作品中导致社会事件和影响人物命运的伦理因素……并从历史的角度作出一定的道德评价。"⑤厄普代克是一名"在人权战线上

---

① 厄普代克:《怀念兔子——兔子四部曲续篇及短篇小说集》. 主万, 译. 上海: 上海译文出版社, 2009: 304-305.
② 厄普代克:《怀念兔子——兔子四部曲续篇及短篇小说集》. 主万, 译. 上海: 上海译文出版社, 2009: 317.
③ 厄普代克:《怀念兔子——兔子四部曲续篇及短篇小说集》. 主万, 译. 上海: 上海译文出版社, 2009: 317.
④ 邵宁宁:《中国现当代文学中的家园伦理问题》. 北京: 人民出版社, 2022: 133.
⑤ 聂珍钊:《文学伦理学批评: 基本理论与术语》.《外国文学研究》, 2010, 32(1): 14.

第二章　后现代主义小说中的家园情感

持续战斗的美国作家"。[①]他的小说通常以充满生活质感的笔触书写着历史的成分，并将历史书写与政治、社会、种族等元素相联系，从而构成其关注国家和社会的家园伦理。就此而言，站在历史和社会的角度分析厄普代克短篇小说的家园伦理不失为一个较新的视角。同样以《爱的插曲》为例。这篇短篇小说将历史背景设置在美苏对峙的冷战时期。那是一段冷战思维、种族主义、文化霸权等思想最为根深蒂固的历史时期，也是美国文学史的后现代主义时期。在那个年代，除了物质和经济的飞速增长，人们的精神生活一片荒芜。伴随着孤独、异化、荒诞、反传统等文学主题的是各种各样的伦理危机。小说描绘了一位中年男性叙事者对往昔生活的回忆碎片。这位叙事者与厄普代克有着相似的生活经历，两人的童年成长于宾州的一个小镇，而后成为美国六七十年代的中产阶层人物，过着附庸风雅的生活。具有自传性色彩的特点使得这部短篇小说集更贴近历史与现实，能够"很放肆地描绘着这个现实的世界"。[②]为了强调所谓的自由民主思想，美国政府将苏联看作一个"乌烟瘴气的自由企业制国家，月球黑暗的一面"，标榜着"几乎任何一个美国人只要在受压迫的苏联群众面前精神抖擞地走过，那么单凭他行走与谈话时的轻松的神态，就会是自由生活方式的一种强有力的宣传"。[③]对比所谓的"自由""精神抖擞"与"乌烟瘴气""黑暗""受压迫"，读者不难察觉，美国政府似乎已将种族意识扎根于他们的思想深处，这种观念甚至使普通的

[①] Bryla, Martyna. "Writing Prague : Philip Roth's and John Updike's Literary Takes on the Czech Capital." *Philip Roth studies*, 2020, 16(2): 63.

[②] 王庆奖，苏前辉，等：《冲突、创伤与巨变——美国"9·11"小说作品研究》. 昆明：云南大学出版社，2015: 91.

[③] 厄普代克：《怀念兔子——兔子四部曲续篇及短篇小说集》. 主万，译. 上海：上海译文出版社，2009: 299.

美国民众对异族文化充满了戒心甚至敌意。即使如此,埃迪作为两种文化话题融合的友好使者,他的潜意识里依然渴望实现真正的自由平等。经过一阵的打量,他"知道自己会喜欢这儿的"。[①] 果不其然,当埃迪在这个国度安顿下来的时候,他有感于:

> 在我的职业生涯中,迄今我见到过许多友好的人们,不过我得说,我可从来没有像在俄罗斯的那一个月里一样,见到过那么多可爱的、心地善良的人了。他们,至少是没有呆过什么改造营里的人,兴高采烈——彻夜不眠,第二天仍然朝气蓬勃。小孩子们全没有美国儿童这些年来有的那种瞌睡朦胧的,仿佛是从看电视中给拖到户外来的神色。那些年轻的俄罗斯人似乎直接面对阳光灿烂的生活和生活中的种种风险。[②]

不难看出,虽然小说的故事背景设置在俄罗斯,但厄普代克真正的矛头所向仍然是美国。正如德国诗人贝希尔(Beixi'er J. R. Beche,1891—1958)曾说:"一个统一的、自由的德国,是德国人的历史家园,为了寻找这个家园",德国人"经历了漫长而灾难重重的歧途……"[③] 德国人如此,美国人又何尝不希望将美国看作自己依恋的精神家园?英国家园地理学领域知名学者艾莉森·布伦特(Alison Blunt)在其与澳大利亚城市规划学专家萝宾·道林(Robyn Dowling)合著的《家园》(*Home*)

[①] 厄普代克:《怀念兔子——兔子四部曲续篇及短篇小说集》. 主万, 译. 上海:上海译文出版社, 2009: 300.

[②] 厄普代克:《怀念兔子——兔子四部曲续篇及短篇小说集》. 主万, 译. 上海:上海译文出版社, 2009: 307-308.

[③] 转引自邵宁宁:《中国现当代文学中的家园伦理问题》. 北京:人民出版社, 2022: 7.

中也指出:"家园不一定指一栋房子或一间寓所……也可以是国家和整个世界。"① 就此而言,从家园的角度研究一位作家对其祖国社会问题的批判及其对美好精神家园的憧憬显得意味深长。小说中,俄罗斯人的可爱、善良、朝气蓬勃、阳光灿烂与美国人提到的"月球黑暗的一面"再次形成了鲜明的对比。这既像美国本土文化中的一些躺在后工业文明摇篮中的白人将黑人污蔑成野蛮而丑陋的种族,又与爱德华·萨义德、佳亚特里·斯皮瓦克(Gayatri C. Spivak, 1942—)等后殖民理论家笔下关于帝国主义对其殖民地的话语掌控异曲同工。埃迪知道,尽管美国人总是宣扬其种族的自由精神和优越感,但他断定这些宣传本质上是一种殖民主义,一种带着种族歧视的伦理道德标准。小说接近尾声,当归国的飞机即将降落纽约城时,埃迪认为整座城市"是地面上很难辨认出的一个小斑点,像一小团星云……是我们美国梦的模糊不清的中心……是一片幻象"。② 在演奏黑人歌手利德贝利③的歌曲后,人们问埃迪美国人为何压迫黑人,埃迪的回答起初是:"不久以前,奴隶制度很是普遍,俄罗斯人也有他们的农奴;好几十万美国北方的白人全死去了,为的是奴隶可以自由。"④ 随后他又承认这一切过于虚无缥缈。由此可见,埃迪心中饱含着渴望种族平等的伦理意识。作为资深的音乐人,埃迪希望"音乐正

---

① 布伦特,道林:《家园》.刘苏,王立,译.北京:北京师范大学出版社,2022: 34.
② 厄普代克:《怀念兔子——兔子四部曲续篇及短篇小说集》.主万,译.上海:上海译文出版社,2009: 317.
③ 利德贝利(Leadbelly, 1885—1949),本名莱德贝特(Huddie William Ledbetter),美国民歌和蓝调歌手、吉他演奏家。1988 年入选美国摇滚名人堂。
④ 厄普代克:《怀念兔子——兔子四部曲续篇及短篇小说集》.主万,译.上海:上海译文出版社,2009: 309.

是改变它的首要方法之一"。① 音乐跨越了国界，小说中的班卓琴音乐在某种程度上已成为平等、友谊的象征。"当我弹奏着，就仿佛是在国内给一个乡下集市上的一群人弹奏时，我的感觉最好，而那些年轻的俄罗斯人的脸上也会露出高兴的神色，仿佛我在讲笑话一样……这种时候，你的手指就在做思考的工作，你自己也惊讶地听着。"② 同样出于这份渴望种族与文化平等的家园伦理，埃迪感慨："国务院知道自己在干什么，把一个我这样生来爱国的乐观主义者派到这儿来。"③ 可见，在充满爱国精神的埃迪的眼里，这份种族歧视是不可取的，狭隘自私终将被平等、进步和民主所取代。通过描写埃迪在苏联的所见所想，厄普代克实际上在指责割裂世界文明的种族主义，并从家园伦理的角度憧憬一个真正自由平等的祖国家园。家园伦理的角度赋予这篇看似简单的短篇小说更深的寓意。

短篇小说名篇《家》（"Home"）是厄普代克的一部兼具"个人小家园"和"祖国大家园"及其批评特征书写的作品。这篇短篇小说主要围绕一个从欧洲返回美国的归国游子罗伯特的内心思绪展开。小说描绘了罗伯特在归国途中的所见所想以及他回到祖国后的家庭生活与内心变化。故事伊始，罗伯特就对象征着美国国家精神与形象的自由女神雕像表达了一种失望的态度，认为："女神绿色的躯体看上去有点不对劲儿……这至高无上的商标就在那里，却领受不到那份经典的效果。"④ 随

---

① 厄普代克：《怀念兔子——兔子四部曲续篇及短篇小说集》. 主万，译. 上海：上海译文出版社，2009: 309.
② 厄普代克：《怀念兔子——兔子四部曲续篇及短篇小说集》. 主万，译. 上海：上海译文出版社，2009: 309-310.
③ 厄普代克：《怀念兔子——兔子四部曲续篇及短篇小说集》. 主万，译. 上海：上海译文出版社，2009: 309.
④ 厄普代克：《厄普代克短篇小说集：早期1953—1975》（上册）. 李康勤，等译. 上海：上海译文出版社，2019: 244.

后,他又被码头的喧嚣和车流所包围,对周遭的一切感到陌生:

> 无非是轮船靠岸时聚集在四十几号街西头附近的公交和出租车的轰轰隆隆,可这是他自己,他自己的祖国。过去的一年看到一辆那种样子搞怪的大型小车挤着穿过牛津的那些小巷子,他就感觉像看到一面微微翕动的旗帜,像听到吹过庄稼田的小喇叭,而此刻,那么多的车都在这里,多到足以造成交通拥堵,个个鸣叫着喇叭,怒气冲冲地瞪着对方,好像身处热带的燥热中,葡萄般串在一起,颜色像极乐鸟般晃眼。①

> 他们往西越过新泽西州,穿过当年华盛顿曾经渡过的特拉华河,顺着西南方向的一条弯道插进宾夕法尼亚州。沿途的城镇换了模样,不再是平淡刻板的新泽西风格,连同单薄的草原上散发出的慵懒和尘土的气息都没有了……又到了一个小镇,他来这里参观过集市游园会,帐篷里的姑娘什么都不穿,只穿着淡紫色的高跟鞋跳舞。

> 罗伯特的喉咙像被一片网状的东西堵住了。②

文学作品中的游子归国时常意味着重返精神家园,对祖国的乡愁和民族身份的认同也经常是这类作品的母题。然而,回到美国后,他看到的却是"交通拥堵,个个鸣着喇叭,怒气冲冲地瞪着对方"、"集市游园会,帐篷里的姑娘什么都不穿"等一幕幕的陌生场景,一时间他的"喉咙

---

① 厄普代克:《厄普代克短篇小说集:早期1953—1975》(上册).李康勤,等译.上海:上海译文出版社,2019: 244-245.

② 厄普代克:《厄普代克短篇小说集:早期1953—1975》(上册).李康勤,等译.上海:上海译文出版社,2019: 251.

像被一片网状的东西堵住",他感受到祖国和家乡的陌生。可以说,这些场景预示着他归国后可能面临的现实与期望之间的差距,更预示着美国已经不是罗伯特的精神家园。曾几何时,他在自己的故国家园上出生长大,"人与大地交织成一片,觉得自己两者都喜爱"。[1] 然而,经历了世俗的洗礼后,他"就计划着要远走高飞。这里的空气,这里的人,似乎都太稠密了,太容易让他窒息了。他终于远走高飞了。当时好像非走不可。但带给他的感觉却是空虚、脆弱,透彻见底——就像一只小瓶子"。[2] 此外,在对物是人非的"祖国大家园"进行批判和反思的同时,小说中的家园伦理也涉及了"个人小家园"中罗伯特与家人深厚的情感纽带。在他通过海关检查,与父母和亲人重逢之时,"母亲站起来吻了下他的面颊;父亲眼睛瞥着别处握了握他的手,岳父母也学样做了遍同样的动作,其他亲戚都做了适当的热情表示"。[3] 而小说中的罗伯特与父母、祖父母、外公外婆、姑奶奶、姨奶奶和表兄弟姐妹之间的和睦共处也体现了他对家庭的重视和依恋。对母亲的回忆和关心,以及对妻子的爱意更是丰富了他的家园伦理意识和情感世界。

谈及家园伦理,我们也不得不提到另一个由国内学者提出的文学伦理学批评。文学伦理学批评从伦理的视角解读和阐释文学作品,是中国学者积极响应国家文化"走出去"战略号召,在借鉴西方伦理批评和中国道德批评的基础上创建的文学批评方法。近年来,随着文学伦理学批

---

[1] 厄普代克:《厄普代克短篇小说集:早期 1953—1975》(上册). 李康勤,等译. 上海:上海译文出版社,2019: 248.

[2] 厄普代克:《厄普代克短篇小说集:早期 1953—1975》(上册). 李康勤,等译. 上海:上海译文出版社,2019: 248.

[3] 厄普代克:《厄普代克短篇小说集:早期 1953—1975》(上册). 李康勤,等译. 上海:上海译文出版社,2019: 246.

评日益发展成熟，大量的相关研究成果纷纷问世，其研究对象也包含了越来越多的外国文学作品。文学伦理学批评的倡导者聂珍钊教授认为："在现代观念中，伦理还包括了人与自然、人与宇宙之间的伦理关系和道德秩序……伦理的核心内容是人与人、人与社会以及人与自然之间形成的被接受和认可的伦理秩序，以及在这种秩序的基础上形成的道德观念和维护这种秩序的各种规范。"[1] 现代科技的快速发展让人类得以享受物质繁华，却往往导致人与自然的相互背离。以生态思想为基础的家园伦理由此显示出了重要性。正如国内生态美学家曾繁仁教授指出，"家园意识在浅层次上有维护人类生存家园、保护环境之意……从深层次上看，家园意识更加意味着人的本真存在的回归与解放"。[2] 尽管厄普代克的家园伦理中的生态思想并未引起学界太大的关注，但细心的读者仍发现，他在"奥林格"小说中以孩子的视角描绘了小镇上的风土人情，包括小山、公墓、树林还有街尾的贫民院等等。小镇上简单的环境，朴实的生活气息，清新的感受经常成为其小说的特色。厄普代克深知，人与自然之间的伦理秩序并不总是完美的，两者关系的冲突某种程度上更能体现小说中的生态思想。美国学者帕克·克里格（Parker Krieg）认为厄普代克的小说出版于美国遭遇能源危机的年代，指出："（20世纪）70年代末，能源问题对于美国人的生活方式，以及厄普代克笔下主人公经济生活都是显而易见的。能源危机在厄普代克系列小说的叙事形式中也更为显眼。"[3] 并将厄普代克的小说称为"石油小说"（petrofiction）。该观点也

---

[1] 聂珍钊：文学伦理学批评：基本理论与术语.《外国文学研究》, 2010, 32(1): 17.

[2] 曾繁仁：试论当代生态美学之核心范畴"家园意识".《温州大学学报（社会科学版）》, 2010, 23(3): 7.

[3] Parker, Krieg. "Energy Futures: John Updike's Petrofictions." *Studies in American Fiction*, 2017, 44(1): 89.

是厄普代克家园伦理的生态属性的一种写照。

厄普代克曾在一次采访中提到,他"所有的小说都在某种程度上提出了人性善良的问题。他希望读者能正视这个问题,并不是因为他想通过这个问题让读者头疼,而是因为他笔下的故事本身都在默默地促使我们去思考这类问题"。[1] 若将这份人性的善良置于生态角度理解,其效果也别有一番风味。在早期短篇小说名篇《鸽羽》("Pigeon Feathers")中,主人公戴维的外婆与父母因家中谷仓的鸽子太多,担心鸽子弄脏家具而让戴维将其射杀。戴维陷入了艰难的伦理选择,他多次强调自己不愿射杀任何动物,也不想伤害这些可怜的鸽子。在外婆与父母的再三要求之下,戴维不得不考虑为人子孙的伦理身份与家庭生活的伦理环境,无奈之下他做出了举枪对准鸽子的选择。小说中,作者用了较大的篇幅描述戴维射杀鸽子的细节。然而,在一整段毫无血腥气息的描写中,读者感受更深的是戴维内心的矛盾和自责。他仿佛看到自己被枪打死,看到自己就躺在谷仓里,躺在猎物的中间。有些鸽子得以逃脱,戴维不愿追赶,认为这是好事。埋葬鸽子之际,戴维被鸽子羽毛的精致和优美吸引,不禁赞叹唯有上帝能设计这般美丽的生物。学界普遍认为《鸽羽》的主基调是戴维对生活的焦虑,对死亡的恐惧及其孤独的心灵,这些主旨在小说的开篇也得到了大幅的呈现。但从家园伦理的角度看,在这样一个由外婆、父母的要求和自己脆弱的灵魂所组成的特殊伦理环境中,戴维似乎忘记了自己的伦理责任和义务,对家园伦理中的生态秩序造成了破坏。如此一来,始终伴随着他的焦虑、自责和身心疲惫也就不足为奇了。家园伦理的批评角度使《鸽羽》成了由不同的乐器和不同的声部围绕着主副旋律演绎

---

[1] McTavish, John. *Myth and Gospel in the Fiction of John Updike*. Eugene: Wipf and Stock Publishers, 2016: 17.

出的交响曲,也为小说的解读提供了一个不一样的视角。

家园伦理意识中的生态属性在短篇小说《猫》中也有所体现。小说中戴维的母亲艾玛是个热爱自然生态的人。她不但尽心养猫,更热爱周围的小鸟,她常自言自语:"红眼雀不知为什么心烦意乱""嘲鸫在开玩笑""听见夜莺先生叫了三声吗?"[1]甚至她的遗嘱上还写着要把遗产捐献给当地的动物保护协会。艾玛对小动物的怜惜之情让戴维为之动容。艾玛过世后,戴维不忍将猫丢弃,询问邻居德怀特如何处理它们,德怀特回答:"我可以在晚餐时带着猎枪过来,那时候它们全聚在门廊上。这样会解决掉几只。随后,其余的也许会知道情况不妙,四散逃走。"[2]但为人子的身份和从母亲身上学到的生态意识唤醒了他,他追忆热爱生态的母亲,"如果她不能待在那片土地上,那片土地很可能就落到一个开发者的手里。那么附近一带就会永远变样,会出现化粪池……"[3]他知道,若艾玛在世,绝不愿目睹这种事情的发生。至于邻居建议的枪杀猫一事,他不似《鸽羽》中的戴维违背良心。深藏于心的生态思想使他"以为自己在睡梦中会听见枪声响了起来,可是白天很平静地来临了"。[4]受到艾玛遗嘱的启发,戴维决定把猫交给动物保护协会,"想象着一批又一批的猫,像一捆捆灰色谷物那样,聚集在黎明的露水下安放好的笼子里",[5]他

---

[1] 厄普代克:《怀念兔子——兔子四部曲续篇及短篇小说集》. 主万, 译. 上海:上海译文出版社, 2009: 256.
[2] 厄普代克:《怀念兔子——兔子四部曲续篇及短篇小说集》. 主万, 译. 上海:上海译文出版社, 2009: 260.
[3] 厄普代克:《怀念兔子——兔子四部曲续篇及短篇小说集》. 主万, 译. 上海:上海译文出版社, 2009: 260.
[4] 厄普代克:《怀念兔子——兔子四部曲续篇及短篇小说集》. 主万, 译. 上海:上海译文出版社, 2009: 261.
[5] 厄普代克:《怀念兔子——兔子四部曲续篇及短篇小说集》. 主万, 译. 上海:上海译文出版社, 2009: 273.

的心灵方能得到慰藉。小说中的种种行为和心理细节无不让读者感慨，厄普代克将敬畏自然、热爱生态的伦理意识置于琐碎的日常生活描写，赋予生活片段更多的家园伦理意义。

实际上，生态思想也是一种家园批判与反思，它主张人以伦理的角度认识生态困境，不仅提倡关爱各种有生命的动物，还认为连大地、植物乃至整个生态系统都应成为人类和睦共处的对象。因而小说中的家园书写也时常涉及了许多的生态元素。比如，在短篇小说《树叶》（"Leaves"）中，厄普代克展现了叙事者即将离婚的时刻复杂而微妙的心情变化，并将人物心情的波动与生态环境的书写联系在一起：

> 窗外的葡萄叶漂亮得出奇。说"奇"是因为我长久以来在黑暗中自怨自艾，而万物的美好却可以超然于人的苦难，随意间见精确，不费吹灰之力展示出富有创造性的"效果"，虽说奇特，但也算是大自然招牌特色吧。大自然；今早，我觉着大自然就是一种不带愧疚的存在。我们肉身在大自然中；鞋、鞋带、鞋带两端小巧的塑料头——周遭万物和有关于我们的一切尽在自然中，可是我们被一些东西拖离自然，就像托举的浮力，让你无法踩踏沙质的海底，那里散落着半月形的牡蛎贝壳碎片条条罗纹流光溢彩、清晰可辨。
>
> ……
>
> 那些没有互相遮蔽的葡萄叶金光闪闪。平整的叶片毫无保留地吸收阳光，将那绝对的光芒、生命之源和光谱总和转换成孩子们绘出的蜡笔黄。星星点点的枯叶把借来的光辉升华成耀眼的橘黄，幼嫩的绿叶——如果仔细观察，绿色能坚持到深秋——则凑着阳光呈现一种脉络分明的黄绿。叶片间交织的阴影，尽管在轻快掠过屋顶的微风那

友好惬意的咔嗒声中飘忽不定,却也显出纷繁而清晰的形态,好似各色野蛮的兵器甲胄,有半月弯刀、凸缘的长矛、叉子和骇人的头盔。合起来看倒也算不上惊悚。相反,它们精致平行的意向,那种庇护感和开放感,暖流和凉风,吸引我夺窗而出;视线游离到外面的树叶中。它们将我包围。橡树叶浑圆有力,是生锈的利爪;榆树叶稀稀落落,是阴柔的黄羽;漆树叶野性喷薄,是血色的獠牙。我漂浮在宁谧燃烧的树叶的宇宙。但有东西将我拽回到心中的黑暗,罪恶的太阳。[1]

人类作为自然界的一部分,其情感与自然环境之间存在着微妙而密切的联系。小说中的叙事者因某种家庭情感问题,即将面临婚姻的破裂。他试图借助感悟自然,来抚平内心的创伤。他想到长久以来自己"在黑暗中自怨自艾",又相信"万物的美好可以超然于人的苦难"。即使心灵受创,他仍然能留意到"窗外的葡萄叶漂亮得出奇",感受到"一切尽在自然中"。然而,杂乱的思绪使他"被一些东西拖离自然","漂浮在宁谧燃烧的树叶的宇宙",又被"拽回到心中的黑暗"。此时此刻,他的心情复杂多变,就如同大自然的变化无常。而厄普代克在短篇小说《树叶》中将叙事者离婚时的心情与自然环境的书写相结合,不仅体现了人类情感的丰富性,创造出一种深刻的情感共鸣,也强调了人与自然的和谐共生。

同样,《猫》中家园伦理书写的生态元素不仅表现在戴维对猫的行为和态度,也存在于主人公对自然界万物的关怀。我们看到,戴维两次离开母亲曾经的住所之际,作者都注入了引人深思的自然景色描写。第一次是出门买猫食,戴维与店员罗伊畅谈着母亲对猫的慷慨以及人们对

---

[1] 厄普代克:《厄普代克短篇小说集:早期 1953—1975》(下册). 李康勤,等译. 上海:上海译文出版社,2019: 589-590.

善良的母亲的怀念,这让戴维再度陷入了沉思。即使在思念母亲之时,他依然对四周的生态困境忧心忡忡:"铁轨越过那条小路,一直伸向黑暗的通道。森林还没有充分回收它们的发展权。"①另一次是戴维决定变卖母亲的农场,即将离开之时,他不舍得猫和周围的花草树木,刹那间周围的一切变得虚无缥缈。环顾四周,映入读者眼前的是:

> 那地方十分寂静——和一幅画一样寂静。除了松树和那两棵有光泽的冬青树——一雄一雌外,一切树木都已经见不到绿色了。果园里的草地是一片平坦的斜坡,上面有着一道黄褐色的阴影。远处的树木一片银白,树干之间的那一道道黑色越来越深了。②

黑暗的树林、丧失了绿色的树木、黄褐色的阴影,戴维的思绪中弥漫着一幕幕象征着生态失衡的画面。它似乎正在告诉读者,母亲代表了一种具有生态属性的家园伦理。如今随着母亲的离去,周围的一切皆已黯然失色,甚至面临着遭遇破坏的危机。此刻,戴维只想拿起工具,静下心来清扫四周的环境。"为了安抚一下自己的良心和自己生活中的一个片段给割去后留下的创伤。"③或许戴维已明白一切于事无补。但他更清楚如何安抚自己的生态良心,抚平失去母亲的痛苦及生态危机造成的创伤。可以说,在短篇小说《猫》中,厄普代克采用寥寥几语,

---

① 厄普代克:《怀念兔子——兔子四部曲续篇及短篇小说集》. 主万, 译. 上海:上海译文出版社, 2009: 265-266.
② 厄普代克:《怀念兔子——兔子四部曲续篇及短篇小说集》. 主万, 译. 上海:上海译文出版社, 2009: 277.
③ 厄普代克:《怀念兔子——兔子四部曲续篇及短篇小说集》. 主万, 译. 上海:上海译文出版社, 2009: 278.

勾画出后现代美国社会的家园伦理问题，并回应了后现代美国社会所处的生态困境。

厄普代克是一名"拥有自己世界观的，强而有力的作家"。[1] 他在小说的创作中并未采用传统的叙事方式，将家园伦理的书写浮于水面，而是通过生活片段与内心思绪等看似平淡的描写，引导读者进行深层的思考，带给读者诸多的家园伦理启示，使读者为"看似平淡的故事内容所反映出来的当代社会中诸如政治、经济、社会等多方面的内涵而折服……以激起人们对自身、对周围环境乃至整个社会的反省"。[2] 通过厄普代克小说的家园伦理解读，我们发现厄普代克的创作本质在于用犀利的目光重申社会，用文学反映整个美国后现代社会的道德和伦理风貌。其中心议题"都是在'表现道德困境'，旨在引发'读者的道德辩论'"。[3] 这些基于伦理与道德的家园书写表现了一名作家对家园伦理问题的关注及其对理想家园的期盼和诉求。

---

[1] Mazzeno, Laurence W. *Becoming John Updike: Critical Reception, 1958-2010*. Martlesham: Boydell & Brewer, Incorporated, 2013: 11.
[2] 黄铁池:《当代美国小说研究》. 上海：上海三联书店，2014: 269.
[3] 哈旭娴：信仰与道德的分离——从哲学层面透视厄普代克的道德关怀.《福建师范大学学报（哲学社会科学版）》, 2015(1): 66.

第三章

少数族裔小说中的家园图景

美国少数族裔文学一般指由非白种的少数族裔作家用英语创作的，展现在美国主流文化背景下少数族裔群体的自我意象和社会身份的文学。其作品形式以小说和诗歌为主。时至今日，伴随着多元文化思潮的快速发展，少数族裔文学也逐渐被纳入美国文学的经典体系，成为美国文学的研究热点和重要组成部分。犹太裔作家索尔·贝娄、艾萨克·辛格、伯纳德·马拉默德(Bernard Malamud, 1914—1986)、E. L. 多克托罗(E. L. Doctorow, 1931—2015)、菲利普·罗斯(Philip Roth, 1933—2018)，非裔作家托妮·莫里森、爱丽丝·沃克(Alice Walker, 1944—)，印第安裔作家莱斯利·马蒙·西尔科(Leslie Marmon Silko, 1948—)、路易斯·厄德里克(Louise Erdrich, 1954—)，亚裔作家汤亭亭、山下凯伦、裘帕·拉希莉(Jhumpa Lahiri, 1967—)等人凭借高超的创作才华，在美国文坛上崭露头角。他们当中更是多人获得了诺贝尔文学奖，以及普利策奖、美国国家书评人协会奖、美国国家图书奖等重大文学奖项。少数族裔文学的崛起，打破了美国白人作家一统天下的格局，使整个后现代阶段的美国文学大放异彩。

在美国少数族裔文学的研究视野中，"家园"理应是一个重要的话题。毕竟，"族裔文学的话语紧密连接了'家园'与'世界'两个概念"。[1] 从整体上看，少数族裔文学主要侧重于种族奴役、民族主义、性别歧视、离散经历、文化身份等几个方面的主题，不仅记录了少数族裔群体的苦难与抗争，也对美国社会的主流价值观提出了挑战和反思。比如，少数族裔作家面对"他者"的压抑，在作品中积极寻找和建立平等的文化身

---

[1] Lim, Shirley G. "Narrating Terror and Trauma: Racial Formations and 'Homeland Security' in Ethnic American Literature". In: *A Companion to American Literature and Culture*. Paul Laute, ed. Malden: Blackwell Publishing Ltd., 2010: 510.

份,试图改写"边缘"的生活状态,并在主流文化中呐喊出自己的声音;在美国主流文化背景下揭示有色人种女性所遭受的种种不平等待遇,进而呼吁社会给予她们足够的尊重和平等的人权;在全球文化流动、移民浪潮的背景下书写少数族裔群体在美国的生活状态、文化冲突与融合及其对身份认同的探索;这些要求平等和尊重的声音,以及为构建一个和谐平等的世界所做的努力,实际上都与家园的记忆和追寻有着千丝万缕的联系。因此,少数族裔文学作品中的家园意识研究显得意义非凡。本章将以犹太裔作家索尔·贝娄、非裔作家托妮·莫里森,以及亚裔作家山下凯伦为例,从精神、文化、身份、性别、离散、族裔性、世界性等多个视角对美国少数族裔小说中的家园意识进行解读,旨在拓宽少数族裔文学的研究空间,进一步彰显其文化意义和社会价值。

第一节 索尔·贝娄:家园回归与追寻

索尔·贝娄(Saul Bellow, 1915—2005)是美国当代最负盛名的犹太裔作家之一,被学界视为20世纪美国批判现实主义文学的杰出代表。贝娄的小说因其尖锐的批判视角和深刻的社会洞察力,已成为美国文学史上不可或缺的一部分。在贝娄的早期创作中,结构优美的小说《晃来晃去的人》(*Dangling Man*, 1944)和《受害者》(*The Victim*, 1947)就颇受评论界关注。不久之后,《奥吉·马奇历险记》(*The Adventure of Augie March*, 1953)的出版使他一举成名,该作也使他第一次获得了美国国家图书奖,并确定他在美国文坛的地位。其后,贝娄陆续出版了《只争朝夕》(*Seize the Day*, 1956)、《雨王亨德森》(*Henderson the Rain*

King, 1959)、《赫索格》(Herzog, 1964)、《赛姆勒先生的行星》(Mr. Sammler's Planet, 1970)、《洪堡的礼物》(Humboldt's Gift, 1975)、《更多人死于心碎》(More Die of Heartbreak, 1987)、《窃贼》(A Theft, 1989)、《确切》(The Actual, 1997)、《拉威尔斯坦》(Ravelstein, 2000)等重要长篇小说、中短篇小说集、剧本以及游记。贝娄的小说不仅展现了美国社会的多元面貌，更袒露了中产阶级知识分子的精神苦闷，深入挖掘了人性的复杂与矛盾，反映了美国当代社会的精神危机。贝娄曾三度获得美国国家图书奖，一次获普利策小说奖。1976年，贝娄因"融合了对人的理解和对当代文化的精妙分析"荣膺诺贝尔文学奖。

作为一位文化批判者与人文关怀者，贝娄"将他的人文信仰融入几乎所有的小说"，[1]并以其独特的文学视角和深刻的洞察力探索人生的意义与存在的价值，为后世留下了丰富的精神遗产。关于贝娄的小说，国内外前期研究主要围绕精神异化、存在主义、道德哲学、原型批评、女性形象、文化批评、艺术特色等角度展开，一直以来对贝娄的家园意识相关研究并不多见，但这并不代表贝娄的小说中没有家园意识。从第一部长篇小说《晃来晃去的人》开始，贝娄所描写的主人公往往是一些和周围环境格格不入的犹太人，他们思想深沉，情感丰富，总是经历着精神世界的迷失和内心的苦难。因此，从家园回归与追寻的角度解读贝娄的小说无疑具有重要的研究意义。

《晃来晃去的人》以日记的形式展开，讲述了二战期间犹太人约瑟夫(Joseph)在辞去旅游公司的职位后等待入伍通知时的复杂心理。因为入伍通知迟迟没有下发，在等待通知期间，约瑟夫只能终日沉浸于自

---

[1] Singh, Sukhbir. "'If Love Is Love, It's Free'": A Vedantic Reading of Saul Bellow's *Seize the Day*." *Canadian Review of Comparative Literature*, 2019, 46(3): 428.

己的内心世界。无所事事的约瑟夫经常待在房间里,要么翻来覆去地看报纸、听收音机、看女仆打扫房间,要么望着窗外萧条的冬景,思索着人类和自己的命运。在以"12月17日"为标题的第三篇日记里,约瑟夫坦言自己总是感到一种莫名的迷惘和懊恼。贝娄在此处将约瑟夫复杂的内心思绪同其居住的家园景观书写联系在一起:

> 这时,太阳已被遮住了,雪也下起来了。雪花散落在砾石路黑色的缝隙里;在倾斜的屋顶上也出现了一楞一楞的积雪。从三楼的高处我放目远望,附近,有许多烟囱,冒出比灰色的天空更淡的灰烟,正前方是一排排贫民窟、仓库、广告牌、阴沟、霓虹灯暗淡的闪光、停放的汽车、奔驰的汽车,偶尔还有一两棵枯树的轮廓。我看着看着,不由得慢慢地把前额贴在窗户的玻璃上。观察着这眼前的一切,一个永恒的疑问又纠缠在我的脑海里,使人无法解脱:在过去,在别处,哪里还有一点点为人说好话的东西?可以肯定,这些广告、街道、铁道、房屋,看起来杂乱无章,但却跟人的内心生活有着联系。然而这里还有疑点,我还是很纳闷:人类的生活就是用绕着这些东西组织起来的,而这些东西,譬如房屋吧,也是人通过高超的手段创造出来的东西,是人生的模拟。
>
> ……
>
> 于是,我的肉体,我的生命,便留在通向未来的起点上。也许未来的时代是一个罪恶的时代,也许这么估计是错误的。我呼吸时,雾气在窗玻璃上时起时消。也许这样估计是错误的。然而,当我想到那罪恶的时代又将有无数芸芸众生湮没于尘世时,我不寒而栗了……我们无法知道未来的时代是什么样子,但在各种主要方

面,人类的精神是一成不变的;同时可以肯定,善良将不会留下多少痕迹。这样判断整个时代,也许终将被现实证明是错误的……啊,我们所追求的世界,永远不是我们所看到的世界;我们所期望的世界,永远不是我们所得到的世界。[①]

小说的标题"晃来晃去的人"非常形象地比喻了现代人类,尤其是以约瑟夫为代表的少数族裔群体在美国社会进退两难的处境和孤独空虚的心理状态。作为贝娄笔下那些"晃来晃去的人"的典型代表,约瑟夫精神家园的失落是不可避免的,就连在自己的窗前观察着周围的一切时,他留意到的那些贫民窟、广告、街道、铁道、房屋等城市景观看起来也是杂乱无章。尽管如此,他认为这些景观跟人的内心生活有着联系。他甚至因此发出了感叹:"未来的时代是一个罪恶的时代。""我们所期望的世界,永远不是我们所得到的世界。"难怪另一位著名的美国当代犹太裔作家菲利普·罗斯指出《晃来晃去的人》是"关于一个房间里的一个心灵的故事"。[②] 贝娄将主人公小说中约瑟夫精神家园的失落有机融入城市空间和房屋空间的情感书写,在很大程度上增强了精神家园在这部小说的主题意义。

家园意识不仅关乎物理空间层面的居所,更涉及精神空间层面的寄托和依赖。学界普遍认为,家园意识研究应从单纯对有关地理环境的文本关注拓展到对当今社会人类生存环境的思考,以及造成人类生存环境恶化的思想、文化及社会等根源的追问。从这个意义而言,贝娄的另一部知名小说《雨王亨德森》描写主人公尤金·亨德森(Eugene

---

[①] 贝娄:《晃来晃去的人》. 蒲隆,译. 北京:人民文学出版社,2019: 16-17.
[②] 贝娄:《晃来晃去的人》. 蒲隆,译. 北京:人民文学出版社,2019: 18.

Henderson)因为不满美国现代世界的混乱而到非洲寻求心理慰藉,其情节也完全可以从家园追寻的角度解读。《雨王亨德森》是一部以走出现代文明为主题的小说,小说中读者看到的正是贝娄对现代物质文明的否定及其内心深处对于远离物质文明,追寻精神家园的渴望。

《雨王亨德森》创作之时,整个美国乃至西方世界人民处在精神幻灭的世界里。其价值观撕裂,道德沉沦,家园环境的破坏更是不在话下。1807年英国浪漫主义诗人华兹华斯就"警示人们勿受尘世的拖累,别在得失盈亏中浪费毕生的精力,出卖自己的心灵,而对自然界越来越漠视"。[①]两个世纪后,贝娄却认为:"人们受着喧嚣和烦躁的残暴统治。1914年以来,在各个生活领域,我们都笼罩在种种危机之中,无时无刻不在忧虑能否幸存下去,大众的不安情绪深深植入我们的心底。能够脱离这个世界那是再好不过了。"[②]当时的美国是一个物质丰裕的社会,然而其精神世界越来越空虚。《雨王亨德森》的主人公,即家财万贯的亨德森也无法摆脱时代给他造成的家园环境破坏和精神的异化。在小说前几章的开头部分,亨德森频繁提到去非洲的想法及其原因,实际上蕴含的是自己与社会的格格不入以及某种意义上的精神家园失落:"回想当时的处境,真是痛苦极了。种种事儿开始纠缠我,很快就在我心里造成一种压抑……而且,从四面八方向我袭来,混作一团,简直弄得乌烟瘴气。"[③]这是一种无形却又显而易见的家园失落。为了摆脱内心的压抑,亨德森决心抛开现有的生活,去往古老的非洲冒险,重新寻找精神的家

[①] 蓝仁哲:《雨王亨德森》:索尔·贝娄的浪漫主义宣言.《四川外语学院学报》,2004, 20(6): 31.

[②] 蓝仁哲:《雨王亨德森》:索尔·贝娄的浪漫主义宣言.《四川外语学院学报》,2004, 20(6): 31.

[③] 贝娄:《雨王亨德森》.蓝仁哲,译.北京:人民文学出版社,2016: 1.

园。于是,他踏上了非洲这片神秘的土地。当亨德森刚到达非洲大陆之时,贝娄对他的心情如是描写:

> 在开罗,我乘上公共汽车去参观金字塔和狮身人面像,然后再飞往内地。还在非洲上空飞行的时候,我就十分兴奋;从空中俯视,非洲像是人类的古老繁殖床。置身三英里高空的云海之上,我仿佛是一粒凌空的种子。蜷曲在大地沟壑的河流,在阳光下蜿蜒穿流,像冶炼厂的溶液迕迎着阳光闪烁,一会儿表面结上一层壳,一会儿又隐然不见流向了。绿色的植物地带,在高空几乎看不清,植物仿佛只有一英寸高的光景。我梦想自己悬在云层之下,又回忆起儿时曾卧在云层之上……我不断在想:"多么盎然的生机!啊,生机是如此的盎然!"我感到在这儿可能会交好运……这万紫千红的色彩令人心旷神怡①。

> 我相信,那些石头与我存在着联系。座座山峰光秃秃的,形状像蛇,没有树木覆盖,你可以一眼望见云彩在山坡上聚成的情形。雾气从岩石边升起,投下耀眼的光影,这与通常的雾气不同。总之,开头几天,尽管十分炎热,我感到心情舒畅。晚上,罗米拉尤祈祷之后,我们躺在地上,微风吹拂,我们每呼出一口气,微风又把它送回来。不一会,天弄闪现出沉静的繁星,像在移动歌唱;夜间的雀鸟不时举起羽翼,载着笨重的身躯飞过。世界上还有比这更赏心悦目的吗?我侧耳朝向地面细听,仿佛听见了蹄声,像是躺卧在鼓面上一样;那些蹄声也许是野驴或斑马在成群地奔跑②。

---

① 贝娄:《雨王亨德森》. 蓝仁哲,译. 北京: 人民文学出版社,2016: 41.
② 贝娄:《雨王亨德森》. 蓝仁哲,译. 北京: 人民文学出版社,2016: 45.

我对此有种奇异的感觉。不简单,看样子像是一处原始的地方,一定比尤尔城还要古老。我甚至认为,这儿的泥土都带有古老的气味,于是我说:"我有种预感,这地方对我很适宜。"①

多么盎然的生机和美丽的家园景观!我们知道,家园不仅仅是自己生活的地方,更是自己情感、文化和精神的寄托之所。出发去往非洲之前,亨德森因为远离美丽自然的城市生活感到疲惫不堪,以致他内心总是不断地嘀咕着:"我要!我要!"对比之下,到达非洲的亨德森,还在飞机的时候就已经为空中的云海所吸引。天空中纯净的蔚蓝和地面植物的碧绿使他感到心旷神怡,让他回想起美好的童年,也憧憬着未来能够会交上好运、过上幸福的生活,甚至不禁感叹:"世界上还有比这更赏心悦目的吗?"如此美丽的心境让人联想到华兹华斯的《我独自云游》("I Wandered Lonely as a Cloud", 1807)中展现的纯真质朴。而这份纯粹的美丽仅仅在没有受过工业文明"熏陶"的非洲才能看得到。在这里,他似乎已经找到了回荡在心中的"我要!我要!"的声音的答案。下飞机的亨德森也刹那间被非洲的璀璨星光、鸟语花香、奇珍异兽等自然景观深深吸引,爱上了这片纯净的土地。此刻的非洲大陆对于亨德森而言,是其追寻的内心归宿和理想的精神家园,他继而感叹:

当我已经长途跋涉,翻越了人迹罕至的大山,见过闪烁着橘黄色光辉的星辰,目睹了漫天云彩舒卷在夜空的壮丽景象——总之,这一切是那样清新,就像秋天早晨你走出室外,发现秋天的花朵傲

---

① 贝娄:《雨王亨德森》,蓝仁哲,译. 北京:人民文学出版社,2016: 46.

霜盛开。我在沙漠中日日夜夜的经历使我感到一切都返璞归真了。我深信已经能够完全步出了尘世人寰,因为众所周知,世界是混沌复杂的。而且这一带地方的原始状态也给我留下了深刻的印象,我相信已经到了一个新的地方。[①]

索尔·贝娄出生在加拿大蒙特利尔市郊的拉辛镇(Lachine),父母是来自俄国圣彼得堡的犹太移民。9岁那年,贝娄随全家迁居美国芝加哥,居住在芝加哥洪堡公园(Humboldt Park)附近的贫民区。可以说,贝娄从小就经历过一种家园的失落与追寻。这也使得他的作品"存在浓郁的家园意识……家园之于贝娄并非物质的,而是超验的精神家园"。[②] 就此而言,《雨王亨德森》实际上可以看作一个理想主义者在非洲寻找精神家园的故事。非洲带给亨德森的是"一种回家的感觉,就像一个新发现的美洲大陆",[③] 并代表着"一种自由开放的美国公民意识"。[④] 虽然经历了长途跋涉,翻山越岭,但来到这片赏心悦目的地方后,亨德森的内心世界随即得到了净化。他相信:"在非洲,一个乌托邦正在等待着他。"[⑤] 这里的美丽可以是人生新的开始。从家园意识的角度看,亨德森对古老文明和大自然的眷念之情,既含有浪漫主义作家回归自然的情怀,又像是

[①] 贝娄:《雨王亨德森》.蓝仁哲,译.北京:人民文学出版社,2016: 51.
[②] 赵秀兰:《〈奥吉·马奇历险记〉中的家园叙事》.《北京第二外国语学院学报》,2017, 39(4): 96.
[③] Watson, Tim. "'Every Guy Has His Own Africa': Postwar Anthropology in Saul Bellow's *Henderson the Rain King*." *NOVEL: A Forum on Fiction*, 2013, 46(2): 284.
[④] Weber, Donald. "Review of *The Life of Saul Bellow: Love and Strife, 1965-2005* by Zachary Leader." *Shofar: An Interdisciplinary Journal of Jewish Studies*, 2020, 38(1): 309.
[⑤] Sutherland, Larissa. "Jewish Poetics in Saul Bellow's *Henderson the Rain King*." *Prooftexts*, 2018, 37(1): 107.

海明威非洲题材作品中远离尘嚣、投身大自然的精神生态。尤值一提的是，在瓦利里部落（the Wariri），亨德森因为力大无穷搬动了神像，被当地人奉为"雨王"。这一称号实际上与非洲部落对自然力量的信仰紧密相连，亨德森也因为这一称呼在部落找到了更多的归属感和精神寄托。

小说中的动物书写，特别是亨德森与动物的关系书写也深刻反映了他的内心世界和对精神家园的追寻。亨德森一生的经历与动物有着不解之缘。熊、猪、狮子、牛、猫、青蛙等动物在他的成长过程后频繁出现。亨德森是一名小提琴家，还在他康涅狄格州的庄园里开了养猪场。曾经有一段时间，亨德森不仅酷爱养猪，连其着装打扮也与猪有关：猪皮帽子、猪皮手套、猪皮靴子，甚至身体上也具有了猪的特征，仿佛不"哼哈"就无法呼吸。年轻时，亨德森曾离家出走，在游乐园与一只名叫斯莫拉克的老熊一道表演马戏，夜晚相拥而眠。在亨德森看来，老熊和他一样孤独，二者是无家可归的患难知己：

> 我和可怜的老熊非常接近。因此，在猪进入我的生活圈子之前，我从熊那里获得了深刻的印象。假如说躯体是精神的影子，可见的形体是无形事物的化身；假如说斯莫拉克和我同样无家可归，在观众面前同是两个丑角，在我们自己心上却是兄弟——我受熊的感染，它受人的影响——我接近猪时已经不是一张白纸了……这时，老熊和我却怀着无比的恐惧紧紧抱在一起，在滑行车道上飞速奔驰。我闭上眼睛，把头埋进他稀疏脱落的绒毛里；它把我搂在怀里，给我以安慰。最难得的是它从不责怪我，它饱经人世沧桑，头脑里已经一清二

楚：对于一切生物来说，世上绝没有彼此互不相干的事。①

如果把地球看作一个大家园的话，那么动物作为这个大家园的成员，与人类之间不应该是一种利用与被利用的关系，而是一种共生共存的关系，两者在这一共同的家园编织着生命的网络。小说中，贝娄已经"将地球视为人类生存状况的精髓所在"。②亨德森在与动物的相处过程中，深切地找到了精神上的寄托，体验到自然万物皆为一体的和谐平等的精神家园。他甚至认为，人也好，动物也好，"躯体实际上是精神的影子"。在瓦利里部落，亨德森的到来让孤独的达甫国王感到欣喜。国王也帮助亨德森克服了对各种阴影的恐惧。国王还让他学习狮吼："你现在是一头狮子了。你从心灵上领会领会狮子的环境吧：天空，太阳，丛林中各种各样的动物。你与它们密切相关，蚂蚁是你的表兄弟，天空是你的思想，叶子是你的生活保障。"③而在阿内维部落（the Arnewi）时，亨德森又见到了一个对大自然的关怀无处不在的地方："你必须明白，这儿的人把牲口当作自己的兄弟姊妹或自己的子女，百般加以抚爱。他们用来描绘牛角的种种形状的短语就有五十多个，描绘牛的面部表情的词成百上千，谈论牛的举止更有一套专门的词汇。"④非洲大地作为一片蕴藏着精神与文化营养的异域土地，其精神气质物化在这里的一山一水、一草一木，这里的人和动物身上，也深深地融入了《雨王亨德森》的精神家园书写。

---

① 贝娄：《雨王亨德森》．蓝仁哲，译．北京：人民文学出版社，2016: 313.
② Marshall, Alan. "'Without Explaining': Saul Bellow, Hannah Arendt, and *Mr Sammler's Planet*." *The Cambridge Quarterly*, 2011, 40(2): 147.
③ 贝娄：《雨王亨德森》．蓝仁哲，译．北京：人民文学出版社，2016: 245.
④ 贝娄：《雨王亨德森》．蓝仁哲，译．北京：人民文学出版社，2016: 54.

对于亨德森而言,非洲的世界不仅是地理上的远方,更是一个能够治愈他内心创伤、重新找回生活意义的精神家园。非洲栖息着世界上种类最多、数量最庞大的野生动物群。它们在这片土地上繁衍后代、生生不息。各种各样的野生动物和壮美的自然景观形成一幅幅动人的画面,向人们展现着地球家园的魅力。身处后现代社会的贝娄关注人的生存环境,但这种关心并不是以人类自身为中心的,而是把人作为自然界的一员,大自然平等的一分子来对待,除了描写投身自然的愉悦,贝娄还借助小说人物之口表现热爱自然的家园意识:

我自己原来对狩猎也有兴趣,可是随着年纪渐长,感到以狩猎的方式与大自然打交道有点滑稽。我的意思是说,一个人步入外部世界,他所能做的难道只有向大自然开枪吗?这没有道理。所以在十月里,当狩猎季节到来,火药烟从树丛中冒出,野兽惊吓得四处逃窜,我就出现在自己宣布为禁猎的个人产权地带,把打猎人抓起来带到地方法官面前,罚他们的款。[①]

亨德森来到非洲大地,其目的是寻找现代文明所缺失的东西,并不愿带来杀戮。对于打猎一事,他嗤之以鼻,甚至宣称要惩罚破坏自然的猎人。然而,后来的亨德森却为了帮阿纳维人清除蛙害,而使用了现代文明的产物手榴弹,火烧丛林,爆破炸蛙,结果在炸死青蛙的同时也炸毁了水池,使阿纳维人失去了赖以生存的水源,继而造成了对自然生态的严重破坏。此刻,他不禁发出了自责的声音:"在短短的几分钟内,我便

---

① 贝娄:《雨王亨德森》,蓝仁哲,译.北京:人民文学出版社,2016: 88.

看见了(真恶心!)黄泥池底和那些横七竖八的死青蛙。对它们来说,一惊之下,生命及一切都了结了。可当地的居民怎么办! 牛群被驱赶离开时,不断为流逝的水哞哞哀鸣……这造成了大破坏,我给你们带来了灾难"[1],他追悔莫及:"别原谅我,我真受不了,甘愿死掉。我不是说着玩的,全是真话。就像炸垮的水池一样,我把自己的一切给毁了。我仰起用湿衬衣捂着的面孔,心里满是无法忍受的混乱,我等着依特洛来剖开我的腹,载满狂热和痛苦的赤裸腹部准备接受极刑。"[2] 亨德森的这番悔悟"再次凸显了他那不难理解的精神焦虑",[3] 可以看作贝娄故意设置的情节,借以说明现代文明工具对自然与人类本身的破坏力,并号召人类效法和保护地球家园,与之和睦共处,以免带来自我毁灭的灾难。

另一部蕴含家园意识的小说是《奥吉·马奇历险记》。《奥吉·马奇历险记》是索尔·贝娄早期的一部重要作品,出版于 1953 年,次年即获美国国家图书奖。小说中,贝娄采用了流浪汉小说的模式[4],塑造了一位富有浪漫主义气息,决心追求个人自由和保持自我的反英雄人物奥吉·马奇。虽然奥吉并不像亨德森那样选择远离城市生活,去往遥远的非洲,但两者的故事就精神家园的追寻而言实际上异曲同工。《奥吉·马奇历险记》以奥吉的第一人称叙述"我是个美国人,出生在芝加

---

[1] 贝娄.《雨王亨德森》. 蓝仁哲,译. 北京:人民文学出版社,2016: 101.
[2] 贝娄.《雨王亨德森》. 蓝仁哲,译. 北京:人民文学出版社,2016: 101-102.
[3] Smith, Andrew. "Saul Bellow's Gothic Ontology: *The Victim* and *More Die of Heartbreak.*" *Partial Answers: Journal of Literature and the History of Ideas*, 2024, 22(1): 169.
[4] 流浪汉小说(Picaresque novel),是一种产生于 16 世纪中叶的小说流派。内容上大多是主人公自述一生种种不幸的遭遇,以描写城市下层的生活为中心,从城市下层人物的角度去观察、分析社会上的种种丑恶现象,用人物流浪史的形式、幽默俏皮的风格、简洁流畅的语言,以反映当时严峻的社会现实。

哥",①开启了主人公的家园记忆。奥吉出生于一个贫寒之家,父亲很早便抛妻弃子,母亲靠租赁房屋和外出工作抚养三个孩子:哥哥西蒙、奥吉以及弟弟乔治。虽然母子四人生活在芝加哥社会的底层,但彼此之间的相互热爱和关照照样给予他足够的家园情感:"我喜欢我妈。她是个头脑简单的女人,我从她那儿学到的不是她的教诲,而是她的实际教训。我的兄弟和我都很爱她。"②在成长的过程中,为减轻家庭负担,奥吉曾经做过各式各样的工作:分发广告,递送报纸,为富人做管家,当售货员等。在芝加哥各行业的流浪与冒险经历使奥吉见识了人世百态和生活的种种挑战。虽然奥吉经历了生活中的种种束缚和痛苦,但他依然执着于家园的记忆与追寻,他"仍然不放弃童年时期的梦想——对充满了爱的、田园式美好家园的憧憬"。③对奥吉来说,家不仅是可以挡风避雨的物质空间,还是充满亲情、值得怀念与不懈追寻的精神空间。虽然他的童年生活窘困,甚至经常受人欺凌,成长过程中尝尽了酸甜苦辣,甚至认为:"不管是什么人,只要能保护我,使我不受那到处巨大恐怖和乱成一团的野蛮冷酷所侵害,我便会暂时投入他的怀抱。"④但是童年的家庭生活依然是那么温馨和幸福,童年的记忆仍然如诗如画,宛如一个已然失去,却又苦苦追寻不得的失乐园:

> 一个人成年以后,每逢对生活感到厌腻,通常就会听凭自己暴露种种恶习和缺点,令人讨厌,可是在这之前,都有或理应有一段天

---

① 贝娄:《奥吉·马奇历险记》. 宋兆霖,译. 北京:人民文学出版社,2016: 1
② 贝娄:《奥吉·马奇历险记》. 宋兆霖,译. 北京:人民文学出版社,2016: 1.
③ 赵秀兰:《奥吉·马奇历险记》中的家园叙事.《北京第二外国语学院学报》,2017, 39(4): 97.
④ 贝娄:《奥吉·马奇历险记》. 宋兆霖,译. 北京:人民文学出版社,2016: 504.

真自然、优美如画、不知不觉而过的时光,就像一幅西西里岛上牧羊人谈情说爱的田园画,也像伊里克斯山中能用石块赶走的狮子和从缠结中开钻入岩缝的金蛇。我说的是早年的生活情景;因为每个人都一样,开始是伊甸园,然后经历尘世的种种束缚、痛苦和扭曲,最后死亡,进入冥冥之中,据说从那儿可以盼望永远进入新生。可是眼前,有的只是周围一切的恐惧,阴暗无望的生活、预兆死亡的危迫、恶语中伤的嘴巴和可怕吓人的眼睛,还有那使欢乐茫然不复记忆,对幸福自馁不敢希冀的害怕一切的战战兢兢。没有牧羊人谈情说爱的西西里风情,没有任意涂抹的生活画卷,只有城市中深切的烦恼。而你又被迫过早地卷入那深莫测的城市生活目标之中⋯⋯还能得到什么幸福和解除困苦的良药来替代短笛、羊群和音乐般的、吮乳的童真?[①]

众所周知,儿童时期作为人类生命历程的第一个发展阶段,象征着天真无邪和幸福快乐。短暂而弥足珍贵的童年时光也经常与自然美景和精神家园相联系,正如国内著名学者鲁枢元所说:"童年洋溢着原始的生命力,充满着天然的快乐。这是来自生命本源的赐予,自然对于造物的慷慨馈赠。"[②]"天才一般会回忆起自己的孩提时代的一段时间里,自然界让他们产生一种强烈的共鸣,使他们产生自己与自然过程有一种深刻的联系的感觉。"[③]倘若人类能秉持童真,那么很多精神方面的问题将"像黎

[①] 贝娄:《奥吉·马奇历险记》.宋兆霖,译.北京:人民文学出版社,2016: 104-105.
[②] 鲁枢元:《文学的跨界研究:文学与生态学》.上海:学林出版社,2011: 214.
[③] 鲁枢元:《文学的跨界研究:文学与生态学》.上海:学林出版社,2011: 215.

明破晓时期的黑暗一样,很快消失"。[①]然而,随着年龄的增长,童真时常被外部世界磨灭殆尽。对比之下,一个人成年以后,时常容易"对生活感到厌腻"。"听凭自己暴露种种恶习和缺点,令人讨厌。"这种将童年作为逝去精神家园的书写让我们联想起同时代的美国犹太裔作家 J. D. 塞林格(Jerome David Salinger, 1919—2010)及其经典小说《麦田里的守望者》(*The Catcher in the Rye*, 1951)。正如《麦田里的守望者》中的主人公霍尔顿·考尔菲德(Holden Caulfield)宁愿守护着童年时期的精神家园,成为一名麦田里的守望者,也不愿进入虚伪、自私和贪婪的成人世界,《奥吉·马奇历险记》中主人公奥吉同样渴望守卫这他心目中的"田园画"和"伊甸园"。这份守护折射出贝娄对童年生活的记忆,也体现了贝娄对眼下物质主义的厌恶,对往昔的回忆及对如童年一般美好精神家园的回归与追寻。

此外,城市作为人们生活和工作的场所,其环境和景观也关系到人们的家园情感。城市空间不仅被看作是地理环境的组成部分,更是人们精神寄托和归属感的来源。自童年随同父母亲移居芝加哥以来,贝娄一生的大部分学习、生活、工作都在这个城市度过,芝加哥在贝娄的眼中因此代表了"一系列的情感,就像一个新生命的故事",[②]也理所当然成了贝娄小说关注的城市。但值得深思的是,芝加哥作为一个城市空间,无论从地理,社会或精神的角度而言,对于贝娄小说的大部分主人公都显得格格不入,《奥吉·马奇历险记》也不例外。小说的主要故事发生在 20 世纪 20 年代至 40 年代的芝加哥。贝娄将主人公奥吉塑造为一个城市

[①] Singh, Sukhbir. " 'Socialism of the Soul': Holocaust in Saul Bellow's *The Victim, Journal of Modern Jewish Studies*, 2019, 18(3): 296.

[②] Tong, Yanfang and Shen, Ting. "The Face of the Future: An Affective Mental Time Traveler in Saul Bellow's 'A Father-to-Be'." *Style*, 2024, 58(2): 200.

的流浪汉形象,在流浪过程中怀念和追寻精神家园构成了奥吉人生的基调。芝加哥的社会现实对于奥吉流浪历程的影响是毋庸置疑的。然而,在小说中,我们看到的芝加哥却是一个受到现代工业文明破坏的城市景观和家园环境。整个城市"赤褐色的滚滚浓烟,鳞次栉比地连成大片的炼炉和厂房——在满是青蛙产卵洞的通心草地上,到处是旧锅炉或炉渣堆"。① "这座灰蒙蒙的城市,到处是一条条的黑色轨道,天空弥漫着庞大工业冒出的烟雾,升降兴毁的建筑物就像一座平顶山……可怕的沉寂笼罩在城市的上空,就像一场永远找不到言词的审判。"② 虽然奥吉的一生都在追求与冒险、但他的内心深处却藏着一种回归简朴的精神家园理念。他对那些浮华奢侈的地方甚是反感,向往的仅是简单的物质生活。他认为,"我们当中的一些人,花了很长时间才认识到在大自然中生存的代价,以及你的生命如何才能保持久长。"③ 奥吉的内心深处渴望的是一种与自然融为一体的精神家园。而作为一个国际大都会,芝加哥繁华的经济及现代化城市生活背后的家园环境破坏与奥吉内心深处真正的追求再次形成了鲜明的对比,也无形中再次加深了小说中精神家园追寻的主题。

索尔·贝娄的另一部畅销小说《赫索格》同样含有精神家园追寻的意蕴。对此,有些学者认为《赫索格》"在很大程度上是对纳博科夫《普宁》的翻版"。④ 毕竟这两部校园小说出版时间相隔不到五年,两者都讲述了一位与时代思想格格不入的主人公的故事。两位主人公在某种意义上都是流亡者,都与家庭成员关系紧张。《赫索格》的主人公摩西·赫索

---

① 贝娄:《奥吉·马奇历险记》. 宋兆霖,译. 北京:人民文学出版社,2016: 112-113.
② 贝娄:《奥吉·马奇历险记》. 宋兆霖,译. 北京:人民文学出版社,2016: 531.
③ 贝娄:《奥吉·马奇历险记》. 宋兆霖,译. 北京:人民文学出版社,2016: 454.
④ Naughton, Yulia Pushkarevskaya and Naughton, Gerald David. "Animal Moments in Vladimir Nabokov's *Pnin* and Saul Bellow's *Herzog.*" *Symploke*, 2015, 23(2): 121.

格(Moses Herzog)是一位学识渊博的犹太裔大学历史教授,是20世纪60年代典型的美国犹太知识分子。他饱读史书,崇尚理性,关心人道和文明,关注人类的生存状况。然而,他的个人生活的道路上却障碍重重,阴霾密布,受尽了精神上的折磨。在小说的开篇,贝娄就用了一定的笔墨将赫索格的精神迷惘与其居住的家园环境书写联系在一起:

> 赫索格独自待在一幢老大的旧房子里……有时,他会跑到杂草丛生的花园里去采摘悬钩子,心不在焉地小心翼翼地把它们那长满刺的藤蔓牵起来。他睡的是一张没铺被单的床垫——这是他久已弃而不用的结婚时的床——有时他就裹着大衣睡在吊床上。花园里,四周围着他的是长得高高的杂草、刺槐,还有小枫树。晚上醒来睁开眼,只见点点星光近似鬼火。当然,那不过是些发光体,是些气体:无机物、热量、原子……①

赫索格所住的是一幢破旧的老房子,屋内环境极其简陋。虽然屋外有一花园,但花园内杂草丛生,毫无美感,就连晚上的星光也看着近似鬼火。更值得一提的是,在屋内,赫索格睡的是一张没铺被单的床垫,那是一张"久已弃而不用的结婚时的床",此处的描写无形中加深了一种精神家园失落的印记。赫索格经历过两段失败的婚姻。尤其在第二段婚姻中,妻子马德琳(Madeleine)与他的好友私通,并将他撵出了家门,让他像个无家可归的人游离于家庭和社会之外,找不到精神寄托。无奈之下,他只能以一种给天下人写信的荒诞行为麻痹自我。贝娄不仅运用了

---

① 贝娄:《赫索格》.宋兆霖,译.北京:人民文学出版社,2016: 1.

某种类似意识流的叙述手法,较为清晰地呈现了主人公赫索格内心思想的变化,还通过赫索格在精神错乱中的种种追忆、联想、思考和一封封不曾邮寄的书信,揭示了美国知识分子精神危机,展现了主人公精神家园的失落。比如在赫索格的追忆、联想和思考中,读者可以看到,他与父母、儿女、妻子,乃至国家、自我之间的关系都不理想:"他待第一个妻子戴西很糟糕。第二个妻子马德琳则要把他搞垮。对儿女,他虽然不乏慈爱,但仍是个坏父亲;对父母,他是个忘恩负义的儿子;对国家,他是个漠不关心的公民;对兄弟姐妹,虽然亲爱,但平时很少往来;对朋友,自高自大;对爱情,十分疏懒……对自己的灵魂,不敢正视。"[1] 尽管或许许多人(包括他自己)都认为他疯了,但他仍然带着那只装满信件的手提旅行箱,继续精神家园追寻的旅程:"从纽约到玛莎葡萄园,但立刻又转了回来;两天后,他飞往芝加哥,接着又从芝加哥前往马萨诸塞州西部的一个乡村。"[2] 而为了追寻人生的真谛,他在信中敢于与历史上的一些重要人物,如艾森豪威尔(Dwight David Eisenhower, 1890—1969)、马克思(Karl Marx, 1818—1883)、马丁·路德·金(Martin Luther King, Jr., 1929—1968)、海德格尔(Martin Heidegger, 1889—1976)、尼采等展开思想的对话。难怪有学者指出赫索格的信覆盖了"自由、人生和浪漫主义"。[3] 精神家园的失落与追寻对于理解小说的主题无疑具有不可忽视的重要意义。

尽管赫索格的人生充满了坎坷与挫折,但他始终没有放弃对精神家园的追求,最终在与情人雷蒙娜(Ramona)的隐居生活中找到了情感的

---

[1] 贝娄:《赫索格》. 宋兆霖,译. 北京:人民文学出版社, 2016: 5.
[2] 贝娄:《赫索格》. 宋兆霖,译. 北京:人民文学出版社, 2016: 1.
[3] Teymouri, Tohid, Ladani, Zahra Jannessari and Abbasi, Pyeaam. "Writing Space and Death Experience in Saul Bellow's Novels." *Critique: Studies in Contemporary Fiction*, 2023, 64 (2): 261.

归宿,也实现了自我救赎。小说结尾处,身心疲惫的赫索格回到了他在伯克夏的乡间住所。此时的家园环境书写与上文提到的破旧老房子形成了鲜明的对比:"伯克夏美丽、闪光的夏天气候,空气清新,溪流汩汩,草木葱葱,绿荫青翠。说到鸟,赫索格的那几亩田庄,似乎已经成了鸟的乐园。"[①]漫游在那二十英亩的山坡上和林子里,在这纯净而美丽的自然怀抱中,赫索格受伤的心灵得到了片刻的抚慰,纷乱的心绪也稍微恢复了平静。他以草木为伴,以小鸟为伍,投身在美丽的自然环境中,找到了自己的精神家园:"这是他自己的,是他的家;这些是他的桦树,梓树,七叶树。是他的可怜的安宁的梦。"[②]可以说,此刻的赫索格已经从先前那只会乱写书信的怪人,变成了一个超凡脱俗的隐士,过着令人羡慕的生活。毕竟,"自给自足和隐居,清白高尚,所有这一切是如此富有诱惑力,听来如此天真纯洁,这种生活真是太适合脸露笑容的赫索格了"。[③] 这一结尾无疑更加凸显索尔·贝娄小说人物精神家园的追寻与回归的历程,也让读者更能感受到贝娄作品中浓厚的家园意识。

《洪堡的礼物》是索尔·贝娄另一部广受好评的长篇小说,其家园意识也值得一番探讨。这部小说以叙事者查理·西特林(Charlie Citrine)的视角,讲述了他与已故好友洪堡之间的故事。正如霍米·巴巴曾经说过,"记忆从来不是一场平静的回顾或自省",[④]在《洪堡的礼物》中,索尔·贝娄将西特林和洪堡两个主人公对于人生的回顾以支离破碎的片段形式,通过西特林的记忆呈现了出来。西特林在物质主义盛行的美国社会找不到一个给予他归属感和安全感的家园空间。无论在芝加哥

---

① 贝娄:《赫索格》. 宋兆霖, 译. 北京:人民文学出版社, 2016: 364.
② 贝娄:《赫索格》. 宋兆霖, 译. 北京:人民文学出版社, 2016: 380.
③ 贝娄:《赫索格》. 宋兆霖, 译. 北京:人民文学出版社, 2016: 366.
④ Bhabha, Homi. *The Location of Culture*. New York: Roultedge, 1994: 63.

或在纽约，复杂的社会关系都让他无所适从。他曾一度在洪堡的提携下取得了事业的成功，过上了奢华的生活，但在享乐纵欲的同时却遭到了来自外界的种种压力与烦恼。他的前妻、情妇乃至社会上的流氓都屡次试图将双手伸进他的腰包，使他最终破产。本质上，他是一个找不到属于自己的精神家园，游走在城市空间外的边缘人，只能躲进自己封闭的空间里追忆故人故地。

学者威尔斯·萨洛蒙（Willis Salomon）认为，西特林"在某种程度上代表了贝娄本人。他作为作家的公众成就远远超过了他那个正在走下坡路的老师，并在小说中发声，呼吁在文学与知识文化即将衰落之际坚守其精神。"[1] 如果从西特林失败的生活和工作经历来看，这一观点显然并不合适。然而，若以精神家园追寻的角度细细探讨，却别有一番深意。从西特林的追忆中，我们知道，洪堡生前是一位才华横溢的诗人，但其才华并未得到应有的认可，甚至时常遭人嫉妒。他曾生活在文人云集的纽约格林尼治村，却屡屡遭到一些文人的恶意中伤，他只得和新婚的妻子搬到新泽西的偏远乡村，经历着一种和西特林一样的家园失落感。西特林认为这是"一种永恒的人类感觉……一种失去了的故国旧土"，[2] "洪堡把今天的世界看成是昔日故国旧土的一种令人激动的缺乏人性的模仿。他把我们人类说成乘船遇难的旅客……在这新泽西州的乌有乡和光辉的故国旧土之间来去行还，该需要什么样的天才和信念啊！"[3] 但对于洪堡而言，这次的迁移却像是帮他寻得了一个能够让自己心灵得到安宁和归

---

[1] Salomon, Willis. "Saul Bellow on the Soul: Character and the Spirit of Culture in *Humboldt's Gift* and *Ravelstein*." *Partial Answers: Journal of Literature and the History of Ideas*, 2016, 14(1): 128.

[2] 贝娄：《洪堡的礼物》. 蒲隆，译. 北京：人民文学出版社，2016: 27.

[3] 贝娄：《洪堡的礼物》. 蒲隆，译. 北京：人民文学出版社，2016: 28.

属的家园:"一对新婚夫妇,从格林尼治村迁居到饶有田园风光的新泽西州。我去拜访他时,他大谈土地、树木、花卉、橘子、太阳……一直谈到威廉·布莱克在费尔彭和弥尔顿的伊甸园,他离开了城市。城市令人厌恶。"[1] 尽管这屋子位于穷乡僻壤,屋里的家具不是从廉价商店买的,就是仓库里的积压品,或者通过教堂义卖会购置,但整个屋子好像建筑在书报构成的地基上。洪堡和西特林两代作家和家人坐在客厅里,一起把酒言欢,畅谈创作,欣赏家园美景。比起表面繁华,却充满喧嚣与骚动的城市空间,这一位于郊区旷野的房屋空间带来的家园气息毫不逊色,也更能够体现这两代作家对于艺术的追求,对于精神的坚守。

在索尔·贝娄小说创作的年代,美国科学和技术的发展创造了丰裕的物质生活,但人的精神世界却变成了缺乏情感、人道、尊严和信仰的一片荒原。人们只对物质生活感兴趣,人与人、人与社会、人与自然之间的关系变得异常疏远。贝娄身处这样一个世俗的时代,他深知传统人文价值的失落源于物质主义的快速发展。为了减少现代社会普遍存在的精神困惑,贝娄希望笔下的人物能够与读者实现更深的情感共鸣。因此,叙述者往往在小说开头就"直接向读者寒暄几句",[2] 紧接着开始"谈论他们的精神之旅,希望实现在某个'彼岸'与家人重聚的愿望"。[3] 约瑟夫也好,亨德森、赫索格、洪堡、西特林等人也好,他们的危机实际上是少数族裔群体在美国社会"边缘化"的精神危机,也是现当代社会人类的精神危

---

[1] 贝娄:《洪堡的礼物》. 蒲隆,译. 北京:人民文学出版社,2016: 19.

[2] Newman, Judie. "Saul Bellow and the Theory of Comedy: 'Him with His Foot in His Mouth' from Page to Stage." *Partial Answers: Journal of Literature and the History of Ideas*, 2016, 14(1): 160.

[3] Cronin, Gloria L. "Review of *Saul Bellow: Letters*." *Philip Roth Studies*, 2011, 7(2): 222.

机。他们犹如法国作家加缪（Albert Camus，1913—1960）笔下的"局外人"①，对现实世界倍感荒谬、失望和无际的孤独。唯有在不断的反思、追问与回忆中，在精神家园的回归与追寻中，才能找到积极的人生意义。

第二节　托妮·莫里森：种族奴役与平等家园

托妮·莫里森（Toni Morrison，1931—2019）是美国当代最著名的非裔女性作家之一。她出生于俄亥俄州，求学路上曾专攻威廉·福克纳和弗吉尼亚·伍尔芙（Virginia Woolf，1882—1941）的小说研究，毕业后曾在知名出版公司兰登书屋②担任高级编辑，后赴纽约州立大学、耶鲁大学、巴尔德学院、普林斯顿大学等名校讲授黑人文学和文学创作。莫里森的主要代表作包括小说《最蓝的眼睛》（*The Bluest Eye*，1970）、《秀拉》（*Sula*，1973）、《所罗门之歌》（*Song of Solomon*，1977）、《柏油娃娃》（*Tar Baby*，1981）、《宠儿》（*Beloved*，1987）、《爵士乐》（*Jazz*，1991）、《天堂》（*Paradise*，1999）、《爱》（*Love*，2003）、《恩惠》（*A Mercy*，2008）、《家》（*Home*，2012），以及多部文学评论集。作为兰登书屋有史以来第一位黑人女性高级编辑，莫里森参与编辑的《黑人之书》

---

① 出自加缪的小说《局外人》（*L'Étranger*，1942），为加缪所作的存在主义文学代表作品。
② 兰登书屋（Random House）是美国一家历史悠久的出版公司，成立于1925年，由贝内特·瑟夫（Bennett Cerf）和唐纳德·克洛普夫（Donald Klopfer）创立。兰登书屋在整个20世纪的世界图书界中扮演了举足轻重的角色，不仅因为它是全世界最大的出版集团之一，还因为它在现代西方文化发展中起到了潜移默化的引领作用。兰登书屋也一直被认为是国际上著名的文学出版商，所出版的图书获得了众多文学奖，包括诺贝尔文学奖和普利策奖等。2013年，兰登书屋与企鹅出版集团（Penguin Group）合并，成为现在的企鹅兰登（Penguin Random House），其规模在全世界的出版机构中首屈一指。

(*The Black Book*, 1974)记载了美国黑人三百年的历史,被称为美国黑人史的百科全书。她还曾推动拳王穆罕默德·阿里(Muhammad Ali, 1942—2016)的自传《最伟大的:我的故事》(*The Greatest: My Own Story*, 1975)和一些青年黑人作家作品的出版,努力提升黑人文学在美国文坛的地位。在小说创作方面,学界普遍认为莫里森继承和发扬了拉尔夫·埃利森(Ralph Ellison, 1914—1994)和詹姆斯·鲍德温(James Baldwin, 1924—1987)等黑人作家的文学传统。在创作手法上,许多读者认为其简洁明快的手笔具有海明威的风格,情节的神秘感又与同为南方作家的诺贝尔文学奖得主福克纳颇为相似,并能从中感受到拉美魔幻现实主义的风格。莫里森一生笔耕不辍,著作等身,其作品历史感强,具有强烈的艺术感染力,曾获美国普利策小说奖、美国国家书评人协会奖、美国国家图书奖等多项大奖。1993年,莫里森因"其作品想象力丰富,富有诗意,显示了美国现实生活的重要方面"荣膺诺贝尔文学奖,成为美国历史上唯一获此殊荣的非裔女性作家。

莫里森的小说以丰富的主题和典型的创作风格吸引了国内外学者的广泛关注。自20世纪70年代中期起,学界就莫里森小说中的文化身份、女性主义、精神创伤、心理分析、神话原型、后殖民、新历史主义、叙事策略、悲剧意识等多个视角展开了多方位的深入研究,产出了一系列丰硕的成果。然而无论从哪个角度研究莫里森的小说,我们都难以撇开莫里森作为非裔作家对黑人生活及历史根源的关注,对黑人文化的推崇,以及对黑人渴望摆脱种族歧视,追寻一个种族平等的精神家园的历程。在1992年出版的文学批评论文集《在黑暗中游戏:白色和文学想象》(*Playing in the Dark: Whiteness and the Literary Imagination*)中,莫里森曾指出:"一个真实的,或想象中的黑人的存在对于他们美国性的看法至关重要。"① 她坚信:"正是因为黑人的存在,并以他们的存在为参照物,美国文学才能作为一个连贯的整体受到世界的重视。"② 因此,她的小说"深深植根于美国黑人独特的历史、传说和现实生活之中,跳动着时代的脉搏。无论是在思想内容方面,还是在叙述手法的运用上,都将黑人小说推向一个新的高度"。③ 更值一提的是,2012 年,小说《家》出版后,时任美国总统的奥巴马(Barack Hussein Obama, 1961—)为莫里森颁发了代表美国最高平民荣誉的"总统自由奖章"④。奥巴马认为:"托妮·莫里森的小说带给我们的那种道德和情感上的触动几乎无人能及。从《所罗门之歌》到《宠儿》,她一直用她极具诗意、准确、独一无二,而且大气包容的语调深深触动着我们。她相信语言指向的是意义的所在地。"⑤ 莫里森过世不久,奥巴马还在其推特上发表纪念文字,称莫里森为美国的"国宝",认为她"是一个优秀的故事讲述者,她的写作时对我们的良知和道德想象力来说是一次富有意义的挑战"。⑥ 奥巴马是美国历史上第一位非裔总统,他对种族问题一直非常关注,也一直强调种族之间的融合团结。奥巴马对莫里森在道德与情感等方面书写的肯定无疑为

---

① Morrison, Toni. *Playing in the Dark: Whiteness and the Literary Imagination*. Cambridge: Harvard University Press, 1992: 6.
② 转引自刘白:《美国非裔文学中的城市书写研究》.长沙:湖南师范大学出版社,2022:153.
③ 转引自刘白:《美国非裔文学中的城市书写研究》.长沙:湖南师范大学出版社,2022:153.
④ 总统自由勋章(Presidential Medal of Freedom),是美国最高荣誉的文职勋章之一,与国会金质奖章并列为美国平民的最高荣誉。该勋章由美国总统一年一度颁发,旨在表彰在科学、文化、体育、社会活动等领域作出杰出贡献的平民。
⑤ 转引自胡俊:《后现代政治化写作:当代美国少数族裔女作家研究》.北京:中国社会科学出版社,2014:17-18.
⑥ 引自奥巴马个人推特文字,原文为:Toni Morrison was a national treasure, as good a storyteller, as captivating in person as she was on the page. Her writing was a beautiful, meaningful challenge to our conscience and our moral imagination. What a gift to breathe the same air as her, if only for a while.

莫里森小说中的种族话题研究价值增色不少。

作为少数族裔群体灵魂与身体的归宿,"家园"经常被视为少数族裔文学研究经久不衰的主题。对于擅长书写黑人的生活状况及其种族群体历史变迁的莫里森而言自然也不例外。国内学者胡俊认为,家园"是莫里森小说中挥之不去的一个主题"。[①] 诚然,纵观莫里森的诸多作品和她的生活经历,我们发现莫里森从未放弃过对理想家园的追寻和期待,就如莫里森曾经宣称:"种族和家园的话题是我写作中首要关注的。"[②] 在莫里森的小说中,"非裔美国人孜孜不倦地追求属于他们的美好家园,而这样的执着正是源于他们种族的身份使他们经历过无家可归、流离失所、四处漂泊,让他们无法得到一种在家的温暖和安全感"。[③] 从某种程度而言,莫里森小说中的家园意识与学界普遍关注的种族、文化、性别、历史等研究角度有着深刻的渊源。因此,家园意识无疑是莫里森小说中值得深入探讨的话题。

如同许多其他作家一样,莫里森小说中的家园意识根源于从小的家庭记忆。虽然莫里森出生在美国中西部的俄亥俄州,但父母双方的祖上都是南方佃农。尽管 1865 年南北战争后,臭名昭著的奴隶制被废除,但种族隔离、低水平教育及较差的经济地位仍然困扰着原为南方种植园奴隶的黑人的现实生活。于是,无数黑人为了逃离种族歧视依然严峻的南方,举家迁往北方城市追寻新的生活。莫里森的家庭也是如此。由于出

---

① 胡俊:《后现代政治化写作:当代美国少数族裔女作家研究》.北京:中国社会科学出版社,2014: 22.
② 转引自胡俊:《后现代政治化写作:当代美国少数族裔女作家研究》.北京:中国社会科学出版社,2014: 23.
③ 胡俊:《后现代政治化写作:当代美国少数族裔女作家研究》.北京:中国社会科学出版社,2014: 23.

生于大萧条时期,莫里森一家的家境一度非常艰辛。父亲是船厂的焊接工,母亲在一个白人的家里做帮佣。为了逃避种族歧视和贫穷,父母带着她离开了南方的家园,可是到了北方,他们发现根本难以忘却曾经的那段故乡情感。莫里森将这段记忆投射到她的小说中。在一部以黑人传统音乐文化为题的长篇小说《爵士乐》的序言中,莫里森就开门见山地提到:

> 我还有记忆。
> 一九二六年,我母亲二十岁,我父亲十九岁。五年后,我出生了。他们都是在小时候就离开南方的,满脑袋都是混合着古怪的思乡之情的鬼怪故事。他们放二十年代的唱片,唱二十年代的歌曲,读二十年代的书报,穿二十年代的衣服,说二十年代的语言,还没完没了地就"黑人的地位"展开辩论。①

虽然来自南方,但莫里森的大多数小说故事地点并不在南方。然而南方作为莫里森家族或祖先的家园,其意象频繁出现在莫里森小说主人公的记忆里,并且经常伴随着某种"古怪的思乡之情"以及关于"黑人的地位"的辩论。她在小说中构建的人物角色"很多都有生长在南部的经历,即使不少人选择从南到北,可是魂牵梦萦的还是南部……南部似乎成了非裔美国人挥之不去的牵挂,既有屈辱的过往,也有顽强的抗争"。② 比如,《所罗门之歌》描写北方城市中产阶级黑人青年"奶娃"

---

① 莫里森:《爵士乐》. 潘岳, 雷格, 译. 海口:南海出版公司, 2013: III.
② 胡俊:《后现代政治化写作:当代美国少数族裔女作家研究》. 北京:中国社会科学出版社, 2014: 23.

（Milkman）南行故土寻找金子，却意外找到家族之根。《家园》中的主人公弗兰克·莫尼（Frank Money）参加了朝鲜战争，但归国后发现为国效忠的黑人士兵并没有得到善待。他像海明威笔下的尼克·亚当斯那样孤独迷惘。在收到一封来信知道妹妹生命垂危后，他立刻和妹妹一起返回了南方的故乡，在属于自己的家园中重新认识了生命的意义。《爵士乐》虽然表面上是一个关于三角恋和情杀的故事，实际上展现了包括莫里森的家庭在内的美国黑人的迁移历史、思乡之情，以及他们通过迁移的方式追寻精神家园的心路历程。这部小说在叙述视角上借鉴了代表黑人传统文化之一的爵士乐演奏方式——即兴变化的特点，在叙述手法和创作风格上"抵制了传统的小说形式"，[1]以叙述者的故事以及多个叙述者从不同的角度叙述共同构成。主体故事以乔·特雷斯（Joe Trace）、维奥莱特（Violet）和多卡丝（Dorcas）的三角恋恩怨为主要脉络，其间加入了多个回忆片段。小说之所以选择如爵士乐般的叙事方式，除了展示黑人传统音乐文化之外，还和黑人们家园情感的破碎、精神家园的失落以及对理想家园的追寻有着千丝万缕的联系，正如莫里森曾如是评价爵士乐的魅力："当你听到黑人音乐——爵士乐的前奏时，你意识到黑人们在谈论别的事情，他们在谈论爱，谈论失落。但在那些抒情曲里却有着崇高和满足。黑人们从来没有幸福过，而总是面临离别，以及失去爱情、感情和性爱的危机，最终还是失去了一切。但这所有的一切并不重要因为这是他们的选择。选择你爱的人才是大事。爵士乐强化了这样的一个主题——爱的空间是用自由置换的。"[2]"古典音乐赏心悦目，听完就结束

---

[1] Jewett, Chad. "The Modality of Toni Morrison's *Jazz*." *African American Review*, 2006, 48(4): 445.
[2] 转引自龚玲：《托妮·莫里森小说的悲剧意识研究》. 厦门：厦门大学出版社, 2020: 210.

了。黑人音乐却不。爵士乐总是让你紧张不安没有结束和弦。这使人痛苦不堪……我想我的作品也起到同样的效果。"[1]难怪学者艾萨克·理查德斯(Isaac Richards)指出,这部小说将"音乐和文学相结合,同样探索了乔和维奥莉特等人物用来度过艰难时期的文化资源"。[2]它讲述的是一个"关于边缘化和压迫的历史故事"。[3]小说的标题借助了黑人传统音乐文化,但在内容上明显超越了音乐文化,广泛探讨如何"直面他们的别离和失去",[4]更在很大程度上触及了黑人内心深处对于精神家园的记忆与追寻。

迈克·克朗在《文化地理学》中多次提到室内空间或房屋内部安排的精神和社会意义。克朗指出:"家庭内空间安排的惯例说明了我们信任的社会关系的类型和维持这种关系的社会活动性质。……家庭住宅内私人空间的设立使人们的伦理道德观念和性别观念表现在房屋的结构中了。"[5]"通过考察地理景观的空间格局和造成这种格局的实践活动,我们能够了解本民族和其他民族的宇宙观。地理人文景观并非仅有简单的自然属性,它总是与特定的文化相连。"[6]按照克朗的说法,小说主人公所居住的房屋内部私人空间样貌以及各种家具的摆设都具有精神、社会与文化属性,也能够代表一种典型的家园景观和家园情感。莫里森擅长房

---

[1] 转引自龚玲:《托妮·莫里森小说的悲剧意识研究》.厦门:厦门大学出版社,2020: 210-211.
[2] Richards, Isaac. "The Rhetoric of Unreasonable Optimism: Toni Morrison's Novel *Jazz* and the Jazz Age." *The Journal of American Culture*, 2022, 45(4): 359.
[3] Singh, Amardeep. "Catachresis at the Origin: Names and Power in Toni Morrison's Fiction." *South Central Review*, 2024, 41(1): 29.
[4] 龚玲:《托妮·莫里森小说的悲剧意识研究》.厦门:厦门大学出版社,2020: 211.
[5] 克朗:《文化地理学》.杨淑华,宋慧敏,译.南京:南京大学出版社,2003: 37-38.
[6] 克朗:《文化地理学》.杨淑华,宋慧敏,译.南京:南京大学出版社,2003: 40.

第三章 少数族裔小说中的家园图景

屋意象的描写,她笔下的房屋不仅是主人公居住的物理空间,更承载着深邃的精神、社会和文化含义。例如,在《爵士乐》的开篇中,我们看到莫里森非常注重主人公维奥莱特和乔·特雷斯两人居住的房屋的空间书写。由于经济和社会地位的原因,搬到北方城市的维奥莱特和乔住不起豪华的房子,他们租住的房间既黑暗又狭小,"就像一个个蒙了布的空鸟笼子一样"。[①] 但即便如此,他们也不愿学习城市里面白人摆设家具的方式,而是倾向于根据自己日常的习惯摆放家具。只因对维奥莱特和乔而言,这是一种更加舒适的家园空间:

> 远处是饭厅、两间卧室、厨房——全都位于楼房的正中央,这样,月光或是街灯的光就不能从公寓的窗户中照进来。卫生间的光线最好,因为它从厨房那边伸了出去,下午能受到日照。维奥莱特和乔摆放家具时没有参考《现代主妇》里的房间布置,而是照顾身体的习惯,一个人从一间屋子走到另一间屋子不会撞到什么,坐下来干事情也得心应手。[②]
>
> ……
>
> 哪怕他们租住的房间比小母牛的牛棚还要小、比早晨的厕所还要暗,他们还是留下来看自己的同类,在观众中间听自己的声音,感觉自己走在大街上、在几百人中间,这些人走起路来样子是相同的,这些人说起话来,不论口音如何,对待语言就像摆弄同一种复杂的、听话的玩具……马洛里先生永远不会像对待白人那样付给他们每小时五十美分。是合十祈祷的手掌,焦躁不安的呼吸,逃亡者们

---

① 莫里森:《爵士乐》. 潘岳,雷格,译. 海口:南海出版公司,2013: 10.
② 莫里森:《爵士乐》. 潘岳,雷格,译. 海口:南海出版公司,2013: 11.

> 安静的孩子,他们来自俄亥俄州的斯普林菲尔德、印第安纳州的格林斯堡、特拉华州的威尔明顿、路易斯安那州的新奥尔良,因为丧心病狂的白人已经在家乡的每一条小路、每一个角落口吐白沫了。[①]

《爵士乐》书写的是身处"爵士时代"的美国南方黑人为了追寻美好家园而搬进北方城市后的故事。对于小说中的黑人而言,"从南方乡村到北方城市的这场大迁徙并不是单纯的地理迁徙,它同样也是一趟心理迁徙之旅"。[②] 小说的男主人公乔童年生活漂浮不定,自幼饱受无家可归之苦,于是他离开故乡,寻找新的家园空间。多卡丝年方十八,与乔同样有着自幼的家园破碎经历,两人一度在彼此身上寻得精神慰藉,可当发现多卡丝移情别恋时,乔再次经历了精神家园失落的痛苦。乔开枪杀人自是犯罪,但他在多卡丝身上付出的刻骨铭心的爱情,他对妻子不能生育的内疚,以及母亲因为精神错乱而不知所终,这一切都是他精神上难以抹去的创伤和印记,也都与奴隶制和种族歧视撇不开关系。为此,乔真正需要的仍然是一场精神家园的迁徙之旅。维奥莱特在大闹多卡丝的葬礼之后又开始试图更多地了解多卡丝,从而渐渐消除对乔的恨。在多卡丝死后的几个月里,她从未停止寻求内心的平静、抚平内心的创伤,这也是一趟心理上的迁徙之旅。莫里森将维奥莱特和乔的故事置于"哈

---

① 莫里森:《爵士乐》. 潘岳,雷格,译. 海口:南海出版公司,2013:33.
② 刘白:《美国非裔文学中的城市书写研究》. 长沙:湖南师范大学出版社,2022:159.

莱姆文艺复兴时期"[1]以及哈莱姆区的历史和社会背景中,其中也包含了明显的家园意识。这一时期美国白人社会的经济繁荣,阶级地位高人一等,而黑人的生活境况较之南北战争前并没有太多的改善。他们始终在以白人为尊的社会环境中找不到精神与文化的归属感。为此,他们一直追寻着一个种族平等、和谐温暖的精神家园。彼时的哈莱姆区也由于这一黑人的共同理想一跃成为全国最大的黑人聚居区,或者说成为黑人文化的中心地带以及黑人心目中新的家园空间。在哈莱姆区,许多黑人通过文学、艺术等各种形式让黑人的精神与文化发出更加响亮的声音,试图争取更多的自由平等和民族文化自豪感。同样按照上文迈克·克朗关于家庭内部空间安排与社会关系相联系的说法,我们发现,维奥莱特和乔这对黑人夫妻之所以不屑于学习白人社会主流的家具摆放方式,实际上是其内心深处的一种无形的精神抗争。他们难以在公开场合反对白人文化,只能在家庭的私密空间里将自己的想法付诸实践。只有这样,他们才能够"坐下来干事情也得心应手"。毕竟他们知道,即使自己居住的房间"比小母牛的牛棚还要小、比早晨的厕所还要暗",但这样一来,至少能够"留下来看自己的同类,在观众中间听自己的声音"。他们也知道,在以白人文化和社会地位为主流的北方,无论黑人们平时多么卖力地工作,所得到的工资也不及白人。更有甚者,"丧心病狂的白人已经在家乡的每一条小路、每一个角落口吐白沫"。[2]寥寥数语,莫里

---

[1] 哈莱姆文艺复兴(Harlem Renaissance),又称新黑人运动(New Negro Movement),是20世纪20年代至30年代初发生在美国纽约哈莱姆区的一场重要文化运动。这一时期,美国经济快速增长,"一战"刺激了美国工业发展,大量美国南部黑人涌入北方城市充当劳动力,寻找经济机会和文化可能,随着生活水平教育等方面的改善,独立意识及自尊逐渐得到培养;同时,"一战"归来的黑人老兵不再愿意接受二等公民的待遇,开始要求平等,黑人民族意识逐渐觉醒。

[2] 莫里森:《爵士乐》.潘岳,雷格,译.海口:南海出版公司,2013: 33.

森对种族歧视的批判及黑人渴望摆脱精神与文化奴役的家园追寻的书写可见一斑。

学者沙伊伯·安德鲁(Scheiber Andrew)认为:"莫里森笔下的哈莱姆具有双重的属性,它既是与南方的过去有着联系的文化社区,也是新近凝聚起来的黑人消费者群体的文化社区。"[1]诚然,《爵士乐》中的哈莱姆区具有非常浓厚的精神与文化家园属性。小说中,以维奥莱特和乔为代表的南方黑人怀抱着对城市生活的美好向往,离开熟知的南方家园,长途跋涉踏入北方城市追寻新的家园。哈莱姆区作为黑人聚居的家园空间,其自然人文景观、社会关系、黑人对城市的情感等元素理所当然地成为小说家园书写的一个重要部分。比如,当黑人们来到城市后,首先映入他们眼前的是城市的天空:

> 没有什么比得上大都会的夜空。它能够把自己的表层抹去,变得比海洋本身更像海洋,幽深而没有星星……这笼罩在一座灯火辉煌的城市上方的夜空,就能够不再梦想我所知道的东西是在海洋里,以及它所喂养的海湾和支流中:一架双座位的飞机,机头插在污泥里,驾驶员和乘客两个人目不转睛地望着成群的青鱼游过;装在帆布袋子里的钱被海水泡咸,或者从那用来永远箍住它们的金属带子里露出边缘,轻轻飘摆。它们就在下面,同那些龙虱和从鱼鳍甩出的鱼卵待在一起,同那些选错了父母的孩子们待在一起,同那些从过时的楼房上撬下来的卡拉拉大理石板待在一起。那儿还有瓶子,用美丽得可以同星星媲美的玻璃制成,我是看不见头顶的星

---

[1] Andrew, Scheiber. "Jazz and the Future Blues: Toni Morrison's Urban Folk Zone." *Modern Fiction Studies*. 2006, 52(2): 481.

星的,因为城市的天空把它们藏了起来……

然而城市的天空所能做的还不止于此。它能变成紫色,同时保留一颗橘红的心……[1]

家园是人们生活的住所,既包括主人公居住的房屋,也可以包括更广泛的范围,如整个社区、城市或国家。如果把城市看作一个家园,那么它首先是一个由各种城市自然和人文景观的意象构成的整体。城市的夜空虽然灯火辉煌,但更让叙述者留心的却是他看不见天上的星星,因为星星被天空"藏了起来"。天空还能"把自己的表层抹去,变得比海洋本身更像海洋"、"它能变成紫色,同时保留一颗橘红的心"。天空变幻莫测,但却多了一份模糊和迷茫的意象,一如菲茨杰拉德笔下那充满精神迷惘与孤独的"爵士时代"。比起天空的景观,叙述者联想到的却是海洋以及"插在污泥里的机头","被海水泡咸的帆布袋子里的钱","选错了父母的孩子们"。天空和海洋的景观如此令人捉摸不透,那地面的景观又是如何呢?关于城市的高楼大厦,书中写道:"日光斜射,像刀片一样将楼群劈为两半。在上半块,我看见一张张面孔,很难说清楚哪些是真人,哪些是石匠的手艺。下半块是阴影地带,所有玩厌了的把戏都在那里发生:单簧和调情,拳头和伤心女人的哭声。"[2] 显而易见,这里的上下两个半块隐喻的是种族隔离。阴影地带指的是黑人生活的房屋或地区。在那里,叙述者看到的是"拳头",听到的是"伤心女人的哭声"。这些所谓"玩厌了的把戏"不恰恰是黑人遭受白人欺凌的画面吗?可以说,通过书写城市空间所呈现出的家园景观与意象,我们再次感受到"美国黑人边缘

---

[1] 莫里森:《爵士乐》. 潘岳,雷格,译. 海口:南海出版公司,2013:35-36.
[2] 莫里森:《爵士乐》. 潘岳,雷格,译. 海口:南海出版公司,2013:5.

化的社会地位、被'移位'的文化价值观使他们失去身份,失去自我,被'流放'失根的痛楚成为他们心头挥之不去的阴影"。[1] 莫里森对于种族歧视和种族隔离的批判再次跃然纸上。

在另一部知名小说《柏油娃娃》的前言中,莫里森同样开门见山地回忆起她的家庭:

> 美食,特别关注,风趣,或是充满爱意的严厉——这些元素常常会让人对祖母的回忆更加甜蜜。无论是真实的,抑或经过时间和失落的过滤,祖孙关系总会以一种温暖而令人满足的印象浮现。我的回忆也同样因此更加美好,但它带来的感觉比满足更深刻,我不想与人分享。就像那个拼命把耳朵贴上收音机的贪婪的孩子一样,我想独占它的全部。她给我们讲故事,让我们得以应付漫长无聊的活计:从篮子里挑出烂葡萄;也让我们的注意力从疼痛或是天花上转移;她劈开这个乏味的世界,为我们展现出另一个迷人的世界。[2]

莫里森的记忆深处及其小说人物苦苦追寻的平等家园不仅包括她作为黑人作家渴望的种族平等,也包括她作为女性作家关注的性别平等,正如她在《爵士乐》中提醒黑人女性不要像多卡丝一样束手待毙,也不要成为"天生的猎物"和"唾手可得的采摘品",[3] 并希望"全国各地,黑人妇女都有武器"。[4] 在《柏油娃娃》的前言中她特地回忆了自己和母亲、祖母、曾祖母四代黑人女性同堂的点点滴滴,并感叹:"我们四人置身于

---

[1] 何新敏:莫里森小说中"家园"意象的嬗变.《外国语文研究》,2016, 6(2): 36-41.
[2] 莫里森:《柏油娃娃》.胡允桓,译.海口:南海出版公司,2014: I-II.
[3] 莫里森:《爵士乐》.潘岳,雷格,译.海口:南海出版公司,2013: 77.
[4] 莫里森:《爵士乐》.潘岳,雷格,译.海口:南海出版公司,2013: 77.

《柏油娃娃》的字里行间,既是见证者,也是挑战者,更是批判者。"① 对于莫里森而言,家园不仅是血缘和亲情的纽带,更是黑人女性文化身份和归属感的重要来源。家园的记忆是一种温暖而令人满足的印象,既是充满母性温暖和慰藉的精神空间,也是黑人女性在种族和性别双重压迫下的困境、觉醒和反抗的见证。

小说的开篇,莫里森还提到柏油是一种"精心塑造的""漆黑的东西",让她想到了"非洲的面具:古老,活跃,栩栩如生,有着神秘的力量"。② 因此,小说以"柏油"为题,其中所表现的黑人形象、文化身份和种族意识不言而喻。《柏油娃娃》讲述了一对黑人青年男女在追寻文化身份的过程中,因价值观过于悬殊而最终分道扬镳的爱情故事。《柏油娃娃》与《爵士乐》一样,表面上是一个破碎的爱情故事,实际上是作者巧妙运用南方和北方的文化隐喻和表征,描绘了黑人怀揣着物质富裕和精神家园追寻的梦想由南向北,由乡村向城市,追寻家园的迁徙历程。小说的故事开始于加勒比海的一个名曰"骑士岛"的岛屿上。整部小说充满了迁移的意象。在小说的开篇莫里森采用大量笔墨书写了汪洋大海上的舟船航行。随后,从一个加勒比岛的别墅,到纸醉金迷的大都市纽约,再到美国南部黑人文化的根源地埃罗小镇,一次次的地理位移和空间转换既展现了黑人女性在白人社会面临的文化与价值观冲突,更凸显了家园追寻的主题特点。

《柏油娃娃》的男主人公森(Son)来自南方佛罗里达州的一个落后闭塞的小镇埃罗。小说中的埃罗被描述为一个比纽约一个街区还要小很多的小镇,那里的住宅杂乱且贫瘠,是"一个烧光的地方。那里没有生

---

① 莫里森:《柏油娃娃》. 胡允桓,译. 海口:南海出版公司,2014: IV-V.
② 莫里森:《柏油娃娃》. 胡允桓,译. 海口:南海出版公司,2014: III.

命。或许有过去,但绝没有未来,而且说到底,了无情趣"。[1] 森是个内心孤独的黑人。因为误杀了出轨的妻子,他在美国各地颠沛流离,无家可归。故事伊始,森正准备跳海偷渡,他先是随波逐流,后爬上一艘小船,乘着这艘小船到了骑士岛后开始四处躲藏,藏身期间他暗自观察着岛上的一切。岛上只有六七户人家,其中一座豪华的越冬别墅尤其吸引他的目光。这座堪称完美的豪宅属于退休的白人糖果商瓦莱里安·斯特利特(Valerian Street)。小说将这座位于骑士岛上的豪华别墅描绘成"世界尽头"一般的终点,"这里的云和鱼相信世界已经到了尽头,大海的海绿色和天空的天蓝色不再一成不变"。[2] 作为故事开始的地方,瓦莱里安·斯特利特的家"是一座绝妙的住宅。宽敞、通风,明亮……优雅的风光使这栋住宅完全处于美景之中。小岛的风情点缀其间(诸如一间洗衣房、一座厨房外的花园),显得分外灵活……它是加勒比地区表现最完美、风格最自然的房子"。[3] 在这个家园空间,森遇到了女主人公,即瓦莱里安的黑人仆人西德尼(Sydney)的侄女吉丁(Jadine),并为她痴迷,随即与她双双坠入了爱河。虽然两人最终不欢而散,但两人在岛上的相遇相知无疑是为小岛和别墅添加了许多家园气息。较之贫穷落后的埃罗,我们也能感到莫里森借助岛上的自然景观和瓦莱里安的房屋书写展现她对于美好家园的憧憬。

从女主人公吉丁的身上我们同样能感受家园追寻的历程。吉丁2岁丧父,12岁丧母,其后被叔叔西德尼收养。为此,她自幼就不得不离开巴尔的摩的家。虽然吉丁是黑人女性,也是曾经遭受过家园失落的孤

---

[1] 莫里森:《柏油娃娃》. 胡允桓, 译. 海口: 南海出版公司, 2014: 274.
[2] 莫里森:《柏油娃娃》. 胡允桓, 译. 海口: 南海出版公司, 2014: 7.
[3] 莫里森:《柏油娃娃》. 胡允桓, 译. 海口: 南海出版公司, 2014: 9.

儿，但她受到西德尼的主人瓦莱里安的资助，完成了大学学业，成为一个在白人社会小有名气的模特儿，并经常奔走于纽约、巴黎、费城和巴尔的摩等大城市。比起埃罗、巴黎、费城、巴尔的摩，她更钟情于纽约这个大都市。她认为："这里是家；她的家不是巴黎，不是巴尔的摩，不是费城。这里才是家……这座城市把注意力转移到了更有趣的东西上去，但如果说什么城市是属于黑人姑娘的，那就是纽约。"[1]在骑士岛上，吉丁与森相识相知。随后，他们约好在纽约和埃罗各住一段时间。可是，纽约和埃罗这两个地方带给吉丁与森的印象却截然不同。对于森来说，埃罗是他的地理家园和精神港湾，只有在埃罗他才能找到归属感和黑人的文化身份。而在纽约，他看到的更多是"纽约的黑人姑娘们在哭泣，她们的男人们则毫不左顾右盼。"[2]反之，对吉丁而言，埃罗不仅物质贫穷，而且思想落后，比如将女性角色局限在家庭和性角色上，女性只有女儿、妻子和母亲三种身份，其职责就是守护家庭私人空间。吉丁认为这是典型的大男子主义，是对她觉醒的女性意识的亵渎，她甚至为此半夜被噩梦惊醒，难以入睡。她无法理解"尽管南方的乡村黑人仍生活在种族歧视和种族隔离制度等阴影之下，但南方终究是黑人的家园，它依旧是缓解黑人焦虑与不安的空间"，[3]反而一味强调："我痛恨埃罗，埃罗也恨我。从来没有过这么对等的感情。"[4]正是如此，有学者指出："吉丁游历不同的地理空间就是想寻找一个让她舒心的家。"[5]不管怎样，两人爱情的最终结局

---

[1] 莫里森：《柏油娃娃》.胡允桓，译.海口：南海出版公司，2014: 232-233.
[2] 莫里森：《柏油娃娃》.胡允桓，译.海口：南海出版公司，2014: 226.
[3] 刘白：《美国非裔文学中的城市书写研究》.长沙：湖南师范大学出版社，2022: 163.
[4] 莫里森：《柏油娃娃》.胡允桓，译.海口：南海出版公司，2014: 282.
[5] 吴蕾：托妮·莫里森《柏油孩子》中家的建构.《南华大学学报（社会科学版）》，2012, 13(5): 131.

可想而知：因为文化冲突和矛盾激化，两人只能各自坚守自己的追寻目标继续前行。从家园意识的角度看，维奥莱特和乔的遭遇是"爵士时代"黑人生活的缩影，是美国黑人在追寻家园的旅途中受挫的又一例证。莫里森通过描写森踏上寻找吉丁的旅程这一开放式的结尾，实际上也暗示了她和小说人物对黑人传统文化与身份的坚守，也表明了黑人对于种族与性别平等家园的追寻仍在继续。

莫里森基于种族问题的家园意识在其另一部代表性小说《宠儿》中也有所体现。《宠儿》是莫里森的巅峰之作，该书于1987年出版，次年即获得普利策小说奖。在2006年《纽约时报》组织评选的"过去25年最佳美国小说"（The Single Best Work of American Fiction Published in the Last 25 Years）榜单上，《宠儿》独占鳌头。《宠儿》的故事以非线性叙事方式与魔幻现实主义写作手法进行书写。小说将过去和现在，以及不同角色的视角交织在一起，讲述了南方种植园农庄"甜蜜之家"（Sweet Home）的女黑奴塞丝（Sethe）为了成功出逃，在途中杀死自己的女婴"宠儿"，又在18年后被还魂归来的"宠儿"索要母爱的故事。小说的成功绝不仅仅因为母亲杀婴后遭亡魂讨债这一充满悬疑的情节，而是由于它记录了"美国黑人的一部心灵史……对美国历史的反思与对人类良知的拷问，向读者交代了母亲杀婴这一事件的来龙去脉，展示了奴隶制和种族主义给美国黑人制造的令人发指的人道灾难"。[1] 换言之，小说中的"母亲与孩子之间的联系已经超越了时间和空间的范畴"，[2] 同样具有非常鲜明的家园记忆与追寻印记。

---

[1] 龚玲：《托妮·莫里森小说的悲剧意识研究》，厦门：厦门大学出版社，2020: 92.
[2] Lillvis, Kristen. "Becoming Self and Mother: Posthuman Liminality in Toni Morrison's *Beloved*." *Critique: Studies in Contemporary Fiction*, 2013, 54 (4): 454.

小说的当下背景是南北战争之后的家园重建时期。彼时，美国黑人仍在为争取自由和平等而奋斗。"莫里森在宠儿身上创造了在一种集体共同过去之间移动的一个人物。"[①]"她就是所有过去的化身。"[②] 其灵魂的归来迫使塞丝重拾过去的记忆，面对曾经遭受的肉体与精神创伤。18年前，为了摆脱全家被人奴役的命运，身怀六甲的塞丝先将自己的三个孩子安顿到位于俄亥俄州辛辛那提的婆婆家，然后只身从"甜蜜之家"出逃。塞丝的出逃和马克·吐温《哈克贝利·费恩历险记》(*The Adventures of Huckleberry Finn*, 1884) 中的黑奴吉姆为了再次被卖而出逃可谓遥相呼应，异曲同工。在当时的历史条件下，毫无身心自由的黑奴敢于为了追寻更加美好的家园而选择出逃已是一种力所能及的抗争。然而，塞丝不像吉姆那样能够幸运地得到哈克的帮助和华森小姐的释放。当奴隶主闻讯赶来要抓走她和孩子的时候，塞丝深知，如果被奴隶主抓走孩子们，那么孩子们将重复她自己的悲惨命运。"不自由，毋宁死"[③] 的思想让她决心杀死孩子们然后自杀，可是时间只能够允许她杀死当中的一个。也就是说，倘若不是害怕孩子被抓回去以后像自己一样沦为奴隶，塞丝断然不会杀害"宠儿"。母亲杀婴这一行为固然残忍，但实际上莫里森书写的是在种族奴役这一扭曲的社会环境下，一个失去精神家园的黑人女性拯救孩子的无奈之举，"代表成千上万个死去的黑奴

---

① 汉柏林，瑞格：《从福克纳到莫里森：两位诺贝尔奖美国作家作品研究文集》. 康毅，王丽丽，等译. 北京：中央编译出版社，2020: 202.
② 汉柏林，瑞格：《从福克纳到莫里森：两位诺贝尔奖美国作家作品研究文集》. 康毅，王丽丽，等译. 北京：中央编译出版社，2020: 204.
③ 源于美国革命家、弗吉尼亚首任州长帕特里克·亨利（Patrick Henry, 1736—1799）1775年3月23日于殖民地弗吉尼亚州议会演讲中的最后一句："Give me liberty or give me death".

亡灵向罪恶的奴隶制发出声讨"。① 这一看似没有人性的血腥行为"恰恰表达了黑奴母亲们对奴隶制社会的控诉、对人性的渴求和对自由的向往"。② "宠儿"是一个因爱而被无辜杀害的孩子,更是种族歧视的历史见证者和受害者。从家园追寻的角度看,"宠儿"18年后的回魂,与其说是为了报复母亲,倒不如说是她克服多重的艰辛和障碍回到母亲和家人的身边寻找心灵的港湾,正如她对母亲及其情人保罗·D(Paul D)③说:"我是在找这个我能待的地方。""我走来的,好长、好长、好长、好长的一条路。没人带我。没人帮我。"④ 就连她在和妹妹丹芙(Denver)的相处过程中,读者也能看到一幅姐妹情深的温馨画面:"宠儿一只手拉起丹芙的手,另一只放上丹芙的肩头。于是她们跳起舞来。在小屋里一圈又一圈地转着,不知是因为眩晕,还是因为一下子感到轻盈和冰冷,丹芙纵声大笑起来。这富于感染力的笑声也感染了宠儿。她们两个像小猫一样快活,悠来荡去,悠来荡去。"⑤ 在小说的前言中,莫里森也指出,"宠儿"作为饱受奴役的黑人的代表,最终应该得到应有的归宿:"她必须进入房子。一座真正的房子,不是一间小木屋。一座有地址的房子,自由黑奴

---

① 龚玲:《托妮·莫里森小说的悲剧意识研究》.厦门:厦门大学出版社,2020:97.
② 龚玲:《托妮·莫里森小说的悲剧意识研究》.厦门:厦门大学出版社,2020:109.
③ 保罗·D是在"甜蜜之家"与塞丝共同生活和劳动的五名男性黑奴之一。他们分别是:保罗·D.加纳(Paul D. Garner)、保罗·F.加纳(Paul F. Garner)、保罗·A.加纳(Paul A. Garner)、黑尔·萨格斯(Halle Suggs)、狂人西克索(Sixo, the wildman)。这些黑奴的名字非常随意。尤其前三个带着不同字母的保罗·加纳,明显是奴隶主加纳随意起名的,这也从另一个层面说明奴隶主对他们的一切极不重视。塞丝是庄园里唯一的女黑奴,她选择了黑尔当丈夫。但后来塞丝杀死自己的女儿这一行为被视为可恶和荒诞,导致她众叛亲离,黑尔也离开了她。而保罗·D却在塞丝需要帮助的时候走进了她的生活。
④ 莫里森:《宠儿》.潘岳,雷格,译.海口:南海出版公司,2006:82.
⑤ 莫里森:《宠儿》.潘岳,雷格,译.海口:南海出版公司,2006:95.

们独自居住的房子。"① 如果说"宠儿"之死是塞丝精神创伤与家园失落的记忆，那么她的还魂则是一个漫长而执着的寻家历程。这份寻家历程不仅是对一个家园空间的寻找，更是对心灵归宿和身份认同的渴望。尽管还魂后的"宠儿"扰乱了母亲的生活，也吓跑了两个同胞兄弟霍华德（Howard）和巴格勒（Buglar），但无论如何，她还是逐渐与母亲塞丝以及妹妹丹芙建立了情感联系。这种联系超越了时间和空间，成为黑人女性共同面对过去、现在和未来的力量源泉。

莫里森关于家园意识的书写还具有鲜明的空间特点。例如，《秀拉》中的黑人聚居区"伯特姆"（Bottom）② 展现了反传统美国黑人妇女形象代表秀拉与传统美国黑人妇女形象代表内儿（Nel）生存的困境和追寻自我价值实现的过程。《所罗门之歌》中的农场"林肯天堂"（Lincoln's Heaven）既是见证白人暴行的地方，又表达了南北战争后的黑奴对新家园的美好期许，象征着黑人通过辛勤劳动建立的家园和财富以及他们对土地的深厚情感。《天堂》中的鲁比小镇（Ruby）及其前身黑文镇（Haven）虽然代表了黑人对一个种族平等家园的追寻，却展现了一种性别方面的不平等。女修道院（Convent）则代表着开放和包容，堪称一个理想的家园空间。还有那大炉灶，堪称鲁比镇的一道独特的景观，讲述了镇上三代黑人家族被迫迁移、艰苦寻家以及"学会了如何捍卫一座镇子"③ 的历程。就此而言，《宠儿》中关于"甜蜜之家"和124号房子的空间书写同样含有强烈的家园意蕴。

"甜蜜之家"作为一个庄园的名字固然动听，甚至给人一种"看似平

---

① 莫里森：《宠儿》．潘岳，雷格，译．海口：南海出版公司，2006：Ⅳ．
② 或可意译为"底层"。
③ 莫里森：《天堂》．胡允桓，译．海口：南海出版公司，2013：18．

等的幻觉",[①] 但它对于在这个种植园农庄为奴的塞丝及其他男性黑奴而言其实是一个缺乏归属感的"家"。在奴隶主庄园长大的塞丝曾经和五名男黑奴生活了数年。作为庄园里唯一的女黑奴，塞丝得到了五个男黑奴的垂青，曾经的奴隶主加纳先生（Mr. Garner）也相对"开明"，甚至允许塞丝自由择偶，但这一切都随着"学校老师"（schoolteacher）的到来戛然而止。"学校老师"接管以后的"甜蜜之家"于塞丝而言则是来自过去的阴影和无法释怀的悲惨记忆："尽管那个农庄里没有一草一木不令她失声尖叫，它仍然在她面前展开无耻的美丽。它看上去从来没有实际上那样可怖，这使她怀疑，是否地狱也是个可爱的地方。毒焰和硫磺当然有，却藏在花边状的树丛里。小伙子们吊死在世上最美丽的梧桐树上。这令她感到耻辱——对那些美妙的飒飒作响的树的记忆比对小伙子的记忆更清晰。"[②] 在"学校老师"管理下的"甜蜜之家"，塞丝经历了无尽的屈辱和磨难，甚至连喂养自己的奶水被白人小孩夺走。这种对母性的剥夺和侮辱无疑对塞丝造成极大的伤害，然而，在这种情况下她仍然表现出对一个摆脱种族奴役的平等家园的渴望："是否有一小块空间，一小段时光，她纳闷，有可能远离坎坷，把劳碌抛向屋角，只是赤裸上身站上片刻，卸下乳房的重荷，重新闻到被掠走的奶水，感受烤面包的乐趣？"[③] 农庄虽然美其名曰"甜蜜之家"，但在此刻它连保护居住者这一"家"的基本功能都已丧失殆尽。作为黑奴，塞丝宁愿杀死孩子，也不愿她留在这个不属于她的"家"。后来，塞丝一家从"甜蜜之家"搬到124号房子，眼看即将拥有一个新的家园，可是这个"家"仍然因白人奴隶主的追捕

[①] Roos, Bonnie. "Teaching Toni Morrison's *Beloved*: From Genesis to the Reckoning." *South Central Review*, 2024, 41(1): 121.

[②] 莫里森:《宠儿》. 潘岳,雷格,译. 海口：南海出版公司, 2006: 7.

[③] 莫里森:《宠儿》. 潘岳,雷格,译. 海口：南海出版公司, 2006: 23.

而被破坏。"甜蜜之家"和124号房子这两个空间都上演了家园失落的悲剧。

作为塞丝逃离"甜蜜之家"后的避难所，124号房子不仅是塞丝与家人共同生活的地方，更是一个充满记忆和情感的家园空间。在124号房子里，塞丝经历了失去"宠儿"的痛苦。124号房子也被作者描写成一面镜子一照就破碎，蛋糕上经常出现小手印等一系列灵异事件的凶宅。当塞丝向婆婆贝比·萨格斯（Baby Suggs）提出搬家的想法，得到的却是带有讽刺意味的答复："在这个国家里，没有一座房子不是从地板到房梁都塞满了黑人死鬼的悲伤。"[1]尽管塞丝逃离了"甜蜜之家"那个奴役之地，但这并不意味着她已经彻底自由。噩梦般的过去纠缠着她，让她生活在自责中，也让她的家园追寻举步维艰。从家园意识的角度而言，《宠儿》看似一个关于母女关系的故事，实则还是关于家园的记忆与追寻——背负着沉重苦难的美国黑人难以抹去痛苦的记忆，不断建构自己的新家园。毕竟，美国黑人"作为弱势群体，被排除在社会主流之外，他们对乐园的精神诉求尤为强烈，共同家园之路也尤为艰辛"。[2]在莫里森看来，一个真正能够摆脱奴役的平等家园的建构依然任重道远。

托妮·莫里森获得诺贝尔文学奖可谓克服了种族和性别的双重障碍，为美国小说发出非裔美国人的声音作出了巨大贡献。其授奖词中所表彰的"显示了美国现实生活的重要方面"显然指的是美国历史上那挥之不去的种族歧视，尤其是那些饱受种族主义与男权制度双重压迫的美

---

[1] 莫里森:《宠儿》.潘岳,雷格,译.海口：南海出版公司,2006: 6.
[2] 封金珂.家园·乐园·共同体——《乐园》中的共同体形塑.《当代外国文学》,2018 (1): 120.

国黑人女性的苦难。莫里森的小说"深入探讨了历史、记忆和过去的点点滴滴,而这些是我们用以定义种族奴役和美国文学的概念"。[①]通过家园的记忆与追寻的书写,莫里森在小说中折射出美国社会的种族与性别歧视,以及黑人女性渴望摆脱奴役,实现种族和性别平等的憧憬。对于莫里森和她的小说人物而言,家园是记忆深处的一个精神避难所,是一个简单安宁的生活空间,也是他们苦苦追寻的一个摆脱种族主义、性别主义等歧视的地方,更是尊重差异、包容彼此、多元共存的物理空间和精神空间。

第三节 山下凯伦:全球时代的跨国家园

山下凯伦(Karen Tei Yamashita, 1951—)是当代日裔美国作家的杰出代表之一。她以魔幻现实主义的表现手法和颇具后现代派特色的写作风格见长,以长篇小说、短篇小说、剧作、散文、回忆录等各种形式的作品丰富着当代日裔美国文坛。《洛杉矶时报》(*The Los Angeles Times*)称她为"大天才"(big talent),《纽约时报》赞扬她敏锐的机智,《华盛顿新闻报》(*Newsday*)称赞她善于处理深刻的哲学与社会问题。我国首部原创性国别文学工具书《美国文学大辞典》也提到,山下凯伦的作品是"21 世纪美国文学经常谈论的话题,给亚裔美国文学的发展带来了重要影响"。[②]

[①] Pyon, Kevin. "The History, Memory, and Past of Racial slavery in Toni Morrison's *Playing in the Dark*: Or, The Literary Canon and/as the Human." *Early American Literature*, 2024, 59 (2): 407.

[②] 虞建华:《美国文学大辞典》. 北京:商务印书馆,2015: 1066.

第三章　少数族裔小说中的家园图景

　　山下凯伦迄今出版了小说《穿越雨林之弧》(Through the Arc of the Rain Forest, 1990)、《巴西丸》(Brazil-Maru, 1992)、《橘子回归线》(Tropic of Orange, 1997)、《K圈循环》(Circle K Cycles, 2001)、《I旅馆》(I Hotel, 2010), 回忆录《给记忆的信》(Letters to Memory, 2017), 舞台剧剧本《征兆: 一个美国歌舞伎》(Omen: An American Kabuki, 1976)、《广岛热带》(Hiroshima Tropical, 1983)、《九世: 濒危物种》(Kusei: Endangered Species, 1986), 短篇小说《朝香宫》(Asaka no Miya, 1984), 以及剧作集《黄柳霜: 表演的小说》(Anime Wong: Fictions of Performance, 2014)、故事集《"三世"与情感》(Sansei and Sensibility, 2020)等等。其中, 她的第一部小说《穿越雨林之弧》便荣膺美国图书奖(American Book Award, 1991)与"珍妮特·海丁格·卡夫卡奖"(Janet Heidinger Kafka Award, 1992); 长篇小说《I旅馆》入围2010年度美国国家图书奖(National Book Award)的决胜名单, 并再次蝉联"美国图书奖"(2011)[①], 还获得了加州图书奖(California Book Award, 2010)、美籍亚太文学奖(Asian/Pacific American Awards for Literature, 2011)等荣誉。2018年, 山下凯伦荣获约翰·多斯·帕索斯奖(John Dos Passos Prize for Literature)。2021年, 她被授予美国国家图书基金会文学杰出贡献奖(National Book Foundation Medal for Distinguished Contribution to American Letters), 并成为第34位荣获这一终身成就奖(Lifetime

---

[①] "美国图书奖"和"美国国家图书奖"是两个不同的奖项。美国图书奖由前哥伦比亚基金会(Before Columbus Foundation)管理和组织评选。该奖项设立于1978年, 1980年起每年评选一次, 颁发给拥有卓越文学成就的作家。获奖者不受种族、民族、性别、作品体裁等因素制约, 奖品没有分类。美国国家图书奖是"美国文学三大奖"之一, 由美国出版商协会、美国书商协会和图书制造商协会于1950年联合设立, 只颁给美国公民, 设有虚构类、非虚构类、翻译文学、青年文学、诗歌五个奖项。

Achievement Award）的作家。此前，该奖项曾授予汤亭亭、托妮·莫里森、厄修拉·勒古恩（Ursula K. Le Guin, 1929—2018）等重要女性作家。

  作为"三世"日裔美国作家，山下凯伦的小说继承和发扬了"一世"、"二世"[①]作家及其他少数族裔作家的创作思想和叙事风格。她的作品把小说和非小说，文学和历史等不同体裁混合在一起，采用多重人物的视角，书写少数族裔群体，乃至后现代社会人类的生存状况。虽然山下凯伦的第一部长篇小说《穿越雨林之弧》出版至今仅有 35 年，但国内外学界已有不少研究者开始关注她的作品，研究方向主要包括文化、叙事、社会批评等视角。其一是文化视角，例如从美国性和殖民特点的角度研究山下凯伦小说中的巴西，或从跨国主义、东方主义、全球化主题等角度解读山下凯伦笔下美国、日本、墨西哥等国家和地区的多元文化现象。其二是叙事视角，包括叙事话语、魔幻现实主义、视觉表现手法等。相关研究还将叙事方式与生态环境、精神困境等后现代社会主题相联系。其三是社会批评视角，主要从消费主义、道德伦理和社会生活的困境，以及后现代社会景观的流动性、环境非正义现象、种族和阶级分化、帝国权力等方面进行批判研究。这些研究充分表明山下凯伦小说在全球化语境和多元文化格局中已呈现重要的研究价值和开阔的研究视野。近年来，随着全球化进程的发展，国内外学界对于美国少数族裔文学的研究重点逐渐由"族裔性"过渡到"世界性"，山下凯伦小说随之因其"世界主义"和"人类命运共同体"的特征受到越来越多的关注。其中，基于全球化语境下的跨国家园追寻与建构更是值得我们深入探讨。

[①] "一世"来源于日语"issei"，一般指出生于日本，于 19 世纪末 20 世纪初移居美国的日本移民，"二世"（nisei）为第二代移民，"三世"（sansei）为第三代移民。参见 Kim, Elaine H. *Asian American Literature: An Introduction to the Writings and Their Social Context*. Philadelphia: Temple University Press, 1982: 122.

山下凯伦与其他少数族裔作家一样，其小说的主要人物主要也是少数族裔群体。但值得一提的是，山下凯伦小说中的人物众多，来自更多不同的国家，也跨越过更多的文化界限。其中，以远在南美洲的巴西热带雨林为家园空间的小说颇具特色。比如，在她的第一部成名小说《穿越雨林之弧》中，我们读到一些与众不同的人物：额头上悬挂着球体的日本青年、"三只手"的美国企业高管、"三个乳房"的法国鸟类学家、相信羽毛具有疗伤功能的巴西农民……这些怪模怪样的人分别来自亚洲、欧洲、北美、南美等不同大洲，却齐聚在位于巴西热带雨林的"玛塔考"（Matacão）这一神奇的空间上演了一部"全球化"时代的魔幻现实主义小说、科幻小说和家园环境小说。实际上，作为少数族裔群体生活和工作的家园空间，《穿越雨林之弧》中的巴西与美国少数族裔文学作品的美国大同小异。正如学者贝戈尼亚·塞马尔（Begona Simal）指出："从严格的地理意义而言，巴西与美国是平等的。她同样被建构成一片处女地，一个新世界；同样见证了无数移民者，包括石丸一正重生的时刻。"[1]当然，选择巴西作为日本移民跨国家园的所在地，除了历史上曾经有大批日本人移民巴西，还和山下凯伦的人生经历有关。尽管巴西并非山下凯伦的生长之地，但她曾于大学毕业后获得资助在巴西圣保罗居住了九年之久，其间她专注于日裔巴西移民的人类学田野调查，并与一位巴西建筑师罗纳尔德·奥利韦拉（Ronaldo Lopes de Oliveira）结婚生子，直至1984年回到美国定居洛杉矶。此番生活的经历足以让山下凯伦将巴西当作内心深处的一个跨国家园。关于巴西在她心中的跨国家园属

---

[1] Simal, Begona. "The Junkyard in the Jungle: Transnational, Transnatural Nature in Karen Tei Yamashita's *Through the Arc of the Rain Forest.*" *The Journal of Transnational American Studies,* 2010, 2 (1): 15.

性,山下凯伦曾坦言:

> 比起一成不变的日本属性以及我拒绝成为的"不纯的"日裔美国人,巴西文化是一个受欢迎的空间。尽管我在日裔巴西移民社区受到了热情的接待,但我认为居住于此的我必须对自己作为陌生人(局外人),抑或是养女的角色保留一份适度的尊重。[1]

作为巴西人的儿媳,山下凯伦心中早已把巴西当作自己的家园。在山下凯伦的内心深处,巴西的地位或许不亚于日本和美国。尽管碍于日本人的属性和日裔美国人的身份,山下凯伦只能谦虚地自己当作巴西人的养女,但从整句话的语义而言,巴西明显是这位"不纯的"日裔美国人的另一个家园。在巴西期间,山下凯伦发现,"人类学研究难以展示在巴西的日本移民的丰富生活",[2]因而她选择了文学作品作为表现形式,通过文学作品描写她心中的跨国家园。《穿越雨林之弧》就是取材于她在巴西的生活经历,并表现出跨国家园意识的一个典型代表。

出版于1990年的小说《穿越雨林之弧》可谓一炮打响,好评如潮,并屡获殊荣。《纽约时报》如是评价这部小说:"在她的这部处女作中,山下凯伦夫人批判了人类所制造的垃圾以及表现出的愚蠢,而她的语言流畅、饱含诗意,同时极具震慑力。"[3]日本庆应义塾大学知名学者巽孝之(Takayuki Tatsumi)也认为,《穿越雨林之弧》"勇敢地探索了控制整

---

[1] Yun, Lisa. "Signifying 'Asian' and Afro-Cultural Poetics: A Conversation with William Luis, Albert Chong, Karen Tei Yamashita, and Alejandro Campos García." *Afro-Hispanic Review*, 2008, 27 (1): 204.

[2] Shan, Te-hsing. "Interview with Karen Tei Yamashita." *Amerasia Journal*, 2006, 32 (3): 129.

[3] 胡俊:《橘子回归线》中的洛杉矶书写:"去中心化"的家园.《前沿》,2015(10):74.

个行星的神秘力量,使作者得以媲美赫尔曼·麦尔维尔、库尔特·冯内古特与托马斯·品钦。"①《穿越雨林之弧》以南美洲巴西亚马逊雨林的经济开发为背景,采用了巴西的肥皂电视剧(soap opera)的形式,并辅以魔幻现实的创作技巧和科幻小说的情节,描写了一群土著居民与来自日本、美国、法国等国家的离散者齐聚巴西热带雨林,试图建立跨国家园的故事。主人公石丸一正(Ishimaru Kazumasa)是一个额头上悬挂着一个奇特球体的日本青年。山下凯伦采用了第一人称叙事方式,让石丸一正额头上的球体充当叙事者,以回忆的方式、旁观者的身份及全知全能的视角讲述了小说中诸多人物跨国家园追寻的故事:"由于一次古怪的命运,我被记忆带了回来。记忆是个很强大的东西,尽管在自己重新踏入世界的时候,我压根就没有注意到这个事实……我已经成为一份记忆。"② 球体是石丸一正童年时被海边的不明物体撞击所致。被球体撞击后的石丸一正很快恢复了知觉,没过多久就上了学,并将球体当作了自己身体的一部分。中学毕业后,石丸一正到铁道部门上班。在球体的特异功能的帮助下,石丸一正"通过刻苦的、准确的关于铁道脱轨概率的计算,拯救了几百条,或许几千条生命",③他因此受到政府的嘉奖和重视,赢得了人民的尊敬,并当上了列车的安全检查员。在球体的记忆中,故国日本对石丸一正而言是美好的地理家园和精神家园:

从那一刻起,一正极少看得见日本以外的家园。而另一方面,他

---

① Tatsumi, Takayuki. "Introducing Karen Tei Yamashita." *Leviathan*, 2016, 18 (1): 62.
② Yamashita, Karen T. *Through the Arc of the Rain Forest*. Minneapolis: Coffee House Press, 1990: 3.
③ Yamashita, Karen T. *Through the Arc of the Rain Forest*. Minneapolis: Coffee House Press, 1990: 10.

通过球体，看见火车经过的日本的每一寸土地，从北方堆满白雪的北海道府，到南部温暖港湾般的长崎县。石丸一正跟球体一起，有时在日本乡村，有时沿着海岸，有时又在拥挤的城市间追赶跑跳。[1]

然而，好景不长。随着铁路系统的解体，政府部门允许私营企业签约和投标的做法剥夺了石丸一正和球体的工作热情。政府还鼓励人民发明了具有相近功能的电子球体，并以降低雇佣成本的理由取代了石丸一正和他额头上的球体，石丸一正遭到了解雇。无形中，一正已成了被呼之即来，挥之则去的社会底层人物。因此，在故国日本的家园失落无疑是石丸一正移民巴西的原因之一。初到巴西之时，石丸一正便找到了另一份铁道部门的工作。此刻的球体也坚信，"如今的一切比在东京铁路系统工作的时候更加美好。"[2] 在巴西落地生根的石丸一正与"极少看得见日本以外的家园"形成了鲜明的对比。

石丸一正的母亲也不认为日本是唯一的家园。在了解儿子的处境和失业的原因后，母亲开始担心儿子在日本是否能够找到"真正幸福的将来与真正快乐的本质"。[3] 石丸夫人还留意到，作为叙事者的球体"悲伤地在一正的鼻子上闲晃"，[4] 随即建议石丸一正移民到巴西的圣保罗

---

[1] Yamashita, Karen T. *Through the Arc of the Rain Forest*. Minneapolis: Coffee House Press, 1990: 8.

[2] Yamashita, Karen T. *Through the Arc of the Rain Forest*. Minneapolis: Coffee House Press, 1990: 10.

[3] Yamashita, Karen T. *Through the Arc of the Rain Forest*. Minneapolis: Coffee House Press, 1990: 10.

[4] Yamashita, Karen T. *Through the Arc of the Rain Forest*. Minneapolis: Coffee House Press, 1990: 10.

城，因为"儿子在日本的幸福感已经耗尽，超出了那些小岛的极限"。[①]关于母亲对日本的态度以及石丸一正离开日本的原因，有学者认为，"小说中最想离开祖国的不是主人公，而是他的母亲"，[②]毕竟在石丸夫人的眼里，巴西似乎是一个能够接纳不同事物的国度。另有人指出："在母亲的内心深处，儿子其貌不扬的外表在诸如日本这样的国家看来是一种巨大的罪恶。只有像巴西那样开放和包容的国家才能接受他。"[③]"比起巴西文化的友好和慷慨，日本文化显得既沉闷又压抑。"[④]母亲建议一正前去投奔堂兄宏（Hiroshi），一正接受了母亲的安排，继而住在宏的公寓里。宏本应是一名大学生，在日本参加了大学入学考试并被庆应义塾大学录取后，宏到南美旅行。行至巴西的里约城，宏被该地区的自然美景和风土人情所吸引，毅然放弃了日本的大学，决定在巴西定居。当所有人都对宏的选择感到不解的时候，只有石丸一正的母亲"私底下赞美了他的勇气"。[⑤]在接下来的情节我们看到，堂兄宏介绍石丸一正到圣保罗的市立铁路系统谋得了一份新的工作，一正也因此"开始对这个新的国家产生了一份特殊的亲密"。[⑥]我们知道，家园是一个生命个体所居住的

[①] Yamashita, Karen T. *Through the Arc of the Rain Forest.* Minneapolis: Coffee House Press, 1990: 10.

[②] Yamaguchi, Kazuhiko. "Magical Realism, Two Hyper-Consumerisms, and the Diaspora Subject in Karen Tei Yamashita's *Through the Arc of the Rain Forest.*" *The Journal of the American Literature Society of Japan*, 2006(2): 21.

[③] Shimazu, Nobuko. "Karen Tei Yamashita's Challenge: Immigrants Moving with the Changing Landscape." Diss. *Indiana University of Pennsylvania,* 2006: 123.

[④] Shimazu, Nobuko. "Karen Tei Yamashita's Challenge: Immigrants Moving with the Changing Landscape." Diss. Indiana University of Pennsylvania, 2006: 123.

[⑤] Yamashita, Karen T. *Through the Arc of the Rain Forest.* Minneapolis: Coffee House Press, 1990: 10.

[⑥] Yamashita, Karen T. *Through the Arc of the Rain Forest.* Minneapolis: Coffee House Press, 1990: 11.

空间与处所,这个处所使其有在家之感,并获得一种本真的存在。而随着全球化思想的广泛深入,现代人眼中的家园并不一定指传统意义上的祖国或出生地,正如著名华裔作家童明所言:"家园不一定是自己离开的那个地方,也可以是跨民族关系中为自己定位,为政治反抗、文化身份的需要而依附的地方。"[1] 小说中,从主人公石丸一正,或者母亲石丸夫人、表哥宏的身上,我们看到的正是这样一个跨越国家和民族的家园意识。

此外,我们还应该留意到,家园不仅意味着物理空间上的家之所在,它更代表人们获得关爱和承认的、精神层面的家。只不过,山下凯伦在小说中建构的位于巴西的跨国家园并未完全抛开日本的联系。她所憧憬的家园同样集合了巴西和日本两个国度的文化属性。虽然《穿越雨林之弧》的故事发生在巴西,但纵观小说中的每一个人物,其生活方式、情感形态、人生道路和个人命运等等都与日本有着千丝万缕的联系。比如,石丸一正的爱人——菲律宾女佣露德丝(Lourdes)曾经为一个日本家庭工作,一正的妹妹在巴西嫁给了"二世"日裔巴西人,以及他在巴西认识的巴蒂斯塔·德杰潘,其姓氏"Djapan"颇能表现其日本人血统的身份。在巴西,石丸一正遇到心爱的人露德丝。当露德丝带着一正去她的家里做客,一正发现她的房屋麻雀虽小,五脏俱全,具有浓厚的家园气息:"他很想告诉她,自己多么享受和她在一起的日子。想告诉她,刹那间这个新的国度已经成为他的新家园。"[2] 在小说的结尾,当"玛塔考"被摧毁后,石丸一正和露德丝搬往农村隐居。两人最终喜结连理,儿孙满堂。石丸一正也被描写成像孩童一般,闲情雅致之时围着露德丝奔跑,感受

---

[1] 童明.飞散//《西方文论关键词》.赵一凡,等.北京:外语教学与研究出版社,2006:116.
[2] Yamashita, Karen T. *Through the Arc of the Rain Forest*. Minneapolis: Coffee House Press, 1990: 44.

着美好家园带来的温馨与幸福:"在巴西,关于爱情和生活的往昔幸福又回来了。"① 难怪日本学者岛津信子(Nobuko Shimazu)认为:"《穿越雨林之弧》中石丸一正的故事关乎着在一个新地点寻找新家园的经历——通过叙述后现代移民者石丸一正的故事,山下凯伦描绘了一次成功的移民经历。"② 毕竟,山下凯伦笔下的主人公大部分仍然是遭遇过无家可归境遇的人,抑或是在异乡环境中格格不入的人。他们当中既包含在故国以外的家园空间生活却割舍不断与家园文化联系的移民,又不乏翻山越岭、漂洋过海到异国他乡建立跨国家园的离散者。为此,他们理想的家园实际上更贴近一种精神的寄托。岛津信子眼中关于石丸一正的这份成功的移民经历,实际上也是山下凯伦试图追寻和建构一个理想跨国家园的一次成功的尝试。

《巴西丸》是继《穿越雨林之弧》之后另一部描写1925年至20世纪后期日本人移民巴西,建立跨国家园的小说。尽管《巴西丸》受到的关注程度远不及《穿越雨林之弧》,相关研究在国内更是屈指可数,但其影响力同样不可小觑。比如,小说出版后不久就"被《村庄之声》(*Village Voice*)选为1992最佳25本小说之一"。③ 学者尼古拉斯·伯恩斯(Nicholas Birns)也认为:"《巴西丸》是一部典型的跨国小说,是一部

---

① Yamashita, Karen T. *Through the Arc of the Rain Forest.* Minneapolis: Coffee House Press, 1990: 211.
② Shimazu, Nobuko. "Karen Tei Yamashita's Challenge: Immigrants Moving with the Changing Landscape." Diss. Indiana University of Pennsylvania, 2006: 124.
③ Huang, Guiyou. *The Greenwood Encyclopedia of Asian American Literature.* Westport: Greenwood Publishing Group, Inc., 2009: 1032.

绝无仅有的，由日裔美国作家用英语写作，描写日裔巴西公社的作品。"[1]虽然《巴西丸》晚于《穿越雨林之弧》两年出版，且这两部作品在侧重梦幻或现实的写作风格上有所不同，但从内容上看，《巴西丸》足以被称为《穿越雨林之弧》的前传。小说取材自山下凯伦于1974到1977年间在巴西开展田野研究的历史资料，讲述了主人公、被称为"日本爱弥儿"（Japanese Emile）的寺田一郎（Ichiro Terada），与宇野勘太郎（Kantaro Uno）、奥村（Okumura）等家族一行乘坐"巴西丸号"商船，带着"我们的未来在巴西""巴西会成为你的新开始""我们要建立新的文明"[2]等理想移民到巴西，试图在巴西一个名为埃斯波兰萨[3]的社区建立跨国家园的故事。

小说之所以选择位于巴西的埃斯波兰萨社区作为跨国家园的物理空间，很大程度上是山下凯伦巧妙处理历史和想象的关系，使历史以不同形式进入文本的写照。小说以"巴西丸号"商船为题，在扉页就开门见山地点明："这是一部属于我们所有人的，关于历经长途跋涉，寻找某种家园的故事。"[4]这一开篇让人不禁回想起19世纪末日本人移民巴西，建立"日本之外，最大的日本"的那段往事。彼时，明治维新虽然让日本经济迅速崛起，但大量日本农民为此失去土地，被迫沦为劳动力，还要缴纳各种高额税费，贫富差距越来越大，底层人民生活苦不堪言。他们不断地进行反抗斗争，不可避免地影响了日本社会的治安稳定。而巴西在

---

[1] Birns, Nicholas. "An Incomplete Journey: Settlement and Power in *Brazil-Maru*." In: *Karen Tei Yamashita: Fictions of Magic and Memory*. Robert Lee, ed. Honolulu: University of Hawaii Press, 2018: 103.

[2] Yamashita, Karen T. *Brazil-Maru*. Minneapolis: Coffee House Press, 1992: 6.

[3] 埃斯波兰萨的原文"Esperanca"一词来自葡萄牙，意为"希望"。

[4] Yamashita, Karen T. *Brazil-Maru*. Minneapolis: Coffee House Press, 1992: ii.

1888年正式废除奴隶制,自由和平等的精神让巴西社会得到进一步的发展,成为南美洲乃至拉丁美洲最具活力和最多元化的经济体之一。不过,解放了的黑奴陆续离开农田,涌入城市从事各种各样的职业,使得这个国土广袤、地广人稀的南美国家在农业方面出现了严重的劳动力短缺。于是,巴西政府派遣使节,到中国、日本等一些农业国家招募"你情我愿"的移民。日本政府与巴西政府就此一拍即合,双方于1895年缔结《日巴友好通商通航条约》。之后经过多方位的官方考察,首批日本移民于1908年从神户港口乘船出发,拉开了移民潮的序幕,也就是《巴西丸》主人公"历经长途跋涉,寻找某种家园的故事"的原型。

如同《穿越雨林之弧》,《巴西丸》中的巴西作为一种历史、情感与记忆的存在,形象地折射出少数族裔群体的家园意识。不同于大部分少数族裔小说所关注的个人漂浮生活,《巴西丸》描写的对象聚焦于迁往巴西的日本移民群体,较为详细地探讨了整个族群的生活境况。尽管某些观点认为这部小说"既刻画了日裔移民作为日本现代化进程的受害者为经济上在巴西得以生存所做的抗争,又描写了他们借助移民的身份,无形中参与了日本帝国主义的对外扩张",[1] 也有人认为,"山下凯伦在《巴西丸》中描绘了日本移民在巴西乡村建立殖民地的故事,其目的可以从不同的方面看作她对日本帝国主义色彩的宣扬",[2] 但必须注意的是,小说并没有多少篇幅描写日本移民对巴西的殖民过程或对当地造成的破坏影响。细细品读小说后,我们发现比起殖民色彩,小说更大程度上表现了山下凯伦笔下的离散群体从"无家可归"的状态到一个跨越国度的社区

---

[1] Ling, Jinqi. *Across Meridians: History and Figuration in Karen Tei Yamashita's Transnational Novels*. Stanford: Stanford University Press, 2012: 32.

[2] Nessly, William M. "Rewriting the Rising Sun: Narrative Authority and Japanese Empire in Asian American Literature." Diss. University of Pennsylvania, 2011: 274.

"追寻家园"的过程。小说前言提供的数据显示,"据说现今有一百万日本移民和他们的后裔居住在巴西,占据在日本本土以外最大的人口数。日裔巴西人,如今已经是第二代或第三代,活跃在巴西人生活的每一个领域——社会、政治和经济"。[①] 巴西这个国度对于山下凯伦以及书中的日本移民而言,已经成为他们的一个地理和精神方面的理想家园。

小说中的跨国家园追寻同样呈现在书名中的"巴西丸号"商船。自《圣经》中的诺亚方舟开始,舟船这个物理空间在西方文化中便具有了再生与希望的象征隐喻,对于美国文学而言也是如此。从1492年哥伦布乘坐大帆船远渡重洋发现美洲的历史,1620年"五月花号"满载不堪忍受宗教迫害的英国教徒到达北美的往事,浪漫主义作家麦尔维尔(Herman Melville, 1819—1891)《白鲸》中"皮阔德号"(Pequod)追求真理的航程,惠特曼(Walt Whitman, 1819—1892)诗歌中林肯总统领航的民主之船,现实主义作家马克·吐温《哈克贝利·芬历险记》中象征哈克和吉姆精神家园的木筏,以及现代主义作家海明威的《老人与海》中圣地亚哥出海捕鱼的故事,读者不难发现,舟船的身影经常出现在美国文学与文化的历史长河中,成了作家眼中"开拓新世界的那些先锋们的代名词……美国文学家们关于船的书写是在进行着广义上的阐释寓言……舟船空间的叙述明显带着政治书写和生存书写的意图"。[②] 就此而言,小说以"巴西丸"为题,似乎从第一印象上便带给了读者一份由舟船空间隐喻的家园追寻气息。

《巴西丸》在开篇就以"巴西丸"这艘船为标题,从历史源头的角度为我们展现了日本移民远渡重洋,建立跨国家园的画面。"巴西丸号"

---

① Yamashita, Karen T. *Brazil-Maru*. Minneapolis: Coffee House Press, 1992: ii.
② 曾莉:美国文学中的舟与帝国意识.《小说评论》,2012 (3): 188.

第三章 少数族裔小说中的家园图景

商船的原型实际上可以看作1908年承载着第一批日裔巴西劳工的海轮"笠户丸号"(*Kasato Maru*)。该船带着七百多名日裔巴西劳工从神户启航,前往巴西圣保罗的圣多斯港,以从事咖啡种植为生,试图在巴西追寻和建立故国以外的新家园。它"表达了公社成员在思想和原则上渴望将最初的岛国家园扎根于这片新家园的愿景"。[①] 故事伊始,船已在海上航行了60多天,跨越了许多的国界,"我们的路线环绕了整个地球,从日本国的南部出发,经过中国的南海,到达新加坡,又继续航行到锡兰[②]与好望角;船停靠在印度洋海岸,以及非洲的底部……"[③] 对开篇的叙事者寺田一郎而言,这次船上的航行具有重大的意义,正如他自己所说:"从此以后,我对一切事物的记忆犹新,对船在海上的航行记忆深刻。"[④] 小说中的另外两个重要角色勘太郎和水冈(Mizuoka)也分别曾言:"我认为这是一次重要的航行,是我的家庭新生活的开始";"你不会再次怀揣着同一个希望和同一场青春在这艘船上航行了,这是一场值得记录的航行。"[⑤] 借用福柯的"异托邦"观点,"巴西丸号"商船就像是一栋可以移动的"房子",它是漂浮在大海上的一个移动的空间。海船所处的空间,是一个没有位置的空间,它自给自足,自我封闭,但它同时旅行在广阔无垠的大海中,从一个港口到另一个港口,从一条海岸到另一条海岸,直至坐在船上的日裔巴西移民上岸,开始追寻和开拓他们的新家园。

《巴西丸》中有关舟船航行的描写也点明了家园并不一定位于故国

[①] Lalonde, Chris. "Did you Hear the One about…? Humor in *Through the Arc of the Rain Forest* and *Brazil-Maru*." In: *Karen Tei Yamashita: Fictions of Magic and Memory*. Robert Lee, ed. Honolulu: University of Hawaii Press, 2018: 61.

[②] 锡兰(Ceylon),现名斯里兰卡。

[③] Yamashita, Karen T. *Brazil-Maru*. Minneapolis: Coffee House Press, 1992: 3.

[④] Yamashita, Karen T. *Brazil-Maru*. Minneapolis: Coffee House Press, 1992: 8.

[⑤] Yamashita, Karen T. *Brazil-Maru*. Minneapolis: Coffee House Press, 1992: 8.

的现代特征。在《巴西丸》的故事中，以寺田、奥村、宇野等三个家族为代表的日本移民同许多族裔文学中的离散人物一样，被迫离开自己祖国的地理家园，他们乘坐象征着家园追寻历程的商船，漂洋过海来到新的国度。商船对于他们就是一份追求精神家园的空间。他们曾经身处日本社会的底层，流离失所，无家可归，因为贫穷遭受歧视，甚至由于"看不见未来"而不得不"移民到远处寻找新的际遇"。[1]但在山下凯伦的笔下，许多"无家可归者代表了摆脱现有的社会状态，建立更加公平社会的一群人"。[2]如今，"在船上，他们各自做着自己的事情，似乎有一份看不见的力量赋予他们某种特权"。[3]他们心里普遍认为："我们所有人都对巴西抱着相同的期待：咖啡丰收时众人翘首以盼的财富，宽广的土地，和对于新生活的冒险。"[4]虽然寺田一郎曾留意到宇野奶奶等人对故国仍带着深厚的感情，一度认为她们倘若有朝一日在巴西谋得生计后必然要回归日本，但寺田一郎自己受到父亲的影响，相信日本不是自己赖以生存的唯一国度。因此，一郎对未来在巴西建立新的家园充满了憧憬。《巴西丸》正是在这样的背景下，描述了一群乘坐商船，试图在巴西追寻美好精神家园的日裔移民的奋斗历程和生存状况。或者可以说，小说中舟船空间的描写与颇具"反其道而行之"特点的家园意识，隐喻着由单一的传统文化到融合的多元文化之间的社会变化。对此，山下凯伦在一次涉及她何谓"纯粹的日本人"的采访中便曾直言："无论在日本还是在别的地

---

[1] Yamashita, Karen T. *Brazil-Maru*. Minneapolis: Coffee House Press, 1992: 6.

[2] Orihuela, Sharada. "Between Ownership and the Highway Property, Persons, and Freeways in Karen Tei Yamashita's *Tropic of Orange*." *Journal of American Studies*, 2021, 55 (4): 755.

[3] Yamashita, Karen T. *Brazil-Maru*. Minneapolis: Coffee House Press, 1992: 10.

[4] Yamashita, Karen T. *Brazil-Maru*. Minneapolis: Coffee House Press, 1992: 7.

方,并不存在所谓的纯粹的日本人","期待纯粹的想法就是种族主义的,生长在美国,又有着在巴西生活的经历,吸收不同的语言、文化和历史,我逐渐变成了现在的我。"①无论从何意义而言,在山下凯伦所描写的"巴西丸号"商船这个物理空间里,一个跨越在此岸和彼岸之间的,属于日裔巴西移民的精神家园由此而生。

后殖民主义理论家霍米·巴巴曾通过"杂糅性"(hybridity)的身份理论指出,文化身份之间并不相互排斥或分离,而是在交流碰撞过程中相互掺杂甚至交融。巴巴的"杂糅性"理论思想对于跨国家园的书写无疑具有指导意义。山下凯伦生长于美国,到巴西长住九年并结婚生子,又曾多次返回故国日本学习生活。这种穿梭于东西方文化,又跨越南北半球的特殊经历为其多元文化的身份思想提供了重要依据,也奠定了山下凯伦家园意识中"杂糅性"文化或精神成分,成为山下凯伦笔下跨国家园的特点之一。我们看到,在埃斯波兰萨社区,寺田一郎的父亲行医济世,广施善缘,与当地居民融洽相处,并要求一郎接受葡萄牙语与当地文化的教育,教一郎如何在新的国家生存,让一郎知道,"巴西是唯一一个让我能称之为家园的国度。一个富有的、美好的地方,我们建立新的家园……我们非常幸运受到这样一个国家的欢迎,给这个国家一点回馈是我们该尽的责任……埃斯波兰萨社区就是我的整个世界。"② 比起被称作"日本爱弥儿"的寺田一郎,另一名居住在埃斯波兰萨社区的离散者——宇野勘太郎的性格特色似乎更加鲜明,其追寻家园的意识也似乎更加强烈。作为宇野家族的长子,勘太郎是埃斯波兰萨社区的灵魂式与

---

① 转引自胡俊:《后现代政治化写作:当代美国少数族裔女作家研究》.北京:中国社会科学出版社,2014: 145.
② Yamashita, Karen T. *Brazil-Maru*. Minneapolis: Coffee House Press, 1992: 71.

领袖式的人物,他追寻的家园模式具有集日本与巴西的文化属性为一体的"杂糅性"特点。勘太郎是一名年轻的理想主义者,正如伯恩斯所认为的,"勘太郎是行动者,是处事者"。①"如果一郎是以什玛尔,也就是那个敏感的观察者和生存者,那么勘太郎就是亚哈船长。"②勘太郎时常勾勒着埃斯波兰萨社区的发展蓝图,将埃斯波兰萨社区视为自己追寻的新世界空间。他对于日本人移民巴西,在埃斯波兰萨社区建立一个"杂糅性"跨国家园抱有远大的目标和宏伟的构想。小说中提到:

> 勘太郎有一种方法,每当与人谈及未来生活的时候,总能让人们感到豁达与知足,充满希望。每次讨论一个项目,不论大小,他总会带着激情与乐观,就像我们日常生活中接手的任务,无论看似多么琐碎,实则都是更加重要的计划的一部分。他认为埃斯波兰萨社区犹如一颗蕴含新梦想的种子,是一个能够改变世界的新试验。③

勘太郎在追寻家园的过程中,将位于巴西的埃斯波兰萨社区看作"一颗蕴含新梦想的种子",认为它是"一个能够改变世界的新试验"。他坚信:"我,宇野勘太郎,必将埃斯波兰萨社区建成新的文明。"④社区的人们因此愿意同勘太郎谈论梦想和家园的追寻。然而,勘太郎在埃斯波

---

① Birns, Nicholas. "An Incomplete Journey: Settlement and Power in *Brazil-Maru*." In: *Karen Tei Yamashita: Fictions of Magic and Memory*. Robert Lee, ed. Honolulu: University of Hawaii Press, 2018: 94.

② Birns, Nicholas. "An Incomplete Journey: Settlement and Power in *Brazil-Maru*." In: *Karen Tei Yamashita: Fictions of Magic and Memory*. Robert Lee, ed. Honolulu: University of Hawaii Press, 2018: 101.

③ Yamashita, Karen T. *Brazil-Maru*. Minneapolis: Coffee House Press, 1992: 50.

④ Yamashita, Karen T. *Brazil-Maru*. Minneapolis: Coffee House Press, 1992: 117.

兰萨社区的家园追寻实际上影射着一名离散者对于跨国家园所在地的文明从接纳和尊重，到肯定和认同的身份转向，从而为其离散者的身份追寻到一份安宁与归宿。又如在《巴西丸》第七章"新世界"当中，山下凯伦用了大量的笔墨描写勘太郎眼中埃斯波兰萨社区的家园景观：

> 在这里，同住在一个屋檐下的，是代表60个不同地区的120名年轻人。直到现在我们每个人还在分散行事，各做各的，缺乏真正的力量。今天我邀请所有的人像运动一样，团结起来。我的建议是在每个乡村的地区建立一个中心。每一个地区建一个养殖场，种植稻谷……所赚的钱可用来创办学校，教育青年，建造医院……我们会有巨大的生产力……为了这个梦想，我们在埃斯波兰萨社区辛勤劳动，但我们已经证明，这并非空想，而是有望实现的。[1]

家园的书写不仅在于揭示物理空间层面上的生活环境，还在于展现隐含其中的人际关系和社会行为。家园空间也绝非仅仅是物质形式的容器，它还存在于我们所生活的物质世界，同时嵌入了纷繁复杂的社会关系。虽把自己看作埃斯波兰萨社区的中心人物，但勘太郎时常像亲人一般对待社区的居民。勘太郎已经意识到分散行事可能导致真正力量的缺乏。因此他提议埃斯波兰萨社区的居民团结起来，从而获得巨大的生产力。勘太郎认为，尽管日本和巴西是两个不同的地理家园，但在埃斯波兰萨社区建立以合作为基础的跨国家园是离家足有半个地球之远的日本人的宿命。作为居住在埃斯波兰萨社区的日裔巴西移民，他们完全能够

---

[1] Yamashita, Karen T. *Brazil-Maru*. Minneapolis: Coffee House Press, 1992: 77-78.

按照日本人的经济和社会模式在巴西建立一个包含日本社会文化的跨国家园。它像是一个位于异国巴西的物理空间和社会空间，又掺杂着日本文化的跨国家园。

在互相合作原则的前提下，勘太郎对于他的新家园，即埃斯波兰萨社区未来的追寻充满信心。勘太郎经常骑着一匹健壮的白马，在埃斯波兰萨社区的旷野上驰骋纵横，借此展现他的高雅形象。他曾把埃斯波兰萨社区看作一个充满想象力的无限空间。他说："就是这片土地。一切事物都可以在此快速地成长。如果祖母的身体能够恢复，让我带她逛逛这片新土地就好了。我一直到处骑马，这里拥有着精神和想象力的无限空间。"[①] "你可以笑话我，但我之所以来到这里，就是为了建立新的家园。当你能够建立某些新的事物，你就拥有付诸实践的自由。为何不尝试一番呢？"[②] 对于勘太郎的执着，身为"日本爱弥儿"的寺田一郎也坦言："我羡慕马背上的勘太郎，踏过满是灰尘的路，穿越我们新开垦的田地。"[③] 尽管公社的许多人认为勘太郎的做法奢侈，但在寺田一郎看来，"勘太郎实现了一个年轻人的梦想，在那段日子里，我很想模仿那份早属于勘太郎的骄傲和自由"。[④] 勘太郎代表了埃斯波兰萨社区这一新世界的勃勃生机，也代表了一份敢于追寻理想家园的意识。他"显然并不仅仅追求短期的经济利益，而是一开始就有一种建构新世界的雄心"。[⑤] 即便在战争爆发，人心惶惶，身边的日本移民全部心系自身安危的时候，

[①] Yamashita, Karen T. *Brazil-Maru*. Minneapolis: Coffee House Press, 1992: 17.
[②] Yamashita, Karen T. *Brazil-Maru*. Minneapolis: Coffee House Press, 1992: 30.
[③] Yamashita, Karen T. *Brazil-Maru*. Minneapolis: Coffee House Press, 1992: 16.
[④] Yamashita, Karen T. *Brazil-Maru*. Minneapolis: Coffee House Press, 1992: 16.
[⑤] 王一平：《巴西商船》《K圈循环》的移民环流与乌托邦建构.《英语研究》，2024(1): 141.

第三章 少数族裔小说中的家园图景

勘太郎仍对他领导的埃斯波兰萨社区和新世界农场（New World Ranch）胸有成竹。"从我们来到这片土地的那刻起，上天便开始保佑我们创造新的生活……许多移民只会想着回到日本，想着活一天算一天。当他们开始思考过去的时候，生命已经过去了。"[①]不但如此，勘太郎相信：

> 在新世界农场，我们一贯保持平静低调，又脚踏实地地将居民团结在一起，为了伟大的事业。我们正在试验新的技术，给这个饲养家禽的农场带来新的发现。新世界农场是一个不断进步的地方，是一个代表将来的地方。战争没有对新世界农场造成任何影响……无论我们身在何地，都要时刻准备，迎接新的黎明，新的时代。[②]

可见，埃斯波兰萨社区在勘太郎的内心深处无疑是一份值得追求的地理家园和精神家园。以勘太郎为代表的日裔巴西人来到埃斯波兰萨社区，将社区视为一个"新世界"般的空间，不但为了寻找新生活的地理家园，更由于他们不愿忘记曾经驻扎在内心深处的精神家园。无论勘太郎及其领导的埃斯波兰萨社区居民究竟是殖民者或是离散者，他们追寻的实际上是一个能够使日裔巴西人的属性逐步"杂糅化"的跨国家园。这点与生活在美国的少数族裔移民群体对其精神家园的追寻异曲同工。正如山下凯伦曾在第四部小说《K 圈循环》中的《纯粹的日本人》（"Purely Japanese"）一文对此有所表示，"我来自一个许多平民百姓，包括我自己所属的种族，长期遭受种族歧视和隔离的国家。我并不认为种族的纯粹

[①] Yamashita, Karen T. *Brazil-Maru*. Minneapolis: Coffee House Press, 1992: 104.
[②] Yamashita, Karen T. *Brazil-Maru*. Minneapolis: Coffee House Press, 1992: 104.

性有多么珍贵,也不相信它有多么重要。而在日本,我总是尽力去跨越,去归属"。① 或许从家园的角度讲,勘太郎代表了这样一类移民群体:他们彷徨于故国与移居国,徘徊在故国文化与移居国文化之间;但他们既摆脱了日本人身份或巴西人身份的纠缠,又能够综合应用这两种文化话语,与两种文化保持着对话式的关系。在这样一个"杂糅性"的文化或精神空间里,日裔巴西移民重新检视个人认同、社群归属的传统认知,从而建构出一种跨越种族之争的,值得人们耐心追寻的跨国家园。

《巴西丸》中的斯波兰萨社区还被描绘成与世隔绝的家园空间,从而让读者看到了一个世外桃源般的精神家园。即使在战争中,它也堪称一个让人梦寐以求的心灵港湾,并为读者展示了一个存在于"彼岸世界"的美好跨国家园的可能性。小说中,勘太郎之父宇野直太郎(Naotaro Uno)与巴西警察的对话再次验证了日本移民在巴西追寻和建立跨国家园的决心:

> "你是何时来到巴西的?"
> "1925年,乘坐'巴西丸号'商船。"
> "你住在哪里?"
> "埃斯波兰萨社区,在圣克鲁斯镇区的附近。我和全家人一起移民至此,我的妻子,我的孩子。我的孙子出生在这个国度。我们有自己的土地。一块60亩的田地。我们来到这里生活。如今巴西就是我们的家。"
> "你在圣保罗做什么?难道你不懂,你们的旅行是被禁止的?"

---

① Yamashita, Karen T. *Circle K Cycles*. Minneapolis: Coffee House Press, 2001: 12.

"我们是基督徒,是诚实的人。我不相信战争。"

"你曾经对日本天皇誓忠吗?"

"我们来到这里,是为了建立一个基于基督的理念和宗教自由的新文明。我们要建立新的生活方式。"

"你对日本国誓忠吗?你愿意放弃日本国民身份吗?"

"我是一个世界公民。"①

警察的问题颇似"二世"日裔美国作家约翰·冈田(John Okada, 1923—1971)的代表作《不—不仔》(*No-no Boy*, 1957)中日裔美国青年被问到的问题。该小说描写道,二战期间,除了主动提出遣返日本要求的人以外,所有17岁以上具有日本血统的美国公民和外国人都必须填写一份问卷调查。问卷包含了两个有关忠诚的问题,即:你是否愿意加入美国军队?你是否宣誓背弃日本,效忠美国?回答"是"的将被释放,回答"不"的将被拘留。日裔美国人因此处境尴尬,进退两难。《不—不仔》的主人公山田一郎(Ichiro Yamada)由于回答了两个"不"而被美国当局送进拘留营两年,又被关进监狱两年。但我们发现《巴西丸》中的宇野直太郎并不为此纠结,相反,他斩钉截铁地强调自己为追求新的文明和新的家园而来。据此,我们更加有理由相信,埃斯波兰萨社区不是一个简单的公社,而是承载了山下凯伦眼中日裔移民苦苦追求的一份精神家园。置身于这一理想的跨国家园,人们情愿忘却过去,在异国他乡用辛勤的劳动构建一个属于自己的新的身份与新的家园。

山下凯伦的第三部长篇小说《橘子回归线》是一部极具后现代风

---

① Yamashita, Karen T. *Brazil-Maru*. Minneapolis: Coffee House Press, 1992: 97.

格和共同体理念的作品,也是一部兼具族裔性与世界性的作品,同时是山下凯伦诸多小说中最受关注、研究视野最为开阔的作品。不同于前两部小说的是,《橘子回归线》的故事背景从巴西转移到了美国的洛杉矶。小说的七名主要人物,瑞法拉(Rafaela)、阮鲍比(Bobby Ngu)、艾米(Emi)、巴茨沃姆(Buzzworm)、曼扎纳·村上(Manzanar Murakami)、加布里埃尔(Gabriel)、阿克安吉尔(Arcangel)来自不同国家、种族和社会阶层。他们当中除了一名墨西哥人,其余都是美国少数族裔,包括日裔、华裔、墨西哥裔、非裔。他们汇聚在同一个城市空间里,形成了一幅非常形象的跨国家园画面。而作为集日本人、巴西人、美国人的身份为一体的山下凯伦,在她人生的流动轨迹中跨越了许多的边界。第四部长篇小说《K圈循环》的序言"纯粹的日本人"如是写道:

> 我们是这些变化的一部分:移民、移居者、流放者、旅行者、日裔巴西劳工、避难者、参观者、局外人、陌生人,以及为了寻找工作、教育和新机会的旅行者。我们跨越了南北半球的边界,也意识到日裔巴西人在经历了另一场巴西的经济萧条后,为了寻找工作养家糊口,而一路西迁日本的新运动。[1]

无论对于山下凯伦,或对于文中书写的移民、移居者、流放者、旅行者、日裔巴西劳工、避难者、参观者、局外人、陌生人、旅行者等一系列远离故国家园的离散者而言,跨越边界与追寻跨国家园都是紧密联系的。从这段描述我们也可以看出,山下凯伦眼中的家园流动性比起一般人更

---

[1] Yamashita, Karen T. *Circle K Cycles*. Minneapolis: Coffee House Press, 2001: 13.

为强烈。我们从山下凯伦在一次采访中的言辞看到，作者眼中的离散者总是在来来往往中流动，他们的家园就像一个在流动中跨越国度的社区：

> 他们是跨越国度的社区，包括在工作中来来往往的日本人、韩国人和中国人等亚洲人……跨国社区，尤其在香港、温哥华和洛杉矶，其流动性非常强烈，他们随时都在来来往往。不知道你是否像称呼他们为跨国社区，或跨界经济，或被全球化的群体那样，称呼他们为离散者。[1]

山下凯伦对于少数族裔群体，尤其是亚裔美国移民的跨国家园非常关注。她将亚裔移民的离散者形象及其跨国社区的家园建设同跨界经济、全球化等话题相联系，认为这一切的流动性非常强烈。在《橘子回归线》中，山下凯伦通过描绘少数族裔群体在洛杉矶、墨西哥等地区的跨越边界空间活动，"在小说的世界里描写了广泛的地理背景下庞大的种族、阶级和文化族谱"，[2] 以此表现她心中建构跨国家园的理念。

实际上，在流动中建构跨国家园的理想在《穿越雨林之弧》及《巴西丸》中石丸一正、寺田一郎、宇野勘太郎等人物由日本移民到巴西的历程就有所体现。但在《橘子回归线》中，山下凯伦试图将这份理念推向更深的高度。她首先将家园空间置于美国与墨西哥的边境，描写了阮鲍比、加布里埃尔、瑞法拉等离散者穿梭在两国边界之间建构家园的故事，而

---

[1] Liu, Kuilan. *The Shifting Boundaries: Interviews with Asian American Writers and Critics*. Tianjin: Nankai University Press, 2012: 134.

[2] Liu, Kuilan. *The Shifting Boundaries: Interviews with Asian American Writers and Critics*. Tianjin: Nankai University Press, 2012: 135.

后设置了以阿克安吉尔为代表的,多名来自不同国度的少数族裔移民齐聚于洛杉矶的故事;他们拥有不同的性格特点,不同的人生轨迹和不同的命运结局,将整座城市刻画成具有多元文化和人生百态的物理空间、社会空间和精神空间,从而使跨国家园的构建流露得更加明显。正是如此,洛杉矶城被勾勒成一个由多人书写,众人建构,或多种文化相互交织而成的跨国家园。在一次访谈中,山下凯伦如是评价洛杉矶的跨国家园景观:

  这座城市的地理分为不同层次,每天不同的人群都会以不同的方式穿越和协商这些层次,这些层次也许会融合,也许会不同。但是它们都代表着这座城市。城市如果没有人民的话就什么都不是,每一组新的移民都会利用现有的结构和基础设施来拥有新的家园。城市因此永远处在变化中,但是它也是家。这也意味着家不是固定的,而是变化的。[1]

山下凯伦坚信家园并非一成不变的,随时处在变化之中的城市也可能是理想的家园。在山下凯伦的眼里,空间的移动实则代表了一份家园的流动,"对迁徙和景观之间关系的探索最终将引向对家园观的考察"。[2]正是凭借着这份"不是固定的,而是变化的"跨国家园理念,山下凯伦在《橘子回归线》中描写了多名离散者在跨越边界空间的过程中构建家园的历程。从墨西哥到洛杉矶,又到整个拉丁美洲,小说中的七个离散人

---

[1] 转引自胡俊:《橘子回归线》中的洛杉矶书写:"去中心化"的家园.《前沿》,2015(10): 78.
[2] Jun, Hu. "Home Reconsidered in Transnational Fiction: Walking as Alternative Oppositional Mobility and Landscape Claiming in Karen Tei *Yamashita's Tropic of Orange.*" *Mobilities*, 2024, 19 (4): 612.

物于物理空间的流动让我们更加有感于家园与跨国文化和跨国身份之间的联系,深刻领悟在多元文化的后现代社会中,家园的构建需要更加开放包容的空间。简言之,山下凯伦在《橘子回归线》中极力构建了一个流动的、开放的理想家园。

尽管《橘子回归线》未像《穿越雨林之弧》那样曾获过美国图书奖,但它同样堪称一部名作,学界对这部小说的重视也与后者平分秋色。与《穿越雨林之弧》和《巴西丸》相似的是,《橘子回归线》描述了一群离散者从世界各地聚集在一个特定的物理空间,追寻他们的新家园。有所不同的是,《橘子回归线》首次将地理家园的位置从巴西转移到了美国,也就是山下凯伦目前居住的城市洛杉矶。"1984年,在巴西呆了将近十年以后,山下凯伦与她的家人作为'后现代'移民者,返回了洛杉矶。到达洛杉矶之时,山下凯伦发现这座城市与她当初年少时所认识的情况截然不同。此前,这座城市已经成了许多新进移民的家园。就像她自己的家庭一样,移民们来自世界各地;其中尤以南美洲和亚洲为主,由于全球化对这些地区的影响,许多人成了经济上的难民。"[1] 洛杉矶以其多元文化、海纳百川的国际化都市形象吸引了一批批的移民来此建立跨国家园。"自1960年以来,进入洛杉矶的移民,其人数之众多,种族之多样,只能与上一世纪之交涌入纽约的移民潮相比。"[2]《橘子回归线》的洛杉矶城从某种意义上比起位于巴西的"玛塔考""埃斯波兰萨社区",甚至《K圈循环》中的日本,更容易给人以浓厚的现代家园气息。山下凯伦在一次关于该小说的采访中谈到自己对于洛杉矶这个城市空间的体会:

---

[1] Shimazu, Nobuko. "Karen Tei Yamashita's Challenge: Immigrants Moving with the Changing Landscape." Diss. Indiana University of Pennsylvania, 2006: 158.

[2] 苏贾:《后现代地理学:重申批判社会理论的空间》.王文斌,译.北京:商务印书馆,2004: 324.

> 我发现了一个非常不一样的城市,人们从世界各地汇集到洛杉矶。这里的生活激动人心,我醉心于再次生活在此。但是当我去阅读有关洛杉矶的文学时,却发现还没有人谈到这种变化。我创作这本书就是为了让那些原先被洛杉矶文学所忽视的人们包括进来。而且我发现我的家庭也是这波浩浩荡荡移民队伍的一分子,我当然认同这种迁移。[①]

山下凯伦认为,自己同来自世界各地的移民一起,已经把洛杉矶当作新的家园:"如果我从没属于过洛杉矶的日裔美国人社区,我将不适合居住在日本。"[②] 山下凯伦出生于洛杉矶,长大成人后曾经有过两次日本之行及一次长达九年多的巴西之旅,或许正是这种跨越东西方文化与南北半球的经历使得山下凯伦能够用一种更为开放的视野审视她心目中的家园。"对于洛杉矶,山下凯伦经历了从熟悉到陌生再到熟悉的变化,当她的笔触伸向洛杉矶时,这座城市的活力和多元性得到了前所未有的表现。"[③] 她甚至指出,自己之所以创作《橘子回归线》这部以洛杉矶为背景的小说,实际上是为了描写容易被美国文坛疏漏的洛杉矶移民家庭的生活。小说中,试图在洛杉矶建立跨国家园的七个主要人物中没有一个是美国本土的白人。除了阿克安吉尔一个是墨西哥人外,其余的全都是美国少数族裔,包括日裔美国人、华裔美国人、墨西哥裔美国人、非裔美

[①] 转引自胡俊:《后现代政治化写作:当代美国少数族裔女作家研究》.北京:中国社会科学出版社,2014:147-148.

[②] Yamashita, Karen T. "Literature as Community: The Turtle, Imagination & the Journey Home." *The Massachusetts Review*, 2018, 59(4): 601.

[③] 胡俊:《橘子回归线》中的洛杉矶书写:"去中心化"的家园.《前沿》,2015 (10):75.

国人等。伴随着整个洛杉矶城市空间的书写，山下凯伦逐一刻画了这些"边缘"的少数族裔离散者在洛杉矶城建构跨国家园的故事。以阮鲍比为例，他原本生活在新加坡的一个小康之家。父亲经营一家自行车行，阮氏一家人在新加坡的生活还算安稳。然而不久之后，美国公司的涌入让父亲的公司面临倒闭的边缘，因为"新的机器，多了五十美分的工资。不久过后，美国公司的自行车销往世界各地……鲍比的父亲生意越做越失败，无法与之竞争"。① 最终父亲不得不关闭车行，将鲍比和另一个儿子送到位于新加坡的越南难民营，以求有朝一日能够以越南难民的身份来到美国。尽管该途径具有非法的偷渡性质，但在父亲的眼里，多元文化的美国才是适合儿子的理想家园。他经常对儿子说："你想要将来吗？那最好到美国去，最好开始从事一些新的事业。为了家庭，你最好到美国去。无须担心我们，好好开启你崭新的未来。"② 到了美国的鲍比结识了同为离散者的瑞法拉，在洛杉矶的韩国城，他们结婚生子，"一起将洛杉矶变成新的家园"。③ 为了建构这份理想的跨国家园，鲍比付出了辛苦的劳动：

> 自从他来到这里，他就一直在不停地工作，毫不停歇地在工作。洗碗、切菜、拖地、煎汉堡、刷墙壁、修草坪、挖水沟、扫地、修水管、擦尿桶、通马桶、洗衣服、熨衣服、缝衣服、种树、换轮胎、扛沙包……灌水泥、盖东西、拆东西、修补、清理……④

---

① Yamashita, Karen T. *Tropic of Orange*. Minneapolis: Coffee House Press, 1997: 17-18.
② Yamashita, Karen T. *Tropic of Orange*. Minneapolis: Coffee House Press, 1997: 15.
③ Shimazu, Nobuko. "Karen Tei Yamashita's Challenge: Immigrants Moving with the Changing Landscape." Diss. Indiana University of Pennsylvania, 2006: 173.
④ Yamashita, Karen T. *Tropic of Orange*. Minneapolis: Coffee House Press, 1997: 79.

阮鲍比身处社会的底层，他试图通过跨界的方式追寻和建构自己的地理家园和精神家园。鲍比与瑞法拉一起做着清洁工的工作，白天帮人打扫卫生，夜晚回到位于洛杉矶韩国城的温暖小家，尽管收入不高，但也算衣食无忧。夫妻俩通过自身的努力，终于拥有了名牌汽车、无线电话、超大容量洗衣机、加热烘干机等日常用品，为自己赢得了跨越国界的家园归属感。露丝·休（Ruth Hsu）说得好："山下凯伦笔下的洛杉矶人口密度虽高，但不属于个体，它时常被边缘化，不乏危险、困难，到处弥漫着噪声……然而，在通往家园的道路上却罕见有人停顿。"[1] 此刻在洛杉矶家庭生活和事业有成的鲍比已经是受到美国主流社会肯定的"勤奋、合作、自律、安静的亚裔美国人"。[2] 其模范少数族裔形象[3]的建立从某种意义上也已经"标记了亚裔移民在美国从被拒绝到被接受的发展历

---

[1] Hsu, Ruth. "Karen Tei Yamashita's *Tropic of Orange* and Chaos Theory: Angels and a Motley Crew." In: *Karen Tei Yamashita: Fictions of Magic and Memory*. Robert Lee, ed. Honolulu: University of Hawaii Press, 2018: 107.

[2] Sato, Gayle K. "Manzanar and Nomonhan: The Relocation of Japanese/American War Memory in *Tropic of Orange* and *The Wind-up Bird Chronicle*." In: *Global Perspectives on Asian American Literature*. Huang Guiyou, Wu Bing, eds. Beijing: Foreign Language Teaching and Research Press, 2007: 52.

[3] 模范少数族裔（model minority）是在20世纪60年代民权运动的背景下，美国社会冠以亚裔美国人勤奋与成功的"殊荣"。它以加利福尼亚大学社会学教授威廉·皮特森（William Peterson）在杂志上发表的《日裔美国人的成功》（"Success Story: Japanese American Style"）一文为标志。该文章"高度赞扬了日裔美国人，认为他们已经成功地融入了美国社会"。参见黄际英．"模范少数族裔"理论：神话与现实．《东北师大学报（哲学社会科学版）》，2002(6): 52。80年代该理论继续升温，并将其赞美范围由日、华裔扩大到韩、菲、越等亚裔族群。但学界普遍认为，这是一个虚幻的光环，甚至可能暗示亚裔美国人给其他族裔美国人带来了种族威胁，从而激化亚裔美国人同其他族裔美国人之间的矛盾。本小节主要聚焦于鲍比个人在美国追寻和建构家园的历程，对于模范少数族裔是否造成族群矛盾的问题暂不予置评。

程"。① 不久之后，鲍比感到，"能活在美国真是幸福，被美国人所拯救。新的国家，新的生活。努力工作去实现它，彻彻底底的美国人。"② 小说的结尾，我们看到鲍比、瑞法拉和孩子在经历了一段分离后再次团聚。此时，"橘子回归线"也随之经历了南北的迁移，回到了瑞法拉一家人的住所。鲍比"像在飞翔一样将他的臂膀张得很宽，像在飞翔一样拥抱……让这条线在他的手腕滑动，经过他的手掌，穿越手指。"③ 从某种程度上讲，"橘子回归线"的移动隐喻了现代社会人类家园的流动，而洛杉矶以其富含流动与越界色彩让鲍比与瑞法拉的跨国家园追寻得到了实现。正是如此，有学者认为："比起城市的历史，山下将种族和阶级置于她对洛杉矶的定义中心，描绘了洛杉矶的精神体系，这座城市作为贴近自然与'乌托邦'的处所，使人远离了一直困扰着美国东部和中西部古老城市的城市化和人性问题。"④ 从这个意义上说，将跨国家园的追寻与建构历程通过洛杉矶城市空间表现出来，正是山下凯伦对于少数族裔群体在现代美国社会的生存困境书写的一份传承与超越。

在文学和历史的长河之中，对于大多数移居异国他乡的离散者，无论他们置身于怎样的物理空间、社会空间或精神空间，都时常把家园看作探索的重要对象。同样，对于少数族裔作家而言，他们也经常通过各种文学和艺术形式，讲述着作为离散者的自己与家园之间的关系，表达

---

① Lye, Colleen. *America's Asia: Racial Form and American Literature, 1893-1945*. Princeton: Princeton University Press, 2005: 5.
② Yamashita, Karen T. *Tropic of Orange*. Minneapolis: Coffee House Press, 1997: 159.
③ Yamashita, Karen T. *Tropic of Orange*. Minneapolis: Coffee House Press, 1997: 268.
④ Sze, Julie. "Not by Politics Alone: Gender and Environmental Justice in Karen Tei Yamashita's *Tropic of Orange*." *Bucknell Review*, 2000(1): 35-36.

自己对家园的深切体验、思考和感受。在山下凯伦的大多数小说中，读者并不经常"家园"一词，但从她所描绘的故事中，我们却能感到一种浓厚的家园使命感。无论这些离散者是从日本离散到巴西，或从巴西返回日本，又或从巴西到美国，他们都是在一个特定的物理空间经历了家园的失落，又梦想着追寻和重构理想家园的人。另一方面，作为日本人的女儿、美国人的公民、巴西人的儿媳，山下凯伦的身上兼具了比一般的美国少数族裔作家更多的"越界"和"跨国"特点，这也是她时常书写跨国家园的基础。正如她自己所言："我发现自己处在两个国别文学之间的特殊位置，日本文学和美国文学。我总是把自己当作日裔美国作家……日裔美国人的思想开始有了另一层意义，较少作为少数族裔的政治认同，愈发成为一种跨国的身份。"[1] 这份东西方文化交融，又跨越南北半球的多重空间属性注定了山下凯伦的家园意识比许多族裔作家更为开放和广阔。

如今的山下凯伦是加利福尼亚大学圣克鲁斯分校荣誉退休教授，虽已年过七旬，但她仍笔耕不辍，活跃在当代美国文坛。她曾于2018年到访过中国，在中国人民大学、北京外国语大学、美国驻上海领事馆新闻文化处上海美国中心和一些学者、作家畅谈"亚裔美国文学""共同体""家园""移民故事"等热点话题。2020年，她出版了最新故事集《"三世"与情感》(*Sansei and Sensibility*)。显而易见，这部故事集的标题是英国女作家简·奥斯汀(Jane Austen, 1775—1817)的名著《理智与情感》(*Sense and Sensibility*, 1811)的一种戏仿。书中的日裔美国人与简·奥斯汀笔下的人物相互联系，独特的美国历史与重新想象的经典互

---

[1] Yamashita, Karen T. "Travelling Voices." *Comparative Literature Studies*, 2008, 45(1): 5.

相结合：在20世纪六七十年代的加州，达西先生是足球队的队长，曼斯菲尔德庄园出现在洛杉矶郊区……跨越国界、阶级、种族和性别的故事以机智幽默的写作手法进入我们的现代世界，再次彰显山下凯伦追寻和建构跨国家园的情怀。2021年，山下凯伦荣获美国国家图书基金会文学杰出贡献奖。在获奖感言中，她强调将这一荣誉授予亚裔美国作家的特殊意义："在后疫情的时代，我们见证了如此多的荒谬、谎言，以及反难民、反移民、反穆斯林和对亚裔的仇恨……在这样的时刻，愿我们的写作能够创造宽容和关怀。"[1]山下凯伦认为，在疫情肆虐的年代，亚裔作家的作品需要体现更多的思考和担当，它们应该是对不公命运的揭露和抵抗，是对一度处于边缘地带的少数群体的声援，更是对人类美好生活的热爱。在获奖感言中，山下凯伦还用饱含家园意识的文字阐释日本古代传说《浦岛太郎》[2]，以此表达自己创作思想中浓厚的家园意识。她认为："海龟可以是驮着我们完成生命旅程的交通工具。或者说，海龟以它的龟壳为家，实际上蕴含着不同的寓意。关于我们如何通过自己的身体旅

---

[1] 参见加利福尼亚大学圣克鲁斯分校官网报道：Ham, Robert. "Karen Tei Yamashita Receives 2021 Medal for Distinguished Contribution to American Letters." UC Santa Cruz. 2 December 2021. https://news.ucsc.edu/2021/12/yamashita-medal.html. Accessed on 3 August 2024.

[2] 浦岛太郎的故事在日本是一个家喻户晓的传说。浦岛太郎在海边救了一只被小孩子欺负的海龟。为了报恩，海龟带着浦岛太郎去参观龙宫，受到了龙宫公主的热情款待。在龙宫待了几天的浦岛太郎想起家里的母亲，想起了自己生活的村庄，他决定告别龙宫，返回家乡。临行前，公主给了他一个小小的宝盒，并嘱咐他千万不能打开宝盒。上岸后的浦岛太郎发现陆地上已人事已非，一问之下，才知道原来他在龙宫待的几天，却是陆地上的好几百年。面对眼前的处境，他一筹莫展，不知如何是好。于是，他决定打开宝盒看看。当他一打开宝盒，一缕白烟从中飘出，浦岛太郎瞬间变成了一个老头儿。

行,即使被命运贴上种族、性别、肤色、移民、难民、流亡者的标签……"①基于这样一份开放包容的家园理念和社会担当,我们有理由相信,不久的将来山下凯伦还会为读者带来更多的优秀作品。

---

① Ham, Robert. "Karen Tei Yamashita Receives 2021 Medal for Distinguished Contribution to American Letters." UC Santa Cruz. 2 December 2021. https://news.ucsc.edu/2021/12/yamashita-medal.html. Accessed on 3 August 2024.

结 论

本书对海明威、福克纳、菲茨杰拉德、纳博科夫、冯内古特、厄普代克、贝娄、莫里森、山下凯伦等九位现当代美国作家及其小说中的家园意识进行了研究。九位作家生活的时代背景和社会环境不同，各自的人生经历不同，其家园书写的内容自然也不尽相同。然而，他们对于理想家园的情感和渴望却是不谋而合的。那些在他们的记忆中曾经的美好家园如今大部分都已成为"失乐园"。追寻、建立或回归一个理想的家园成了他们共同的夙愿，也成了他们的小说创作中一个共同的主题。

在现代主义时期，工业化、城市化和科技化的快速发展，导致了传统家园的瓦解和个体精神家园的异化，许多现代主义小说书写的是人物的孤独感和疏离感。此外，战争给美国人民带来的阴影和创伤、"爵士时代"奢华背后的空虚和无奈、大萧条时期的经济衰退与危机、工业文明对乡村家园和田园生活的破坏等等，也让许多现代小说家纷纷提笔反映这一时期美国人民的家园困境。虽然海明威笔下几乎都是一些能够在重压之下保持风度的"硬汉"，但他们同样始终无法摆脱精神家园荒芜与迷惘的困境。尽管福克纳的乡土家园意识根深蒂固，但他在表现对于南方乡土家园守望情怀的同时，也敢于批判那些造成南方人民家园失落的丑恶一面。尽管菲茨杰拉德笔下不乏家财万贯的大富豪，但他的小说更着重描写的仍然是那个年代美国社会荒芜不堪的精神面貌和美国人民的家园迷失。

作为现代主义小说的一种创新性发展和延续，后现代主义小说采用了碎片化的叙事结构，通过多个视角和非线性的时间线索来书写家园。后现代主义作家常常融合多种文化元素，打破对传统家园的定义，将其从一个固定的物理空间扩展为一种流动的、更加多元的文化和精神空间，从而展现作家对于家园的复杂情感和批判反思。纳博科夫以小说中的记忆和怀旧书写，表达他在流亡过程中对于俄罗斯和美国的复杂家园情感，并试图构建他心目中理想的彼岸家园。冯内古特将"黑色幽默"与科学幻想和天马行空的后现代写作手法相结合，在呈现后现代社会家园景观的同时，批判和反思了战争与科技发展对后现代社会全人类家园环境的破坏。厄普代克聚焦整个时代美国社会的道德和伦理风貌，引发读者对各种家园伦理问题进行深层的思考。

家园是文学作品永恒的主题，更是少数族裔文学创作亘古不变的话题。一方面，少数族裔文学时常聚焦于"流散、同化、身份、苦难"的母题，其批评模式与家园意识有着不解之缘。贝娄的作品展现以犹太人为代表的美国少数族裔群体在现代社会的精神困惑及其对一个具有归属感和安全感的精神家园的渴望。莫里森小说通过对家园的记忆与追寻的书写，表现她作为黑人女性作家对一个种族和性别平等的理想家园的诉求。另一方面，随着全球化进程的发展，学界在强调族裔性的同时，也更加关注了少数族裔文学的世界性和当下性。毕竟，"随着全球化的发展，国家间的政治、经济、文化交流更加频繁，英语文学与全球化的关系也更加密切。过去文学研究中的关键词，例如边界、身份等都发生了本质的变化。在此背景之下，以往的民族主义研究范式不再能够适应全球化背景下产生的文学作品的丰富内涵"。[①] "人口在全球范围的流动改变了人们对家园的认识，人们的生活方式可以根植于思想、记忆而不是地方和物质，家也可以成为一种观念和想象，而不再局限于某个局地的地理地点。移民与家园的物理分离催生了他们对家园的想象。"[②] 正如山下凯伦

[①] 王小涛：《美国华裔文学中的家园书写与身份认同研究》. 西安：陕西人民出版社，2022: 26.

[②] 王小涛：《美国华裔文学中的家园书写与身份认同研究》. 西安：陕西人民出版社，2022: 61.

在一篇已发表的学术论文中指出的,"我的作品关乎流动与移民、迁移、跨越太平洋两岸的难民、大众文化的传播"。[①] 在此基础上,山下凯伦的小说"推翻了亚裔美国文学的简单定义和界限",[②] 以"融合东西文化,跨越南北半球"的跨国家园书写,构建了一个全球化时代更为开放和包容的家园图景。

纵观现当代美国文坛,无论对于现代主义作家,或是后现代主义作家、少数族裔作家而言,他们力图呈现一个家园的记忆、迷失、追寻、建立的过程,以表达其对家园归属的渴望,并通过记忆与想象重构多维度的家园景观,以寻求回归人类的精神家园和心灵的港湾。这些作家笔下的家园不仅仅是一个具体的物理空间,它还可能代表一种精神寄托和身份认同,并且"蕴含了一种对田园、对家园、对人与自然的新理解……一种健康的生活气息:健康的生命,完整的自然风景和家庭风景,健全的人与物种、人与荒野、人与土地、人与人的关系……重返天地人合一的家园"。[③] 他们的家园意识一方面是对现代社会文明导致个人的"小家园"失落与社会,乃至地球"大家园"失落的深刻揭示,另一方面也是对保护现代人类生存环境的一种呼吁。或者说,是一种生活方式的呈现,同时也是对当下社会环境的一种批判与反思及对未来生活的一种追寻与憧憬。简言之,其记忆中的家园和追寻的家园都已经超越了单纯的地理属

[①] Yamashita, Karen T., and Lucy Burns M. "Anime Wong: Mobilizing (techno) Orientalism—Artistic Keynote and Conversation." *Journal of Contemporary Drama in English*, 2017, 5 (1): 175.

[②] Gamber, John B. "Dancing with Goblins in Plastic Jungles: History, Nikkei Transnationalism, and Romantic Environmentalism in *Through the Arc of the Rain Forest*." In: *Karen Tei Yamashita: Fictions of Magic and Memory*. Robert Lee, ed. Honolulu: University of Hawaii Press, 2018: 40.

[③] 马军红:《美国当代文学中的怀旧书写研究》. 北京:华夏出版社,2022: 202.

性，承载了"他者"身份的消解、文化鸿沟的逾越，以及家庭和社会责任的担当。

时至今日，家园意识虽已算不上新的文学文化批评视角，但其研究的范围仍然在不断扩大，探讨问题的深度也在不断加强。甚至可以说，只要精神与文化冲突、种族和性别歧视、环境污染、自然灾难、家庭矛盾等方面的现实问题一日不除，文学作品中家园书写的使命就没有完成，小说中的家园意识研究就会一直引人注目。就此而言，以家园意识的角度重新审视现当代美国小说，其实关注的不仅是一个人的物质、精神与文化生活，还关注了家国前途，乃至人类的未来。

最后，需要说明的是，本书选取九位作家的多部小说作为案例开展研究。虽然这九位作家的家园书写具有代表意义，但并不意味着现当代美国小说中涉及家园意识的小说仅限于这些。相反，这是本书的一个不足之处，也是笔者今后持续努力的方向。

参考文献

Alexander, Anoushka. "Plainspoken about Jew and Gentile: Vladimir Nabokov, the Legacy of Russian Liberalism, and the Jewish Question." *Jewish Culture and History*, 2022, 23(4): 367-383.

Allen, John. *Homelessness in American Literature: Romanticism, Realism and Testimony*. New York: Routledge, 2004.

Anderson, David L. *Archetypal Figures in "The Snows of Kilimanjaro": Hemingway on Flight and Hospitality*. Kent: The Kent State University Press, 2019.

Anderson, Eric G. and Taylor, Melanie B. "The Landscape of Disaster: Hemingway, Porter, and the Soundings of Indigenous Silence." *Texas Studies in Literature and Language*, 2017, 59 (3): 319-352.

Andrew, Scheiber. "Jazz and the Future Blues: Toni Morrison's Urban Folk Zone." *Modern Fiction Studies*, 2006, 52 (2): 470-494.

Androne, Richard. "The Pennsylvania Updike." *Pennsylvania History: A Journal of Mid-Atlantic Studies*, 2018, 85(1): 128-135.

Baker, Carlos. *Ernest Hemingway: A Life Story*. New York: Penguin Books, 1987.

Baker, Carlos. *Ernest Hemingway: Selected Letters, 1917-1961*. New York: Charles Scribner's Sons, 1981.

Barrows, Adam. "'Spastic in Time': Time and Disability in Kurt Vonnegut's *Slaughterhouse-Five*." *Journal of Literary & Cultural Disability Studies*,

2018, 12(4): 391-405.

Beegle, Susan F. "Second Growth: The Ecology of Loss in 'Fathers and Sons'." In: *New Essays on Hemingway's Short Fiction*. Paul Smith, ed. Cambridge: Cambridge University Press, 1998.

Bellis, Jack De. *John Updike's Early Years*. Bethlehem: Lehigh University Press, 2013.

Berman, Ronald. *Translating Modernism: Fitzgerald and Hemingway*. Tuscaloosa: University of Alabama Press, 2009.

Bhabha, Homi. *The Location of Culture*. New York: Roultedge, 1994.

Birns, Nicholas. "An Incomplete Journey: Settlement and Power in Brazil-Maru." In: *Karen Tei Yamashita: Fictions of Magic and Memory*. Robert Lee, ed. Honolulu: University of Hawaii Press, 2018.

Bleikasten, André and Watchorn, Miriam. *William Faulkner: A Life Through Novels*. Bloomington: Indiana University Press, 2017.

Brown, Kevin. "The Psychiatrists Were Right: Anomic Alienation in Kurt Vonnegut's *Slaughterhouse-Five*." *South Central Review*, 2011, 28(2): 101-109.

Bryer, Jackson R., Prigozy, Ruth and Stern, Milton R, eds. *F. Scott Fitzgerald in the Twenty-First Century*. Tuscaloosa: University of Alabama Press, 2003.

Bryer, Jackson R., Prigozy, Ruth and Stern, Milton R., eds. *Fitzgerald: New Perspectives*. Athens: University of Georgia Press, 2000.

Bryla, Martyna. "Writing Prague: Philip Roth's and John Updike's Literary Takes on the Czech Capital. " *Philip Roth Studies*, 2020, 16(2): 60-83.

Buzacott, Lucy. "History, Fiction, Autobiography: William Faulkner's 'Mississippi'." *Life Writing*, 2019, 16 (4): 553-566.

Carpenter, Amy. "'For all Their Story Sound, from a Place as Deep': The Influence of Kurt Vonnegut's Humor on Anne Sexton's Transformations." *Studies in American Humor*, 2018, 4(1): 37-57.

Castelli, Alberto. "Beauty Against the Grain: *The Great Gatsby*." *Moderna Sprak*, 2023, 117(3): 142-154.

Cirino, Mark and Ott, Mark P. *Ernest Hemingway and the Geography of Memory*. Kent: The Kent State University Press, 2013.

Connolly, Julian, ed. *Nabokov and His Fiction: New Perspectives*. Cambridge: Cambridge University Press, 1999.

Crang, Mike. *Cultural Geography*. London: Routledge, 1998.

Cronin, Gloria L. "Review of *Saul Bellow: Letters*." *Philip Roth Studies*, 2011, 7 (2): 221-223.

Decuzmán, Maria. "Hiding a Hurricane Under a Beach Umbrella: Fitzgerald's *Tender Is the Night's* Ecological Latencies." *The Trumpeter*, 2024, 40(1): 22-48.

Donaldson, Scott. "Ernest, Hadley, and ltaly." In: Mark Cirino, and Mark Ott, eds. *Hemingway and Italy: Twenty-First-Century Perspectives*. Gainesville: University Press of Florida, 2025.

Donaldson, Scott. *Fitzgerald and Hemingway: Works and Days*. New York: Columbia University Press, 2009.

Earle, Harriet. "Traumatic absurdity, palimpsest, and play: A *Slaughterhouse-Five* Case Study." *Journal of Graphic Novels and Comics*, 2022, 13(4): 521-535.

Farrell, Susan. "American Fascism and the Historical Underpinnings of Kurt Vonnegut's *Mother Night*." *Journal of Modern Literature*, 2022, 46(1): 141-157.

Foucault, Michel. "Of Other Spaces." *Diacritics*, 1986, 16 (1): 22-27.

Gamber, John B. "Dancing with Goblins in Plastic Jungles: History, Nikkei Transnationalism, and Romantic Environmentalism in *Through the Arc of the Rain Forest*." In: *Karen Tei Yamashita: Fictions of Magic and Memory*. Robert Lee, ed. Honolulu: University of Hawaii Press, 2018: 39-58.

Godden, Richard. *William Faulkner: An Economy of Complex Words*. Princeton: Princeton University Press, 2007.

Goodspeed C., Julie. "Modernist Style, Identity Politics, and Trauma in Hemingway's 'Big Two-Hearted River' and Stein's 'Picasso'." In: *Teaching Hemingway and Modernism.* Joseph Fruscione, ed. Kent: The Kent State University Press, 2015.

Greiner, Donald. "Contextualizing John Updike." *Contemporary Literature*, 2002, 43(1): 194-202.

Hall, Alice. *Disability and Modern Fiction: Faulkner, Morrison, Coetzee and the Nobel Prize for Literature.* New York: Palgrave Macmillan, 2012.

Hays, Peter L. *Fifty Years of Hemingway Criticism.* Lanham: Scarecrow Press, Incorporated, 2013.

Huang, Guiyou. *The Greenwood Encyclopedia of Asian American Literature.* Westport: Greenwood Publishing Group, Inc., 2009.

Holliday, Shawn. "*The Torrents of Spring* and the Beginning of the Hemingway Myth." *Arizona Quarterly: A Journal of American Literature, Culture, and Theory*, 2024, 80(2): 35-56.

Honeini, Ahmed. "Now I can write: The tenacity and Endurance of William Faulkner's *The Sound and the Fury.*" *Journal of American Studies*, 2023, 57(4): 602-609.

Hsu, Ruth. "Karen Tei Yamashita's *Tropic of Orange* and Chaos Theory: Angels and a Motley Crew." In: *Karen Tei Yamashita: Fictions of Magic and Memory.* Robert Lee, ed. Honolulu: University of Hawaii Press, 2018: 105-122.

Jacobsen, Mikka. "Kurt Vonnegut Lives on Tinder." *The Missouri Review*, 2020, 43(3): 140-155.

Jewett, Chad. "The Modality of Toni Morrison's *Jazz.*" *African American Review*, 2006, 48(4): 445-456.

Jin, Ha. *The Writer as Migrant.* Chicago: The University of Chicago Press, 2008.

Josephs, Allen. "Hemingway's Spanish Sensibility." In: *The Cambridge Compan-*

ion to Ernest Hemingway. Scott Donaldson, ed. Shanghai: Shanghai Foreign Language Education Press, 2000.

Jun, Hu. "Home Reconsidered in Transnational Fiction: Walking as Alternative Oppositional Mobility and Landscape Claiming in Karen Tei Yamashita's *Tropic of Orange*." *Mobilities*, 2024, 19(4): 609-624.

Juraszek, Dawid Bernard. "'We Have Very Primitive Emotions': Cognitive Biases and Environmental Crises in Hemingway's *Green Hills of Africa*." *English Studies*, 2021, 102 (6): 670-712.

Kaiser, Wilson. "John Updike, Now and Then." *American Studies*, 2014, 53(2): 141-153.

Katawal, Ubaraj. "Home and Exilic Consciousness: Kurt Vonnegut's *Slaughterhouse-Five* and William Spanos' *In the Neighborhood of Zero*." *Symploke*, 2016, 24 (1): 279-291.

Kim, Elaine H. *Asian American Literature: An Introduction to the Writings and Their Social Context*. Philadelphia: Temple University Press, 1982.

Kim, Wook Dong. "Hemingway's *The Old Man and the Sea*: Paired Oppositions as a Narrative Strategy." *ANQ: A Quarterly Journal of Short Articles, Notes and Reviews*, 2024, 37(2): 279-282.

Kleinberg-Levin, David. *Redeeming Words and the Promise of: A Critical Theory Approach to Wallace Stevens and Vladimir Nabokov*. Lanham: Lexington Books, 2012.

Klier, Gabriel and Vaccari, Andres. "A Tentative Tangling of Tendrils Making Oddkin with Kurt Vonnegut and Donna Haraway." *Environmental Humanities*, 2024, 16(3): 571-589.

Klinkowitz, Jerome. *Vonnegut in Fact: The Public Spokesmanship of Personal Fiction*. Columbia: University of South Carolina Press, 1998.

Kyzek, Caroline Ann Danek. "Music and Dance in *The Great Gatsby*." *British and*

American Studies, 2024, 30 (4): 43-50.

Lalonde, Chris. "Did you Hear the One about…? Humor in *Through the Arc of the Rain Forest and Brazil-Maru.*" In: *Karen Tei Yamashita: Fictions of Magic and Memory*. Robert Lee, ed. Honolulu: University of Hawaii Press, 2018: 59-72.

Lea, Daniel. "Review of *Kurt Vonnegut's America*." *Utopian Studies,* 2010, 21(1): 169-172.

Leeds, Marc and Reed J., Peter, eds. *Kurt Vonnegut: Images and Representations*. Westport: Greenwood Press, 2000.

Lillvis, Kristen. "Becoming Self and Mother: Posthuman Liminality in Toni Morrison's *Beloved*." *Critique: Studies in Contemporary Fiction*, 2013, 54(4): 452-464.

Ling, Jinqi. *Across Meridians: History and Figuration in Karen Tei Yamashita's Transnational Novels*. Stanford: Stanford University Press, 2012.

Liu, Kuilan. *The Shifting Boundaries: Interviews with Asian American Writers and Critics*. Tianjin: Nankai University Press, 2012.

Louis, Ansu. "The Economy of Desire in Kurt Vonnegut's *Slaughterhouse-Five*." *Symploke*, 2018, 26(1): 191-205.

Lukasz F., Thomas. *Kurt Vonnegut: A Critical Companion*. Westport: Greenwood Press, 2002.

Lye, Colleen. *America's Asia: Racial Form and American Literature, 1893-1945*. Princeton: Princeton University Press, 2005.

Lynch, Kevin. *The Image of the City*. Cambridge: The Massachusetts Institute of Technology Press, 1960.

Madigan, Patrick. "Review of *Bright Star, Green Light: The Beautiful Works and Damned Lives of John Keats and F. Scott Fitzgerald*." *Heythrop Journal*, 2021, 62(5): 961-962.

Maier, Kevin. *Teaching Hemingway and the Natural World*. Kent: The Kent State University Press, 2018.

Malkmes, Johannes. *American Consumer Culture and its Society: From F. Scott Fitzgerald's 1920s Modernism to Bret Easton Ellis' 1980s Blank Fiction*. Hamburg: Diplomica Verlag Gmbh, 2011.

Mangum, Bryant. *F. Scott Fitzgerald in Context*. Cambridge: Cambridge University Press, 2013.

Marshall, Alan. "'Without Explaining': Saul Bellow, Hannah Arendt, and Mr Sammler's Planet." *The Cambridge Quarterly*, 2011, 40(2): 141-160.

Martell, Jessica and Vernon, Zackary. "'of Great Gabasidy': Joseph Conrad's *Lord Jim* and F. Scott Fitzgerald's *The Great Gatsby*." *Journal of Modern Literature*, 2015, 38(3): 56-70.

Matthews, John T. *William Faulkner: Seeing Through the South*. Malden: John Wiley & Sons, Ltd., 2009.

Mazzeno, Laurence W. *Becoming John Updike: Critical Reception, 1958-2010*. Martlesham: Boydell & Brewer, Incorporated, 2013.

McTavish, John. *Myth and Gospel in the Fiction of John Updike*. Eugene: Wipf and Stock Publishers, 2016.

Meyers, Jeffery, ed. *Hemingway: A Biography*. New York: Harper & Row Publishers, 1985.

Meyer, Priscilla. "The Hidden Nabokov." *Nabokov Studies*, 2023, 19(1): 67-80.

Milder, Robert. "Updike's Wager: Emerson, William James, and the Ground of Belief in Late Updike." *Arizona Quarterly: A Journal of American Literature, Culture, and Theory*, 2024, 80(2): 1-34.

Mitchell, Angelyn. "Reading Race and Power in Toni Morrison's *A Mercy*." *Early American Literature*, 2024, 59 (1): 121-127.

Moddelmog, Debra A. and Gizzo, Suzanne del. *Ernest Hemingway in Context*.

Cambridge: Cambridge University Press, 2012.

Morrison, Toni. *Playing in the Dark: Whiteness and the Literary Imagination*. Cambridge: Harvard University Press, 1992.

Mura, David. *The Stories Whiteness Tells Itself: Racial Myths and Our American Narratives*. Minneapolis: University of Minnesota Press, 2023.

Naiman, Eric. *Nabokov, Perversely*. Ithaca and London: Cornell University Press, 2010.

Naughton, Yulia Pushkarevskaya and Naughton, Gerald David. "Animal Moments in Vladimir Nabokov's *Pnin* and Saul Bellow's *Herzog*." *Symploke*, 2015, 23(2): 119-135.

Nessly, William M. "Rewriting the Rising Sun: Narrative Authority and Japanese Empire in Asian American Literature." Diss. University of Pennsylvania, 2011.

Norman, Will. *Nabokov, History and the Texture of Time*. Oxford: Taylor & Francis Group, 2012.

Nowlin, Michael. "Review of *Business is Good: F. Scott Fitzgerald, Professional Writer*." *American Literary History*, 2024, 36(4): 1226-1228.

Orihuela, Sharada. "Between Ownership and the Highway Property, Persons, and Freeways in Karen Tei Yamashita's *Tropic of Orange*." *Journal of American Studies*, 2021, 55(4): 755-799.

Parker, Krieg. "Energy Futures: John Updike's Petrofictions." *Studies in American Fiction*, 2017, 44(1): 87-112.

Parini, Jay. *American Writers: A Collection of Literary Biographies. Supplement V*. New York: Charles Scribner's Sons, 2000.

Penner, Erin. *Character and Mourning: Woolf, Faulkner, and the Novel Elegy of the First World War*. Charlottesville and London: University of Virginia Press, 2019.

Pyon, Kevin. "The History, Memory, and Past of Racial Slavery in Toni Morrison's *Playing in the Dark*: Or, The Literary Canon and/as the Human." *Early American Literature*, 2024, 59(2): 407-417.

Richards, Isaac. "The Rhetoric of Unreasonable Optimism: Toni Morrison's Novel *Jazz* and the Jazz Age." *The Journal of American Culture*, 2022, 45(4): 359-372.

Rigney, Ann. "All This Happened, More or Less: What a Novelist Made of the Bombing of Dresden." *History and Theory*, 2009, 48(2): 5-24.

Roos, Bonnie. "Teaching Toni Morrison's *Beloved*: From Genesis to the Reckoning." *South Central Review*, 2024, 41(1): 117-134.

Said, Edward. *Representations of the Intellectual: The 1993 Reith Lectures*. New York: Pantheon Books, 1994.

Salomon, Willis. "Saul Bellow on the Soul: character and the Spirit of Culture in *Humboldt's Gift and Ravelstein*." *Partial Answers: Journal of Literature and the History of Ideas*, 2016, 14(1): 127-140.

Sato, Gayle K. "Manzanar and Nomonhan: The Relocation of Japanese/American War Memory in *Tropic of Orange* and *The Wind-up Bird Chronicle*." In: *Global Perspectives on Asian American Literature*. Huang Guiyou, and Wu Bing, eds. Beijing: Foreign Language Teaching and Research Press, 2007: 46-65.

Shan, Te-hsing. "Interview with Karen Tei Yamashita." *Amerasia Journal*, 2006, 32 (3): 123-142.

Shimazu, Nobuko. "Karen Tei Yamashita's Challenge: Immigrants Moving with the Changing Landscape." Diss. Indiana University of Pennsylvania, 2006.

Singh, Amardeep. "Catachresis at the Origin: Names and Power in Toni Morrison's Fiction." *South Central Review*, 2024, 41(1): 28-45.

Smith, Andrew. "Saul Bellow's Gothic Ontology: *The Victim and More Die of Heartbreak*." *Partial Answers: Journal of Literature and the History of*

Ideas, 2024, 22(1): 161-177.

Smith, Lindsey C. *Indians, Environment, and Identity on the Borders of American Literature: From Faulkner and Morrison to Walker and Silko.* New York: Palgrave Macmillan, 2008.

Simal, Begona. "The Junkyard in the Jungle: Transnational, Transnatural Nature in Karen Tei Yamashita's *Through the Arc of the Rain Forest." The Journal of Transnational American Studies*, 2010, 2 (1): 1-25.

Sindelar, Nancy W. *Influencing Hemingway: People and Places That Shaped His Life and Work*. Lanham: Rowman & Littlefield Publishers, Incorporated, 2014.

Singh, Sukhbir. "'If Love Is Love, It's Free'": A Vedantic Reading of Saul Bellow's *Seize the Day*." *Canadian Review of Comparative Literature*, 2019, 46(3): 423-445.

Singh, Sukhbir. "'Socialism of the Soul': Holocaust in Saul Bellow's *The Victim, Journal of Modern Jewish Studies*, 2019, 18(3): 282-297.

Softing, Inger Ann. "Everything Kills Everything Else in Some Way": An Ecocritical Reading of Human-Non-Human Relationships in Ernest Hemingway's *The Old Man and the Sea*." *English Studies*, 2024, 105(7): 1157-1174.

Straumann, Barbara. *Figurations of Exile in Hitchcock and Nabokov*. Edinburgh: Edinburgh University Press, 2008.

Streeby, Shelley. "Multiculturalism and Forging New Canons". In: *A Companion to American Literature and Culture*. Paul Laute, ed. Malden: Blackwell Publishing Ltd., 2010.

Sutherland, Larissa. "Jewish Poetics in Saul Bellow's *Henderson the Rain King*."*Prooftexts*, 2018, 37 (1): 102-128.

Sze, Julie. "Not by Politics Alone: Gender and Environmental Justice in Karen Tei Yamashita's *Tropic of Orange." Bucknell Review*, 2000(1): 29-42.

Takebe, Haruki. "The Apocrypha of *The Maples Stories*: John Updike's Fe/Male Points of View Reconsidered." *Critique: Studies in Contemporary Fiction*, 2023, 64(4): 555-566.

Tatsumi, Takayuki. "Introducing Karen Tei Yamashita." *Leviathan*, 2016, 18(1): 62-63.

Teymouri, Tohid, Ladani, Zahra Jannessari and Abbasi, Pyeaam. "Writing Space and Death Experience in Saul Bellow's Novels." *Critique: Studies in Contemporary Fiction*, 2023, 64 (2): 257-269.

Toker, Leona. "Literary Stereography: Nabokov Drawing and Reading Maps." *Partial Answers: Journal of Literature and the History of Ideas*, 2021, 19(2): 361-369.

Tong, Yanfang and Shen, Ting. "The Face of the Future: An Affective Mental Time Traveler in Saul Bellow's 'A Father-to-Be'." *Style*, 2024, 58(2): 190-209.

Trousdale, Rachel. *Nabokov, Rushdie, and the Transnational Imagination*. London: Palgrave Macmillan, 2010.

Tyler, Lisa. "Aestheticized Slavery: Blackamoor Jewelry in Hemingway's *Across the River and into the Trees*." *Arizona Quarterly*, 2022, 78 (4): 29-53.

Urgo, Joseph R. and Abadie, Ann J. *Faulkner and the Ecology of the South*. Jackson: University Press of Mississippi, 2005.

Vernon, Zackary. "Faulkner's Charismatic Megaflora: Critical Plant Studies and the US South." *Journal of Modern Literature*, 2022, 45 (3): 90-105.

Watson, Jay and Abadie, Ann J. *Faulkner's Geographies*. Jackson: University Press of Mississippi, 2015.

Watson, Tim. "'Every Guy Has His Own Africa': Postwar Anthropology in Saul Bellow's *Henderson the Rain King*." *NOVEL: A Forum on Fiction*, 2013, 46(2): 275-295.

Weber, Donald. "Review of *The Life of Saul Bellow: Love and Strife, 1965-2005* by Zachary Leader." *Shofar: An Interdisciplinary Journal of Jewish Studies*, 2020, 38(1): 307-311.

Welsh, Jim. "Kurt Vonnegut, Jr: A Tribute." *The Journal of American Culture*, 2008, 31(3): 318-319.

Wyatt, David. "'Have Sure Tried': Hemingway's Unfaltering Career." *American Literary History*, 2023, 35(4): 1843-1862.

Yamaguchi, Kazuhiko. "Magical Realism, Two Hyper-Consumerisms, and the Diaspora Subject in Karen Tei Yamashita's *Through the Arc of the Rain Forest*." *The Journal of the American Literature Society of Japan*, 2006 (2): 19-35.

Yamashita, Karen T. *Brazil-Maru*. Minneapolis: Coffee House Press, 1992.

Yamashita, Karen T. *Circle K Cycles*. Minneapolis: Coffee House Press, 2001.

Yamashita, Karen T. "Literature as Community: The Turtle, Imagination & the Journey Home." *The Massachusetts Review*, 2018, 59 (4): 597-611.

Yamashita, Karen T. "Travelling Voices." *Comparative Literature Studies*, 2008, 45 (1): 4-11.

Yamashita, Karen T. *Through the Arc of the Rain Forest*. Minneapolis: Coffee House Press, 1990.

Yamashita, Karen T. *Tropic of Orange*. Minneapolis: Coffee House Press, 1997.

Yamashita, Karen T., and Lucy Burns M. "Anime Wong: Mobilizing (techno) Orientalism—Artistic Keynote and Conversation." *Journal of Contemporary Drama in English*, 2017, 5(1): 173-188.

Yun, Lisa. "Signifying 'Asian' and Afro-Cultural Poetics: A Conversation with William Luis, Albert Chong, Karen Tei Yamashita, and Alejandro Campos García." *Afro-Hispanic Review*, 2008, 27(1): 183-217.

巴什拉：《空间的诗学》. 张逸婧, 译. 上海：上海译文出版社, 2009.

贝娄：《奥吉·马奇历险记》. 宋兆霖, 译. 北京：人民文学出版社, 2016.

贝娄：《赫索格》. 宋兆霖, 译. 北京：人民文学出版社, 2016.

贝娄：《洪堡的礼物》. 蒲隆, 译. 北京：人民文学出版社, 2016.

贝娄：《晃来晃去的人》. 蒲隆, 译. 北京：人民文学出版社, 2019.

贝娄：《雨王亨德森》. 蓝仁哲, 译. 北京：人民文学出版社, 2016.

博伊德：《纳博科夫传：俄罗斯时期》. 刘佳林, 译. 桂林：广西师范大学出版社, 2009.

布伦特, 道林：《家园》. 刘苏, 王立, 译. 北京：北京师范大学出版社, 2022.

布伊尔：《环境批评的未来：环境危机与文学想象》. 刘蓓, 译. 北京：北京大学出版社, 2010.

陈泓杉：论《普宁》的生命政治叙事. 《当代外国文学》, 2024 (3): 96-102.

陈世丹, 高华：论冯内古特构建的适于后现代人类生存的社会生态环境. 《当代外国文学》, 2010 (1): 133-141.

程虹：《寻归荒野》. 增订版. 北京：生活·读书·新知三联书店, 2011.

曹山柯. 论《五号屠场》的家园意识. 《英美文学研究论丛》, 2011 (2): 230-244.

厄普代克：《怀念兔子——兔子四部曲续篇及短篇小说集》. 主万, 译. 上海：上海译文出版社, 2009.

厄普代克：《厄普代克短篇小说集：早期 1953—1975》（上册）. 李康勤, 等译. 上海：上海译文出版社, 2019.

厄普代克：《厄普代克短篇小说集：早期 1953—1975》（下册）. 李康勤, 等译. 上海：上海译文出版社, 2019.

菲茨杰拉德：《爵士时代的故事》. 裘因, 萧甘, 等译. 上海：上海译文出版社, 2010.

菲茨杰拉德：《了不起的盖茨比》. 姚乃强, 译. 北京：人民文学出版社,

2022.

菲茨杰拉德：《人间天堂》．金绍禹，译．上海：上海译文出版社，2010.

封金珂：家园·乐园·共同体——《乐园》中的共同体形塑．《当代外国文学》，
    2018，(1): 118-125.

冯内古特：《冯内古特：最后的访谈》．李爽，译．北京：中信出版社，
    2019.

冯内古特：《冠军早餐·囚鸟》．董乐山，译．南京：译林出版社，2007.

冯内古特：《猫的摇篮》．刘珠环，译．南京：译林出版社，2006.

冯内古特：《时震》．虞建华，译．南京：译林出版社，2001.

冯内古特：《五号屠场·上帝保佑你，罗斯瓦特先生》．云彩，等译．南京：
    译林出版社，1998.

福克纳：《八月之光》．蓝仁哲，译．上海：上海文艺出版社，2019.

福克纳：《福克纳随笔》．李文俊，译．上海：上海文艺出版社，2019.

明特：《福克纳传》．顾连理，译．上海：东方研究中心，1996.

福克纳：《去吧，摩西》．李文俊，译．上海：上海文艺出版社，2019.

福克纳：《圣殿》．陶洁，译．上海：上海文艺出版社，2019.

福克纳：《喧嚣与骚动》．李文俊，译．长春：时代文艺出版社，2022.

高莉莉：家园与荒原：《五号屠场》的空间解读．《外国语言文学》，2014，
    31(4): 279-285.

龚玲：《托妮·莫里森小说的悲剧意识研究》．厦门：厦门大学出版社，
    2020.

汉柏林，瑞格：《从福克纳到莫里森：两位诺贝尔奖美国作家作品研究文集》．
    康毅，王丽丽，等译．北京：中央编译出版社，2020.

何新敏：莫里森小说中"家园"意象的嬗变．《外国语文研究》，2016，
    6(2): 36-41.

黄铁池：《当代美国小说研究》．上海：上海三联书店，2014.

哈旭娴：信仰与道德的分离——从哲学层面透视厄普代克的道德关怀．《福

建师范大学学报(哲学社会科学版)》,2015(1):65-70.

海德格尔:《荷尔德林诗的阐释》.孙周兴,译.北京:商务印书馆,2014.

海明威:《非洲的青山》.张建平,译,上海:上海译文出版社,1999.

海明威:《老人与海》.吴劳,译.上海:上海译文出版社,2001.

海明威:《尼克·亚当斯故事集》.陈良廷,等译.上海:上海译文出版社,2012.

海明威:《乞力马扎罗的雪:海明威短篇小说精选》.陈良廷,等译.北京:人民文学出版社,2022.

海明威:《太阳照样升起》.赵静男,译.上海:上海译文出版社,2020.

海明威:《永别了,武器》.林疑今,译.上海:上海译文出版社,2006.

韩悦:创伤与文化记忆:纳博科夫早期流亡小说的俄罗斯主题书写.《外国文学动态研究》,2022(5):154-160.

胡俊:《后现代政治化写作:当代美国少数族裔女作家研究》.北京:中国社会科学出版社,2014.

胡俊:《橘子回归线》中的洛杉矶书写:"去中心化"的家园.《前沿》,2015(10):74-79.

金衡山:《厄普代克与当代美国社会——厄普代克十部小说研究》.北京:北京大学出版社,2008.

蓝仁哲:《雨王亨德森》:索尔·贝娄的浪漫主义宣言.《四川外语学院学报》,2004(6):30-34.

李文俊:《福克纳评论集》.北京:中国社会科学出版社,1980.

李文俊:《福克纳的神话》.上海:上海译文出版社,2008.

李文俊:《福克纳传》.北京:新世界出版社,2003.

刘白:《美国非裔文学中的城市书写研究》.长沙:湖南师范大学出版社,2022.

罗小云:跨越世纪的政治预言——冯尼格特后现代小说解读.《当代外国文学》,2002(4):125-130.

罗小云:《拼贴未来的文学——美国后现代作家冯尼格特研究》.重庆:重

庆出版社, 2006.

鲁枢元:《生态批评的空间》. 上海: 华东师范大学出版社, 2006.

鲁枢元:《文学的跨界研究: 文学与生态学》. 上海: 学林出版社, 2011.

莫里森:《柏油娃娃》. 胡允桓, 译. 海口: 南海出版公司, 2014.

莫里森:《宠儿》. 潘岳, 雷格, 译. 海口: 南海出版公司, 2006.

莫里森:《爵士乐》. 潘岳, 雷格, 译. 海口: 南海出版公司, 2013.

莫里森:《天堂》. 胡允桓, 译. 海口: 南海出版公司, 2013.

纳博科夫:《独抒己见》. 唐建清, 译. 杭州: 浙江文艺出版社, 2012.

纳博科夫:《洛丽塔》. 主万, 译. 上海: 上海译文出版社, 2019.

纳博科夫:《玛丽》. 王家湘, 译. 上海: 上海译文出版社, 2020.

纳博科夫:《普宁》. 梅绍武, 译. 上海: 上海译文出版社, 2007.

纳博科夫:《微暗的火》. 梅绍武, 译. 上海: 上海译文出版社, 2007.

聂珍钊: 文学伦理学批评: 基本理论与术语.《外国文学研究》, 2010, 32(1): 12-22.

马军红:《美国当代文学中的怀旧书写研究》. 北京: 华夏出版社, 2022.

戚涛: 西方文论关键词: 怀旧.《外国文学》, 2020(2): 87-101.

桑德奎斯特:《福克纳: 破裂之屋》. 隋刚, 等译. 上海: 上海外语教育出版社, 2013.

邵宁宁:《中国现当代文学中的家园伦理问题》. 北京: 人民出版社, 2022.

尚晓进: 虚构的另一种意义——重新解读冯内古特的《猫的摇篮》.《安徽大学学报(哲学社会科学版)》, 2004, 28(4): 3-57.

宋德发: 父亲·母亲·牛皮癣: 厄普代克的童年记忆.《世界文化》, 2007(7): 34-36.

苏贾:《后现代地理学: 重申批判社会理论的空间》. 王文斌, 译. 北京: 商务印书馆, 2004.

田俊武, 姜德成: 论福克纳作品中"四位一体"的生态思想.《解放军外国语学院学报》, 2010, 33(1): 89-93.

童明：飞散//《西方文论关键词》．赵一凡，等主编．北京：外语教学与研究出版社，2006.
威利：《纳博科夫评传》．李小均，译．桂林：漓江出版社，2014.
王诺：《欧美生态文学》．北京：北京大学出版社，2003.
王庆奖，苏前辉，等：《冲突、创伤与巨变——美国"9·11"小说作品研究》．昆明：云南大学出版社，2015.
王小涛：《美国华裔文学中的家园书写与身份认同研究》．西安：陕西人民出版社，2022.
汪小玲：《美国黑色幽默小说研究》．上海：上海外语教育出版社，2006.
汪小玲，等：《纳博科夫文学思想与当代西方文论》．北京：国家图书馆出版社，2018.
王一平：《巴西商船》《K圈循环》的移民环流与乌托邦建构．《英语研究》，2024(1)：137-153.
吴建国：《菲茨杰拉德研究》．上海：上海外语教育出版社，2002.
吴蕾：托尼·莫里森《柏油孩子》中家的建构．《南华大学学报(社会科学版)》，2012，13(5)：129-131.
肖明翰：《威廉·福克纳研究》．北京：外语教学与研究出版社，1999.
谢纳：《空间生产与文化表征：空间转向视阈中的文学研究》．北京：中国人民大学出版社，2010.
薛玉凤：《美国文学中的精神创伤学研究》．北京：科学出版社，2015.
杨仁敬：《美国后现代派小说论》．青岛：青岛出版社，2004.
于冬云：《海明威与现代性的悖论》．济南：齐鲁书社，2019.
虞建华：《美国文学大辞典》．北京：商务印书馆，2015.
虞建华：《美国文学的第二次繁荣》．上海：上海外语教育出版社，2004.
曾繁仁：试论当代生态美学之核心范畴"家园意识"．《温州大学学报(社会科学版)》，2010，23(3)：3-8.
曾莉：美国文学中的舟与帝国意识．《小说评论》，2012(3)：188-194.

曾莉:《英美文学中的环境主题研究》. 北京: 中国社会科学出版社, 2012.
赵秀兰:《奥吉·马奇历险记》中的家园叙事.《北京第二外国语学院学报》, 2017, 39(4): 95–105.
郑燕虹, 等:《20世纪60至70年代美国文学思想》. 上海: 上海外语教育出版社, 2024.

后　记

本书从初步构思，数易其稿，到定稿付梓，前后历经了一年有余。如今即将出版，一份收获成果的喜悦之情自然是溢于言表。然而，尽管本书已是我的第四部个人专著，但此刻我的心中依然有些忐忑不安。毕竟，现当代美国小说风格多样，作品繁多，当中不乏晦涩难懂的语言文字和错综复杂的叙事结构。"家园意识"是近些年来中外文学与文化研究的一个重要话题，但其内涵较为宽泛，概念较为抽象。经过几百个日夜的努力，虽然能够做到避免随意拼凑，拉杂成书，但要完美地呈现一部关于现当代美国小说中的家园意识的著作，对我而言绝非易事。本书出版后，能否得到读者的肯定，也尚未可知。

既然家园意识作为一种深刻的人类情感，反映的是人们对归属感和安全感的普遍需求，那么，文学作品中家园意识研究的重要意义就显而易见了。除此以外，我们还应该留意到，在现当代社会，随着全球化的推进和多元文化的发展，文学作品中的家园意识研究已不再受限于地理的层面，还可以结合社会、历史、精神、文化、生态等领域的相关理论要旨，形成一种跨学科的研究视角。比如，从一些现当代美国小说中的细腻笔触，我们能够读到作家对于地理、精神、文化等层面家园的热爱与眷恋，理解他们对于生活意义的深刻思考，对于破坏家园环境的严厉批判，也

后 记

感受他们对于逝去的故土家园的回忆，以及对于追寻和建立新的理想家园的美好憧憬。作家对于家园的"记忆"与"追寻"不仅是单纯的物理空间书写，也是对情感归属、精神寄托和文化传承的一种展现，更是对人类内心深处最真挚和最质朴的渴望的一种映照。就此而言，从家园意识的角度探讨现当代美国小说，无疑能够彰显文学研究的现实意义和社会担当。这也是我撰写本书的初衷。

感谢每一位翻开这本书的读者。在这个快节奏的时代，你们愿意暂时放慢脚步，与我一起细细品味和探讨文学作品中的家园意识，是对我最大的鼓励与支持。倘若读者能够认为这不是一部枯燥的书，而更像是读者与作者，或与书中提到的作家之间关于家园的"记忆"与"追寻"的一场对话，那将是我莫大的欣慰。

感谢一路陪伴自己成长的各位亲人、朋友、同事。你们的支持和帮助是我继续前行的无限动力。感谢书稿撰写过程中参考过的每个文献的作者。你们的辛勤劳动为本书的撰写提供了翔实的资料。另外，本书即将出版之际，恰逢工作单位厦门理工学院组织申请学术专著出版基金的部分资助，在此向学校科研主管部门和项目外审专家致谢。

本书的部分思路和灵感来源于我的硕士论文与博士论文撰写经历以及在攻读学位期间广泛涉猎的生态批评、后殖民主义、空间理论、比较文学与跨文化研究等相关领域的知识基础。因此，我要特别感谢我的硕士生导师、厦门大学李美华教授和博士生导师、上海外国语大学汪小玲教授。在厦门大学和上海外国语大学求学期间，两位导师严谨的治学态度、渊博的专业知识、对教学和科研工作孜孜不倦的精神和积极乐观的生活态度深深影响了我。她们的悉心教导帮我打下了较为扎实的研究基础，让我更加有信心在现当代美国文学领域持续自己的研究。也感谢在硕士论文和博士论文的评审与答辩过程中给予我充分肯定,并提出诸多宝贵意见的评审专家——闽南师范大学张龙海教授,上海外国语大学查明建教授、王欣教授、孙胜忠教授,上海交通大学尚必武教授、彭青龙教授等。几位专家都是资深的博士生导师。他们在毕业前为我讲授了生动的一课,至今对我深有启发。

我常常提醒自己,要尽心尽力做好每一件有意义的事,尤其在写作方面,更要一丝不苟,精益求精。因为那是对文学与文化的尊重,对读者的尊重,更是对自己的尊重。但我深知自己的水平有限,书中必定难免存在不足,乃至贻笑大方之处。敬请广大读者不吝批评指正。

王育烽
2025 年 3 月